EL MINISTERIO
DE LA VERDAD

EL MINISTERIO DE LA VERDAD

Carlos Augusto Casas

Papel certificado por el Forest Stewardship Council®

Primera edición: mayo de 2021

Printed in Spain – Impreso en España

ISBN: 978-84-666-6962-7
Depósito legal: B-4.807-2021

Compuesto en Comptex&Ass., S. L.
Impreso en Liberdúplex
Sant Llorenç d´Hortons (Barcelona)

BS 69627

A mi madre y a mi hermana Gloria, mis dos heroínas

PRIMERA PARTE

La libertad es poder decir libremente que dos y dos son cuatro.

GEORGE ORWELL, *1984*

1

Era un día frío y luminoso de abril y los relojes estaban dando las trece. Una mujer caminaba deprisa entre la gente, que exhibía su indiferencia sin levantar los ojos de las pantallas de los móviles. Uno de aquellos zombis de la tecnología chocó con ella, pero siguió su camino sin dirigirle la palabra. «Ya nadie se disculpa —pensó—. Lo único que compartimos todos es la prisa.»

Y ella no era una excepción. Tenía una cita con alguien que quizá podría confirmar todas sus informaciones. Solo necesitaba una prueba, algo tangible que le permitiera, por fin, descubrir la verdad.

Le llamó la atención el sonido de sus propios tacones golpeando el suelo, un repiqueteo que le recordó los besos frenéticos de dos amantes que se reencuentran. En 2030, los automóviles de gasolina habían desaparecido y las calles, ahora ocupadas por coches eléctricos, eran mucho más silenciosas. Unos metros más adelante, un griterío rompía la calma habitual. Un grupo de veinte o treinta ancianos protestaban agitando pancartas y repitiendo viejas consignas.

—¡El pueblo, unido, jamás será vencido!

Se habían concentrado a las puertas del Ministerio de la Verdad. Aquella mole gris parecía observarlos con displicencia desde los cientos de ventanas que tenía por ojos. Inalterable ante aquella insignificancia. Proyectaba esa sensación de seriedad y perdurabilidad propia de los edificios oficiales. La mujer redujo el ritmo de sus pasos para tratar de averiguar el motivo de la protesta. Los ancianos agitaban una lona en la que habían escrito, con la caligrafía frenética de los espráis: «Queremos la verdad. Por unos medios libres del poder financiero». La policía había formado un cordón en torno a los manifestantes, como anticuerpos que aislaran un virus para que no contaminase al resto del organismo. Casi tocaban a un furgón policial por anciano. La mujer observó que justo enfrente de los manifestantes se había formado una enorme cola, en su mayoría gente joven. Estaban esperando la hora de apertura de una tienda de telefonía que ese día lanzaba al mercado su último modelo de *smartphone*.

«Los mayores son los únicos que protestan —pensó la mujer—. Son los únicos que recuerdan y saben hasta qué punto vamos a peor. Tal vez si consiguiera sacar a la luz...»

Una chica aislada del mundo por sus auriculares volvió a chocar con ella devolviéndola a la realidad. El torrente humano seguía su curso sin importarle la protesta. Lo único que les preocupaba era alcanzar rápido su destino, fuera el que fuese. Igual que la mujer. Debía llegar a su cita ya.

El Café del Loro era una más de las muchas franquicias que se dedicaban a vender distintas combinaciones de bebidas estimulantes, y a ponerles un nombre absurdo y un precio aún más absurdo. Con la barbilla clavada en el pecho en un intento por escapar al desagradable viento, la mujer entró en el local, aunque no lo bastante rápido como para impedir que se colara tras ella un remolino de polvo y suciedad. El local estaba decorado imitando el estilo elegante y señorial de las cafeterías de mediados del siglo XX, aunque evidenciaba, sin sonrojo, la falsedad de una vulgar copia. El excesivo brillo del suelo de baldosas ajedrezado, las lámparas doradas con sus historiadas tulipas hechas de un latón envejecido para parecer bronce y la barra de madera con florituras que no presentaba ni una muesca. Aquel lugar le recordó al *David* de Miguel Ángel hecho de cartón piedra que había visto en un parque temático. «Ya nada es, solo parece ser. Todo es apariencia», reflexionó.

Al menos, en el local hacía calor y el olor del café inundaba la sala como el recuerdo de un fallecido reciente. Los camareros iban y venían con sus impolutos uniformes blancos y negros portando bandejas con humeantes vasos de cartón. La mujer paseó la mirada por la sala y no tardó en reconocer a su cita. El hombre que buscaba estaba sentado a la mesa más alejada de la puerta, en un rincón, con la espalda apoyada en la pared. A primera vista, le resultó atractivo. Pelo negro disciplinado con fijador, el eterno traje azul propio de los altos funcionarios del Estado —aunque le sentaba mejor que a la mayoría— y esa seguridad rayana en la prepotencia típica de los hombres con poder, acostumbrados a dar órdenes. Cuando sus ojos se encontraron con los de la mujer, él sonrió moviendo su mano con un gesto que la invitaba a acercarse. Un escalofrío recorrió el cuerpo de ella, no supo bien por qué. Acto seguido se puso en pie, convidándola a sentarse.

—Por fin nos conocemos en persona —dijo ella—. Los correos electrónicos resultan muy fríos a la larga.

—Sobre todo cuando tienes que camuflar los mensajes entre conversaciones intrascendentes. Confieso que la palabrería no es muy de mi agrado. Digamos que soy más de verso que de prosa —ironizó el hombre.

—Espero que comprenda la necesidad de hacerlo así. Nunca se sabe quién puede estar observando. Hoy en día no es seguro comunicarse vía correo electrónico.

—Hoy en día lo único seguro es que nada es seguro. Pero qué maleducado, no le he preguntado si le apetecía tomar algo...

Con uno de esos gestos incontestables que derriban imperios, llamó al camarero. La mujer pidió un *cappuccino*. Mientras esperaban, se fijó en que él no paraba de darle vueltas a un palito de madera que hacía las veces de cuchara dentro de su vaso de cartón. La imagen le pareció deprimente.

—Echo de menos las cucharas y las tazas de verdad —señaló el hombre como si le adivinase el pensamiento—. Aunque diría que es usted muy joven para recordar cómo eran los antiguos cafés, los pequeños bares. Antes de que cerraran y las franquicias lo ocuparan todo.

—No soy tan joven, pero gracias por el cumplido. Sí que los conocí.

El camarero trajo el *cappuccino* junto con el sobrecito de edulcorante. El azúcar estaba prohibido y hacía años que no se servía en ningún establecimiento. La mujer dio el primer sorbo y se limpió la espuma del labio superior con la servilleta.

—Entrar en aquellos bares era una experiencia única —continuó él—. Cada uno preparaba el café de manera distinta, las tapas, la comida... Cada local tenía su propia forma de hacer las cosas. No como ahora. Este expreso sabe igual que todos los expresos de todos los Café del Loro del mundo. Exactamente igual. Y eso nos da tranquilidad. Nos indulta de tener que tomar decisiones, nos libera de la inquietud que experimentamos al tener que enfrentarnos a algo nuevo, aunque sea tan nimio como probar un café para evaluar su sabor. Hemos cambiado libertad por seguridad.

Y, dicho esto, el hombre apuró el café de un solo trago.

—Necesito que me ayude —le pidió entonces ella.

—Digamos que cuando uno accede a entrevistarse con una periodista ya supone que quiere algo más que un *cappuccino* gratis. O, al menos, no solo eso.

Estaba claro que el hombre jugaba con ventaja.

—Sé lo que está pasando en el Ministerio de la Verdad. A qué se dedican en la Habitación 101.

—Y si lo sabe, ¿para qué me necesita? —respondió él con cierto aire de suficiencia.

—No tengo pruebas. Solo el testimonio de personas que prefieren permanecer en el anonimato. Así no puedo demostrar nada.

De cerca, aquel hombre le resultaba un tipo bastante anodino. Analizados individualmente, los rasgos de su cara eran toscos y asimétricos. Los ojos frenéticos como dos insectos encerrados en canicas de cristal, la nariz aguileña de los buscadores de problemas y unos pómulos tan marcados que parecían querer rasgar la piel del rostro. Pero poseía el atractivo salvaje de los grandes felinos, esa belleza que nace del poder que transmiten.

—Así que, al parecer, hasta ahora, solo cuenta con rumores, suposiciones hechas por gente sin rostro —señaló el hombre—. ¿Y qué pretende, que sea yo el primero en dar la cara?

—No, en absoluto. Lo que necesito es que me facilite alguna prueba física, un documento, una grabación, lo que sea; algo que confirme esos testimonios. Usted trabaja allí, seguro que puede conseguirme algo.

Justo entonces, el hombre comenzó a dar golpecitos en la mesa con el palito de madera mientras recorría con la mirada la clientela del local. Quería asegurarse de que nadie los escuchaba. Aparte de la suya, solo estaban ocupadas otras dos mesas. En una, una mujer trataba, sin éxito, de sacudirse las migas del cruasán mientras tecleaba en su portátil; y en la otra, una pareja joven se ignoraba mutuamente para centrar su atención en las pantallas de sus respectivos teléfonos. Una sonrisa se dibujó en el rostro del hombre. Fue apenas un instante, como un destello. Entonces la mujer volvió a sentir un escalofrío.

—Si quiere que le ayude —le respondió el hombre—, va a tener que contarme con quién ha hablado. Comprenda que no voy a jugarme el puesto por las locuras de cuatro pintamonas.

—Sabe que no puedo revelar mis fuentes, pero le aseguro que son gente solvente y que lo que me han contado es cierto.

Se trata de un asunto muy grave. No le habría hecho perder el tiempo si solo fueran rumores. Seguro que usted también ha oído cosas sobre lo que sucede en esa habitación. Es importante que la verdad salga a la luz.

El hombre se recostó despacio contra la pared con los brazos cruzados detrás de la nuca.

—Ay, ustedes, los periodistas... —Suspiró, exhalando el aire de sus pulmones—. Preguntan y preguntan...

En ese instante, ella notó cómo algo en la actitud de aquel hombre empezaba a transformarse. Al principio de una forma sutil. Apenas un pequeño cambio de la expresión corporal. Pero ahora se mostraba desafiante. Como si se hubiera transformado en una persona totalmente diferente.

—Pero nunca responden...; les gusta formular preguntas, pero no contestarlas. Y eso es algo feo, muy feo.

La mujer vio que sus manos se crispaban y la intensidad de su mirada aumentaba más y más hasta llenarse de odio. La imagen de un gran felino volvió a su cabeza. Pero ya no era hermoso. Las fieras solo nos parecen bellas cuando están enjauladas, cuando no representan un peligro. Alguien acababa de abrir la puerta de la jaula de la bestia que tenía delante, y ese alguien era ella.

—Usted no es el hombre con el que había quedado, con el que llevo intercambiando mensajes desde hace meses.

—Claro que lo soy, querida. Usted quería contactar con un alto funcionario del Ministerio de la Verdad y aquí lo tiene. Aunque mucho me temo que pertenezco a un departamento distinto del que esperaba. Mire lo que me he encontrado en su buzón.

El hombre extrajo un pequeño objeto plano envuelto en papel marrón. Parecía un libro. La mujer volvió a sentir un escalofrío. Pero esta vez sabía por qué.

—Debería revisar con más frecuencia su correspondencia —señaló el hombre, que ya había rasgado el papel del envoltorio—. Es otra costumbre que estamos perdiendo desde que los bancos dejaron de enviarnos cartas. Hay que reconocer que eran los únicos que lo seguían haciendo. Otra cosa que echo de menos, además de las cucharas, es recibir una tarjeta de felicitación el día de mi cumpleaños. Decía mucho de la persona que te la enviaba. —Mientras hablaba fue desenvolviendo con parsimonia el paquete.

Cuando terminó, el hombre puso delante de la cara de la mujer la cubierta del libro. Era *1984*, de George Orwell. El pánico llenó de tics el rostro de ella.

—Sabe lo que significa, ¿verdad? Claro que sí. Sus amigos, esos que se mantienen «ocultos» entre las sombras, querían avisarla de que no acudiera a esta cita, de que era peligroso. Y el mensaje en clave consistía en enviarle este libro. Lástima que nosotros llegáramos antes que usted. Dígame: ¿quién cree que se lo ha mandado?

La mujer miraba desesperada en todas direcciones buscando una vía de escape. Tenía que salir de allí, tenía que huir. Pero su cuerpo no parecía responder a las órdenes de su cerebro; permanecía inmóvil en su asiento, como un conejo que se queda paralizado al ver que se acercan los faros de un automóvil.

—¿Sabe una cosa? —continuó el hombre viendo que no contestaba—. No necesito que responda a mis preguntas porque ya conozco las respuestas. He oído cosas, muchas cosas. Las conversaciones que ha mantenido con sus amiguitos, por ejemplo. Conspirando contra el Ministerio. Urdiendo planes clandestinos para desestabilizarnos. Sí, con esos «informantes anónimos», como usted los llama. No ponga esa cara. No debería llevar el móvil encima en sus citas secretas. Ni se imagina la de cosas que podemos hacer cuando intervenimos un teléfono. Lo sé todo. ¿No me cree? Voy a hacerle una demostración.

El hombre cerró los ojos aparentando concentrarse. Con dos dedos de cada mano comenzó a masajearse las sienes, como un adivino antes del número final.

—Veo un nombre..., el del hombre que le puso tras la pista..., un periodista como usted, aunque retirado... Me está llegando el nombre, ya casi veo las primeras letras... Ga... Gabriel Romero.

Acto seguido, sus ojos se abrieron de golpe. Fríos y sin luz, como los de una muñeca gótica. La mujer vio que introducía su mano dentro del bolsillo de la chaqueta mientras inclinaba el tronco sobre la mesa para acercarse a ella.

—El mundo sería un lugar mejor sin gente haciendo preguntas como usted —sentenció el hombre.

Bajo la mesa, la mujer sintió que una mano le apretaba el muslo como un cepo y, justo después, un breve pinchazo. Cuando bajó la mirada apenas pudo ver desaparecer la jeringuilla en el bolsillo del abrigo del hombre.

—¿Le gusta la poesía? Ya nadie lee poesía. Demasiado sublime para unos tiempos tan zafios. ¿Conoce a César Vallejo? Seguro que no. «En verdad, vosotros sois los cadáveres de una vida que nunca fue. Triste destino. El no haber sido sino muertos siempre.»

La mujer comenzó a sentirse extraña, trató de gritar, pero la voz no le salía de la garganta. De pronto vio que el suelo se acercaba de golpe hacia su cara. Se había desplomado de la silla. Contempló el rostro de los camareros muy cerca del suyo mientras oía cómo el hombre pedía a gritos que llamaran a una ambulancia. La mujer notó que su cuerpo comenzaba a convulsionar con violencia, las extremidades ya no le respondían y la cabeza rebotaba contra el suelo. Lo único que sentía era el frío de las baldosas en la espalda. Sintió una ridícula sensación de vergüenza al pensar que se le había subido la falda. No quería morir con su ropa interior expuesta a las miradas de todos. No quería irse, no así. Le quedaba tanto por hacer... Entonces, el rostro del hombre ocupó todo su campo de visión, como un eclipse. Su sonrisa era brillante y amenazadora, como una sierra.

—El mundo es un lugar mucho más feliz si no sabemos la verdad.

2

—Y dime: ¿por qué has decidido ser periodista?

—Para descubrir la verdad y contársela a la gente.

Julia se arrepintió de haber pronunciado aquellas palabras en el mismo instante en que estas salieron de su boca. ¿Cómo se le podía haber ocurrido responder una simpleza semejante? La hacía parecer... ingenua, cándida, pero, sobre todo, idiota. Exactamente lo que era. Sentada frente al señor Sánchez-Bravo, el director del periódico *El Observador Digital*, el hombre que tenía que decidir si la contrataban como becaria o no, Julia comenzó a desear encontrarse a mil años luz de aquel despacho. Y quizá lo estuviera en pocos minutos, porque a juzgar por cómo la miraba aquel hombre por encima de sus gafas, parecía más cerca de la puerta de salida que de ocupar una mesa en la redacción.

—Seguro que respuestas así se puntúan bien en los exámenes de la facultad. Pero esto no es una clase de periodismo. Esto es un periódico. Y yo soy su director. Bienvenida al mundo real. Y ahora, déjate de eslóganes publicitarios sobre el valor de la sacrosanta información y dime por qué quieres ser periodista. La verdad.

Julia bajó la mirada en busca de la respuesta adecuada. Descubrió que sus rodillas temblaban descontroladas y que sus manos no paraban de estirar una y otra vez el borde de la falda. Fijó la mirada en sus uñas, como si acabara de darse cuenta de que las llevaba sin arreglar. Ese había sido su primer error. Se veía a la legua que se las mordía, una prueba de su nerviosismo y de su inseguridad. Parecía que necesitaba terapia en vez de unas prácticas. Luego estaba lo de la ropa. ¿Por qué narices se había puesto aquel traje? Al menos lo había combinado con unas botas altas. Parecía una camarera de planta. Una chaqueta negra, formal, y una blusa blanca sin escote. Aunque si lo repasaba con calma, tampoco estaba tan mal. Quizá el problema fuese el maquillaje. Se había tirado una hora ante el espejo tratando de ocultar los vestigios aún apreciables de la niña que fue bajo capas y capas de colorete, sombra de ojos y lápiz de labios. Al menos desechó a última hora la idea de rizarse el pelo. Se lo había recogido en una coleta alta que dejaba ver sus facciones. Odiaba su pelo negro, liso e insulso como una cortina. Lo había heredado de su madre. Su madre...

En momentos así, en los que necesitaba ayuda, era cuando más la echaba de menos. Un accidente acabó con su vida cuando Julia aún era una niña. Apenas le quedaban recuerdos de ella. Trataba de atesorarlos en su memoria: el olor de sus manos, la voz que le susurraba cuentos por las noches, la sensación de seguridad al estar entre sus brazos. Pero los recuerdos son frágiles y el tiempo los desgasta de tanto acariciarlos. Julia comenzaba a notar que algunas imágenes del pasado poco a poco se iban difuminando en su mente. Ya había olvidado el rostro de su madre. Ahora, en su cabeza, la cara que se formaba era la de las fotos que aún colgaban por su casa. Estáticas, planas, inertes.

—Sigo esperando una respuesta, Julia. A veces, lo más difícil de esta maldita profesión es decir la verdad —aseveró sin dejar de mirarla.

—Mi padre nunca ha querido que yo sea periodista. Cree que, como a él le fue mal, a mí me ocurrirá lo mismo. Me gustaría demostrarle que se equivoca. Que puedo ser mejor que él.

Sánchez-Bravo apoyó un codo sobre la mesa mientras sostenía su barbilla al tiempo que se tapaba la boca con los dedos. Un gesto demasiado artificial como para no ser una pose estudiada. Julia vio que sonreía con los ojos.

—Eso está mejor. Mucho mejor. Ahora sí me estás diciendo la verdad, pero no «toda» la verdad.

El desconcierto se hizo patente en la expresión de Julia.

—Tú lo que quieres —continuó Sánchez-Bravo—, lo que realmente quieres, es joder a tu padre. ¿No es así? Superarlo, conseguir el reconocimiento que él nunca logró. Y eso me gusta. El resentimiento es una de las grandes motivaciones de nuestro tiempo. Perfecto, pues. ¿Cuándo puedes empezar?

En ese momento, el desconcierto cedió el paso al entusiasmo.

—¿El puesto es mío?

—Claro que es tuyo, aunque no sé por qué te alegras. Es una beca no remunerada, lo que significa que el periódico podrá disponer de ti cualquier día de la semana a cualquier hora, que te ocuparás de todas las tareas que nadie quiere hacer y que no cobrarás por ello.

—Suena estupendo.

—Pues díselo a mi hija, por favor. He intentado convencerla de que aceptara el puesto unas cien veces, pero no ha habido manera. Estudias en la misma facultad que Beatriz, ¿no es así?

—Bueno, sí, vamos al mismo curso. Pero ella en el Plan A y yo en el B. De hecho, estoy aquí por ella, y por eso quería darle las gracias. A ella y a usted. Los estudiantes del Plan B no tenemos acceso a prácticas. Bea me comentó que estaban buscando a alguien en el periódico, después de lo que le pasó a esa periodista hace unos días...

—Marta Alonso, sí. Cayó fulminada en medio de un café. Paro cardiaco. Una lástima. Era una buena periodista, con tendencia a exagerar sus historias, ya me entiendes. Pero buena profesional. Estas muertes inesperadas lo dejan a uno conmocionado. Por cierto, no me des tanto las gracias. Dentro de un mes me odiarás por haberte contratado. Vamos —Sánchez-Bravo se levantó de su mesa y con un ademán la condujo fuera de su despacho de paredes de cristal—, voy a enseñarte la redacción.

Julia esperaba encontrar ese maravilloso caos resultado de la actividad frenética, la libertad y el compromiso, el imaginario que el cine y las series habían creado en torno a las redacciones de los periódicos. Una de esas salas diáfanas enormes, llenas de mesas repletas de papeles, donde se oía el repiqueteo constante de los teclados, el ruido de los teléfonos que no dejaban nunca de sonar y los gritos de los periodistas, que siempre tenían noticias importantes entre manos. Pero nada más entrar en la redacción de *El Observador Digital*, sintió como la decepción le daba unas palmaditas en la espalda. Se trataba de una sala pequeña y mal iluminada ocupada tan solo por tres pares de mesas enfrentadas. Unas paredes de cristal separaban la redacción de los diferentes despachos. Sus ocupantes miraban las pantallas de los ordenadores en absoluto silencio. No sonaba ningún teléfono y nadie parecía tener ninguna prisa. Más que una redacción aquello semejaba una oficina gris.

—Bueno —preguntó Julia, tratando de disimular la decepción—, ¿cuál es mi sitio?

—¿Tu sitio? ¡Ninguno! —respondió Sánchez-Bravo—. Trabajarás desde casa. La mayoría de nuestros redactores ya lo hacen. A los periódicos digitales, el teletrabajo nos ha permitido librarnos de la carga de mantener las antiguas e ineficaces redacciones, estructuras tan grandes y lentas como los dinosaurios. Y, como ellos, se extinguieron. El mundo de la información ha cambiado mucho en los últimos años. Y la forma de tratar las noticias también. Nos hemos tenido que reinventar para sobrevivir. Piensa que la gente llega a su casa cansada del trabajo. Lo último que le apetece es calentarse la cabeza con noticias aburridas que le recuerden lo mal que va todo. Quieren divertirse con algo que los distraiga, que no los haga pensar: series, películas, videojuegos... El entretenimiento es nuestro principal competidor. Y como no podemos con el enemigo, nos hemos unido a él. Nuestro trabajo es convertir la información en diversión.

Julia observó a Sánchez-Bravo algo extrañada.

—Pero hay noticias que por su trascendencia no pueden ser... entretenidas. Por ejemplo, un atentado con víctimas o una rueda de prensa del presidente donde anuncie una subida general de impuestos.

—Pues ese es el actual cometido de los periodistas y también va a ser el tuyo a partir de hoy: hacer que las noticias resulten atractivas. Piensa que, si no lo consigues, la alternativa es que la gente juegue con sus móviles o vea una serie.

—Entonces, ¿los periodistas ahora nos dedicamos a entretener y no a informar?

—Las dos cosas, Julia. Nos toca hacer las dos cosas si queremos que los medios de comunicación no desaparezcan. Pero ahora contamos con la tecnología. En el periódico, por ejemplo, sabemos los gustos, las preferencias y los temas de interés de todos nuestros suscriptores analizando qué webs visitan, qué perfiles siguen, dónde compran. Y, en función de eso, un logaritmo decide las noticias que debemos hacerles llegar. Antes era el público el que buscaba la información en el periódico, la radio o la televisión. Hoy, gracias al Big Data, es la información la que busca al público. Bueno, dime, ¿qué te parece la redacción? —preguntó Sánchez-Bravo, haciendo un gesto ampuloso con las manos, como si abriera unas enormes puertas invisibles.

—Me la imaginaba distinta —contestó Julia, aún con la decepción en la mirada de quien acaba de ver como la carroza se transformaba en una calabaza.

—Ya veo. Os suele suceder a los nuevos. En fin, tampoco pasarás mucho tiempo en ella. Y ahora hablemos de lo que queremos que hagas. Te encargarás de una de las secciones más importantes del periódico. La hemos llamado «Hoy es noticia en las redes...». —Julia lo miró confundida—. No pongas esa cara. Lo sé, lo sé, no es una de las secciones clásicas como

Sucesos o Política, pero es la que nos da más dinero. La semana pasada, la gente se volvió loca discutiendo sobre la imagen de un vestido que circulaba por la red. Nadie se ponía de acuerdo sobre su color. Unos lo veían blanco y dorado, y otros, azul y negro por un efecto óptico o no sé qué. Dimos la noticia en portada y tuvo más de un millón de visitas. Y a más visitas, más anunciantes. Más anunciantes, más dinero. Esa es la secuencia que nos permite continuar con esa mala costumbre de comer tres veces diarias y pagar la hipoteca. Y precisamente quiero que tu cometido en *El Observador* sea ese: detectar qué es lo que bulle en las redes a diario.

—No es que me queje, ya le he dicho que le estoy muy agradecida por darme esta oportunidad, pero me preguntaba si habría la posibilidad de que me asignara a otra sección. Quiero aprender lo máximo posible durante el tiempo que dure la beca y no creo que lo haga cubriendo ese tipo de noticias... intrascendentes.

—Si esperas el tiempo suficiente, todo se convierte en intrascendente, te lo aseguro.

De pronto, una figura apareció al fondo de la sala rodeada por un séquito de guardaespaldas. Alta, con los andares impetuosos de aquellos que saben siempre adónde van. Una expresión autoritaria en la mirada y un gesto de desdén en la comisura de la boca. Uno de esos seres de los que nadie se ríe en su presencia. Su ropa, su porte, sus gestos. Todo en él parecía diseñado para infundir respeto. El mismo que provoca un revólver apuntándote. Un respeto asociado al miedo. Julia fue testigo del efecto que causó su aparición en el señor Sánchez-Bravo.

—Oh, hummm, vaya. Ya está aquí..., eh, Julia, lo siento. Me acaban de adelantar una reunión y no puedo hacer esperar al..., a mí... Mañana te llamo para contarte con qué quiero que te pongas. ¡Varona! ¡Ven aquí! Acompaña a Julia hasta la puerta.

Un hombre de unos sesenta años se levantó de una de las tres mesas y fue hacia ellos. Tenía el aspecto descuidado y trasnochado de los que hace años dejaron de preocuparse por la opinión de los demás. Ropa ancha, de colores mal combinados, con la que ocultar la barriga. Barba espesa, espolvoreada de blanco por el tiempo. Melena larga y encrespada, último reducto del joven rebelde que fue. El rostro arrugado de los que han reído mucho, aunque las bolsas bajo sus ojos parecían contener millones de lágrimas no derramadas. A Julia le cayó bien al instante. No supo por qué.

—Julia —dijo Sánchez-Bravo—, este es Alfredo Varona, uno de los pocos periodistas que siguen viniendo a la redacción. Le dejamos porque no tiene adónde ir. Su mujer lo echó de casa, ¿hace cuánto ya?

—Once años —respondió Varona.

—No sabes cómo la envidio. Esta es Julia Romero, la nueva becaria. Se incorpora mañana. Intenta que no se asuste, al menos el primer día, y trátala bien. Y tú, Julia, hazme un favor: asegúrate de que tu padre sepa que trabajas para mí. Estoy seguro de que le va a encantar. Ahora disculpa, me están esperando.

Sánchez-Bravo se dirigió deprisa al encuentro con aquella esfinge misteriosa y sus guardaespaldas, deshaciéndose en gestos de bienvenida y continuadas reverencias.

—Está esperando que el amo le dé unas palmaditas en la cabeza y le diga: «Buen chico» —señaló el tal Varona mientras contemplaba la escena junto a Julia.

—¿Quién es...? —preguntó Julia.

—¿No conoces al Gran Hermano?

—¿El «Gran Hermano»?

—Chiss. —El tal Varona se llevó un dedo a los labios pidiendo a Julia que guardara silencio—. Será mejor que no te oigan llamarlo así, al menos si quieres tener futuro como periodista. A mí me da igual que me oigan. Yo solo soy un párrafo que se acerca al punto final y al que han dejado de leer. Pero tú apenas has comenzado a escribir las primeras palabras de tu artículo y debes tener cuidado. El consejero general del Ministerio de la Verdad no es alguien que acepte las críticas, aunque se traduzcan en algo tan inocuo como un mote.

—¿Y por qué lo llaman así?

—Demasiada información para tu primer día. El gilipollas de Sánchez-Bravo ha dicho que te apellidabas Romero. Qué casualidad, yo tuve un compañero que se llamaba Gabriel Romero.

—Qué casualidad. Yo tengo un padre que se llama Gabriel Romero. Y fue periodista.

Varona se paró en seco en medio del pasillo de la redacción. Miró a Julia con ojos distintos, como si asistiera a un prodigio, y su cara entera se convirtió en una sonrisa.

—¡La hija del gran Romero! No me lo puedo creer. Pero si yo te conocí cuando eras... ¡Dios! Hablo como un viejo. ¿Cómo está tu padre?

—Triste, la mayor parte del tiempo. Y de mal humor.

—Me imagino. Desde lo de tu madre... Y lo que le hicieron. Ahora entiendo por qué ese desgraciado de Sánchez-Bravo te ha pedido que le dijeras que trabajas para él. Será miserable.

—No sabía que se conocieran.

—Sí, trabajaron un tiempo juntos. Y nunca se soportaron. Eran muy distintos. Yo era del bando de tu padre; es difícil aguantar a alguien como Sánchez-Bravo.

—¿Pasó algo entre ellos? No me gustaría que me utilizaran para saldar viejas rencillas.

—Nada grave, que yo sepa. Solo que tenían dos formas muy distintas de entender el periodismo. Ante los poderosos, Sánchez-Bravo es más de dar la patita, como acabas de ver. Y tu padre prefería morderles la mano. Uno se llevaba el premio y al otro le ponían el bozal. ¡Si yo te contara las historias que he vivido con tu padre! Gran periodista y gran bebedor también. Tengo que llamarlo. ¿Le sigue gustando tanto la ginebra?

Ahora fue Julia quien se paró en seco.

—Sí, continúa bebiendo. Aunque lo único que consigue con eso sea amargarse y pagarlo conmigo. Es lo que pasa con los bebedores, sus amigos los adoran. En cambio, en casa, cuando mi padre bebe, lo único que veo yo es a un borracho.

3

El viento arrancaba gotas de lluvia del rostro del cielo. Como hace el dolor cuando un niño que acaba de recibir una bofetada no quiere llorar. Gabriel Romero caminaba deprisa, sintiendo de nuevo aquella desagradable sensación en la punta de los dedos. Como si sus yemas estuvieran acariciando constantemente el filo de una cuchilla de afeitar. Arriba y abajo. Aguardando la llegada de ese instante morboso en el que la carne se convierte en herida. Arriba y abajo. El estimulante hormigueo que provoca el riesgo antes de que el daño lo vuelva todo irreversible.

Si solo tú conoces un secreto, eres un hombre con miedo.

Eso era lo que sentía en ese momento. Miedo. Madrid le daba miedo. Convertida en una enorme fábrica de hostilidad. Como si a la ciudad le hubieran crecido colmillos, como si las esquinas estuvieran afiladas y de las paredes de los edificios comenzaran a brotar aristas. Miedo. La gente también le daba miedo. Con sus cuerpos de púas erizadas para que nadie se les acerque. Indiferentes hasta el desprecio de todo lo que les pase a los demás. Simples y manipulables como marionetas que se creen libres solo porque han elegido no ver los hilos que las dominan. Miedo. Gabriel llevaba mucho tiempo viviendo con miedo. Tanto, que llegó a dejar de sentir su tacto espeso en el estómago. Creyó que ya no estaba. Que se había ido. Luego recibió la llamada de aquella periodista. Le hizo sentir importante después de tantos años. Le preguntó por lo que sabía y Gabriel le contó cuatro detalles, no mucho en realidad. Ni siquiera le habló de la Habitación 101. Cuando uno convive con el miedo, la precaución se convierte en costumbre. Solo le mostró la dirección que debía seguir, no le dijo lo que encontraría al final del camino. Ahora la mujer estaba muerta. Y el miedo había pasado del estado gaseoso en el que se encontraba a dejarse sentir de nuevo como un bloque sólido que le oprimía el pecho, le martilleaba las sienes y le resecaba la garganta.

Si solo tú conoces un secreto, eres un hombre enfermo.

Comprobó varias veces que podía cruzar de acera antes de hacerlo. Aquellos coches eléctricos eran tan silenciosos que no te dabas cuenta de su llegada hasta que los tenías prácticamente encima. A pesar de lo desapacible de la mañana, decidió sentarse en la terraza del local donde había concertado la cita. Un camarero imberbe acudió a su mesa.

—Buenos días, ¿qué desea tomar?

—Buenas, un café solo con un chorrito de coñac, si es tan amable.

La sonrisa inicial del camarero fue sustituida por una expresión de azoramiento mientras tomaba nota del pedido en una *tablet*.

—Lo siento, pero lo que me pide no se encuentra en la lista de cafés que servimos aquí. Le podemos ofrecer café solo, con leche, con leche de soja, expreso, *cappuccino, vanilla flavour, moka caramel...*

—No entiendo cuál es el problema. ¿No tienes coñac?

—Sí, coñac sí tengo, lo que pasa es que...

—Entonces ponme un café solo, échale un chorro de coñac y cóbrame lo que quieras.

—En realidad ese es el problema. No puedo cobrarle el café porque nuestro programa no me lo permite —indicó el joven mostrando a Gabriel la pantalla con los diferentes iconos para cada bebida—. El ordenador solo admite los cafés que tenemos en la lista de precios. Sin modificaciones, lo lamento. Le podemos ofrecer café solo, con leche, con leche de soja, expreso, *cappuccino, vanilla flavour, moka caramel...*

—Vamos a ver. Me has dicho que tienes coñac, ¿no?

—Sí, señor.

—¿Me puedes servir un chupito de coñac, por un lado, y un café solo, por otro?

El camarero volvió a consultar la pantalla.

—Claro que sí.

—¿Eso sí lo admite el programa?

—Sí, ya lo he comprobado. Se lo traigo en un momento.

Cuando el joven se alejó, Gabriel sintió un odio profundo hacia todas aquellas franquicias que habían acabado con los pequeños comercios. Franquicias de ropa, de comida, de juguetes, de cafés. Habían conseguido que las ciudades perdieran su personalidad, que todas se parecieran entre sí, como las propias franquicias. Echaba de menos la elegancia señorial de las viejas cafeterías, la familiaridad de los bares de barrio, la oscuridad protectora de los locales de copas. Todo se había vuelto más monótono, previsible, aburrido. La sensación de que aquel ya no era su mundo le hizo un nudo en el estómago. Cada vez veía más claro que aquella época ya no le aportaba nada. Su casa, su barrio, su ciudad eran ahora un parque temático. Y los parques temáticos no están hechos para vivir en ellos. El camarero regresó con el chupito de coñac y el café solo.

—Mira —le demostró Gabriel mientras vertía el alcohol en el humeante vaso de cartón—. ¿Lo ves? No era tan difícil.

—Me alegro de que hayamos podido serle de ayuda.

—¿De ayuda? No me... Oye, dime la verdad. ¿Dónde tienes la ranura por donde te introducen las propinas?

—No le entiendo...

—No me hagas caso, era una broma.

Gabriel vio aparecer al hombre con el que se había citado. Todo lo que llevaba puesto transmitía el mismo mensaje: caro. Abrigo Chesterfield marrón, traje gris a cuadros de estilo inglés y esos dos espejos granates que llevaba por zapatos. Estaba claro que el hombre tenía dinero, pero no buen gusto. A Gabriel le agradó comprobar que la elegancia era de las pocas cosas que aún no se podían comprar.

—Siento ser tan franco, Gabriel, pero estás horrible —advirtió el recién llegado al sentarse a la mesa.

Y era cierto. Aquel hombre tenía la misma edad que Gabriel, cincuenta y ocho años. Lo sabía porque ambos estudiaron la carrera de Periodismo juntos. Y, sin embargo, parecía mucho más joven que él. Era uno de esos tipos a los que el tiempo no les había robado nada. Al contrario, continuaba haciéndole regalos. Las canas se concentraban en las sienes, cada arruga parecía diseñada para aportar carácter al rostro, destilaba ese dinamismo juvenil de los que hacen deporte a diario. Y su sonrisa mostraba un blanco tan deslumbrante como artificial. Al estar frente a él, Gabriel volvió a sentirse viejo. Se miró las manos. Las manchas de la edad se multiplicaban como siniestros puntos suspensivos, preludiando el inevitable punto final. En su pelo, el blanco estaba ganando la batalla al castaño, su piel se volvía cada vez más traslúcida y en sus ojos había anidado esa tela de araña roja propia del alcoholismo. Estaba claro que la vida no había tratado de la misma forma a los dos hombres.

—¿Has traído el móvil? —preguntó Gabriel.

—¿Sabes lo loco que suenas? —respondió el hombre mientras mostraba a Gabriel lo que llevaba en los bolsillos—. Nadie puede escuchar las conversaciones a través del móvil.

—¿Hiciste lo que te pedí?

—¿Te das cuenta de lo que ocurriría si alguien me sacara una foto contigo y la colgara en las redes? Mi carrera se hundiría. Tengo una reputación, Gabriel. Me juego mucho reuniéndome contigo aquí. A ti te da igual porque no tienes nada que perder. Pero yo sí. Soy Fernando Portela, jefe de Informativos de la televisión pública...

—Ya sé lo importante que eres, Fernando, no tienes por qué recordármelo. Solo te he pedido un favor, por los viejos tiempos.

Fernando Portela miró en todas direcciones intentando encontrar algún móvil apuntándole. Al no hallar ninguno, pareció tranquilizarse.

—No hay nada raro, maldito demente. Esa periodista...

—Marta Alonso. Se llamaba Marta Alonso.

—... Marta Alonso, estupendo. Pues a Marta Alonso lo único que le pasó fue que sufrió un paro cardiaco súbito en medio de una cafetería. Punto. Su corazón tenía una lesión genética que la hacía ser más propensa a sufrir un ataque de este tipo. He repasado la autopsia y he hablado con los médicos que la atendieron. No hay nada oscuro en su muerte, Gabriel. Deja ya de ver fantasmas por todas partes. El único responsable de su fallecimiento fue su corazón enfermo.

Gabriel se quedó pensativo

—Pero han podido falsificar la autopsia y comprar a esos médicos, no sería la primera vez...

—Gabriel, para ya, ¿quieres? Me pediste que hiciera unas comprobaciones y las he hecho. Ahora déjalo. ¿Cómo está Julia? ¿Cómo va la tienda?

—Cada día más guapa, más inteligente. Y también más distante. A veces pienso que es bueno que se aleje de mí, pero duele. Duele mucho ver cómo tu hija se transforma en una extraña. Y la tienda va mal. Las antigüedades no se venden. A nadie le interesa el pasado. Solo quieren novedades. Lo último del mercado. Lo viejo se tira, nada se conserva.

—Y tú, Gabriel, ¿cómo estás?

Gabriel no sabía muy bien qué responder. Casi se sentía decepcionado por la noticia de que la muerte de la periodista obedecía a causas naturales. Hubiese preferido descubrir que había sido asesinada, aunque eso supusiese el retorno del miedo, de sentirse perseguido, señalado. Porque la alternativa era mucho peor, la alternativa lo convertía en un pobre hombre que inventa enemigos imaginarios ayudado por la botella.

Un enfermo de soledad, alguien digno de lástima, alguien que lo ha perdido todo y busca culpables porque no tiene el valor de admitir que el único responsable de todo es él. Sí, era todo eso. Y la mirada de Fernando Portela se lo confirmaba. Pero no, no todo era fruto de su imaginación. Él había visto, él sabía.

Si solo tú conoces un secreto, eres un hombre solo en el mundo.

—Me voy a tener que ir ya —se excusó Fernando Portela, poniéndose de pie—. La gente que habla contigo tiene la mala costumbre de perder el empleo, y no quiero que eso me ocurra.

—También hay quien muere.

—Ahora mismo voy a hacerme un chequeo médico para que te quedes más tranquilo. Oye, ¿qué te pasaba con el camarero? Parecía que discutíais cuando he venido.

—La gente se vuelve cuadriculada de tanto mirar las pantallas de los ordenadores y los móviles. Las nuevas generaciones tienen la imaginación atrofiada.

—¿Sabes qué parece? Que no soportas hacerte viejo y lo pagas con los jóvenes y el progreso. Como ha sucedido generación tras generación.

—Ahora es mucho más grave, Fernando. Esto no tiene nada que ver conmigo. Mira a tu alrededor. ¿Has visto en qué se ha convertido la sociedad? Hemos abdicado de tomar las riendas de nuestra vida. Preferimos que las decisiones las tomen otros. Somos como niños a los que lo único que les importa es jugar y divertirnos constantemente. Queremos que nos cuenten el mismo cuento una y otra vez para sentirnos seguros. Sin querer crecer para no tener que afrontar las malas noticias que nos da la vida. Para no tener que ser responsables nunca. Ya no queremos saber nada. Hemos descubierto que cuanto más tontos somos, menos preocupaciones tenemos. Hemos abrazado la ignorancia y chapoteamos felices en ella.

—Tienes una visión del mundo muy derrotista, Gabriel. Pero no sé si se te ha pasado por la cabeza que así es como ves tú el mundo, no como es en realidad ni como lo ven los demás. Tal vez eso que tú llamas «ignorancia» para el resto sea una forma de felicidad. Algo que quizá deberías experimentar de vez en cuando. Le vendría muy bien a tu cabeza tomarse un respiro. Adiós, Gabriel. Y no vuelvas a llamarme más.

Cuando Fernando Portela comprobó que estaba fuera de la vista de Gabriel Romero, extrajo el móvil del bolsillo interior de su chaqueta. Seleccionó un número en la agenda del teléfono y pulsó el botón verde. Tras el primer tono se oyó la voz de un hombre:

—¿Crees que se ha creído lo del paro cardiaco? —preguntó la voz.

—No lo sé. Pero al menos hemos sembrado la duda —señaló Portela.

—No es suficiente. Podría volver a hablar con otros periodistas. Hay muchos oídos hambrientos de secretos.

—Gabriel está alcoholizado. Es solo un viejo con alucinaciones, no me parece que suponga una amenaza.

—Un cuchillo sigue siendo un cuchillo, aunque ya no esté afilado.

—¿Y qué vais a hacer?

—Si supieras la de problemas que ha solucionado la poesía... El mundo necesita más poesía.

4

Al abrir la puerta de casa, Julia se encontró a su padre sentado a la mesa del salón bebiendo a morro de una botella de ginebra. Pero ese día, al contrario que en otras ocasiones, no sintió pena... Lo único que su cuerpo experimentó fue asco.

—¿No te parece un poco pronto para empezar a beber, papá?

Gabriel alzó los ojos y Julia notó su mirada perdida, lejos, muy lejos. Al otro lado de la botella.

—Eso de los horarios solo se aplica a los que beben para divertirse —contestó Gabriel—. Yo, en cambio, soy un alcohólico escapista. Huyo de la realidad impulsado por la alta graduación etílica. En mi caso, cualquier hora es buena para emprender la fuga.

—Muy gracioso, papá. De verdad, muy gracioso. Una pena que manejes tan bien las palabras y tan mal tu vida. Cuando vuelva de la facultad, espero no encontrarte en el suelo del cuarto de baño tirado sobre tu propio vómito, como la última vez. Porque te aseguro que no fue divertido.

—Descuida, no volverá a ocurrir. Esta vez tengo planeado perder el conocimiento en la cocina —bromeó Gabriel antes de dar otro trago de ginebra.

—En serio, papá. Al menos podrías utilizar un vaso. Parecerías menos ansioso.

—No es ansia, es falta de cariño. La botella es la única que me besa en esta casa.

—Por algo será, papá. Por algo será.

Gabriel dejó la ginebra sobre la mesa. Acariciaba el cristal de la botella con la ternura protectora con que se abraza un sueño imposible. Como si al hacerlo pudiera sentir el aliento cálido de otra persona.

—¿Cómo es que vas ahora a la facultad? Entonces, ¿de dónde vienes?

No era así como Julia había imaginado que le contaría a su padre lo de las prácticas en *El Observador Digital*. No le apetecía hablar con el borracho abatido y pusilánime que día tras día iba engullendo a Gabriel Romero. No. Se lo explicaría esa misma noche. Ya lo había planeado todo. Prepararía la cena para los dos, tendrían una charla agradable entre padre e hija llena de buenos recuerdos y, después, verían juntos en el sofá una de esas películas antiguas de Scorsese que a ambos tanto les gustaban. Entonces le contaría lo que esas prácticas significaban de verdad para ella. Que no se trataba de un último coletazo de rebeldía adolescente ni buscaba llevarle la contraria. Simplemente quería ser periodista. Sentía muy dentro de ella que estaba tomando la decisión correcta y que, si no lo conseguía, estaba segura de que sería infeliz toda su vida.

En su mente, su padre lo entendía todo y la abrazaba hasta que la pantalla se fundía a negro, aparecía la palabra «Fin» y el público comenzaba a aplaudir. Pero se daba cuenta de que el borracho que tenía enfrente no iba a protagonizar ningún final feliz. Le daba náuseas.

—No papá, aún no he ido a la facultad. Acabo de tener una entrevista de trabajo —sentenció Julia con crueldad, como si quisiera castigarlo por su ignorancia.

La tela de araña de venas rojas desplegó sus redes por el blanco de los ojos de Gabriel, que miraba desconcertado a Julia mientras se llevaba, desafiante, la botella a los labios.

—Me han cogido como becaria en *El Observador Digital*. Empiezo mañana...

Trago a trago, Gabriel iba haciendo desaparecer el alcohol garganta abajo, con los ojos cerrados, como si la botella fuera un último clavo incandescente al que aferrarse antes de caer.

—... y voy a trabajar duro para conseguir que me contraten como redactora de plantilla. —Julia continuaba con su discurso—. Por cierto, el señor García-Bravo, mi nuevo «jefe», te manda saludos. Creo que ya os conocéis, ¿verdad? ¿Qué pasó para que él acabara de director de un periódico y tú adivinando el futuro en el culo de una botella?

Aquel nombre hizo que Gabriel se revolviese en la silla. Sus ojos se clavaron como crampones en el hielo de la mirada de Julia.

—¿Por qué me haces esto? ¿Por qué me castigas así? Lo único que he querido siempre ha sido evitar que te convirtieras en uno de ellos...

—¿De cuáles, papá? ¿Te refieres a uno de esos periodistas que tienen un empleo y hacen algo más que estar bebiendo a las once de la mañana?

—No quiero que mi hija participe en la mascarada en que se ha convertido el periodismo. ¿Es que no ves los informativos, acaso no lees los periódicos? ¿Y qué son, dime? Una grotesca sucesión de anécdotas y nimiedades infladas artificialmente para que parezcan importantes. Idioteces sin sustancia para entretener a las masas y que duerman tranquilas. Mientras, lo trascendente de verdad pasa de puntillas ante nuestros ojos o simplemente no se cuenta. Eso es lo que hace la gente como García-Bravo. Contribuir a que cada día haya más tontos. Porque los tontos son más fáciles de manipular. ¿Eso es lo que quieres? ¿Ser una pieza más en la gran fábrica de borregos?

—Oh, claro. ¿Y eso quién lo dice? Gabriel Romero, el «gran» periodista. —Mientras hablaba, Julia avanzaba hacia su padre—. El gran Gabriel Romero es tan importante que presenta algún informativo o tiene una columna en algún periódico en la que se encarga de velar por la integridad de la profesión, ¿no es así? Pues no, en realidad es el dueño de una tienda de antigüedades. Allí está a salvo, como una antigualla más.

Cada palabra de Julia era como un tajo que Gabriel sentía arder en sus entrañas. Cuchilladas que herían su espíritu, cortes que hacían sangrar su alma. Intentó parar la hemorragia tapándose los oídos con las manos temblorosas. Pero Julia seguía castigándolo, acercando el rostro al suyo, susurrándole al oído.

—Pero ¿cómo es posible? ¿Cómo es que un periodista tan íntegro como él no recibe llamadas ofreciéndole empleos a su altura? Pues porque ni siquiera tiene teléfono móvil. Piensa que lo usarían para escuchar sus conversaciones. Digo yo que serán las que mantiene con la botella. Deben de ser fascinantes... Aunque lo que yo creo es que está acojonado. Le aterra que un día alguien se acuerde de él para ofrecerle un puesto de verdad. Tiene miedo a volver a fracasar...

Gabriel se levantó de la silla tambaleándose. Aquello le dolía demasiado. Tenía que dejar atrás las palabras de su hija. Tenía que salir de allí. Se apoyó en la pared del pasillo para no caerse, para seguir en pie.

—¿Adónde vas, papá? ¿A esconderte de nuevo? Eso es lo único que sabes hacer: esconderte. Corre, corre a esconderte de la Verdad.

Jadeando, Gabriel alcanzó el cuarto de baño y cerró la puerta tras de sí. Recostando la espalda en la madera se dejó caer hasta sentarse en el suelo. Le faltaba el aire. Su pecho se hinchaba como el fuelle de un acordeón.

—¡Y eso es lo que querías que también hiciera yo! ¡Vivir escondida como tú, pero ya me he cansado de todo esto! —Y entonces Julia le asestó la estocada final—: ¡No has sido capaz de superar la muerte de mamá y crees que puedes pasarte la vida escondiéndote en el fondo de una botella!

Entonces se hizo el silencio.

La puerta del cuarto de baño se abrió un palmo y por ella asomó la cara descompuesta de su padre.

—Por favor, hija, dame un respiro. No me presiones más, te lo suplico. —Y volvió a cerrar la puerta tras de sí.

En ese momento, Julia se dio cuenta de lo que estaba haciendo. Del placer morboso que se siente al ser cruel cuando no hay consecuencias. De lo fácil que es quebrar una rama cuando ya está seca.

—Papá, lo..., lo siento..., yo no..., yo solo quería... Abre, por favor —susurró Julia mientras acariciaba con la yema de los dedos la superficie de la puerta, sentada en el suelo como su padre.

Del otro lado solo se oían sollozos.

—Siento todo lo que te he dicho, papá. Lo único que pretendía era que entendieras mi decisión. Pero no quería hacerte daño, lo juro.

En su interior, sentía el hormigueo de la culpa. Como si su estómago estuviera forrado de terciopelo.

—Sé lo que piensas. A veces lo veo en tus ojos —se sinceró Gabriel, aprovechando la puerta que los separaba para no tener que esquivar la mirada de su hija—. Que hubiera sido mejor que yo muriera en el accidente y no tu madre. Que eso hubiera sido lo mejor para todos.

—No digas eso...

—¿Sabes? Yo también pienso lo mismo cada día...

Y Julia oyó el llanto de su padre. Descubrió entonces el sonido que hacen al chocar con el suelo los pedazos de un hombre roto. Posó un beso en sus dedos y acarició de nuevo la puerta, dejándolo allí prendido. Era mejor que se marchara. Entró en el salón, cogió el bolso y salió de la casa. Las últimas palabras de su padre aún le quemaban las entrañas. Porque le dolía que pensara que hubiera preferido que muriera en lugar de su madre. Porque, en el fondo, sabía que era cierto.

La botella era la única que lo estaba esperando en el salón cuando por fin abandonó su encierro en el cuarto de baño. Gabriel recurrió a ella buscando alivio, su remedio líquido. «Eso es lo que dura la felicidad —pensó—. El tiempo de un beso de amor, del consuelo de un trago de alcohol.»

Si solo tú conoces un secreto, eres solo un pobre alcohólico.

Debía contárselo todo a Julia. Ella tenía que saber lo ocurrido. Tenía que contarle la verdad. Pero al hacerlo podría ponerla en peligro. «Ellos» volverían, «ellos» podrían llevársela. No, de momento sería mejor seguir como hasta ahora, con la boca cerrada. Protegiéndola. Sin embargo, que su propia hija lo despreciara, que creyera que solo era un borracho inútil que se escondía detrás del alcohol por miedo al fracaso se le hacía cada vez más cuesta arriba. Le gustaría que supiera quién era en realidad, lo que hizo, lo que había descubierto. Lo que le costaba mantener esa fachada cada día. Quizá si supiera la verdad se sentiría orgullosa de su padre. Pero no. Era mejor seguir callado. A salvo del secreto. Manteniéndola al margen de la verdad. Porque la verdad es peligrosa. La verdad puede costarte la vida.

Al bajar la botella reparó en las estanterías repletas de novelas acumuladas durante años. Como viejos amigos a los que no se ve con frecuencia, pero de los que uno sabe que siempre están ahí para lo que los necesite. Gabriel no entendía la vida sin la lectura, para él un día sin lectura era un día perdido. Era consciente de que vivía en una sociedad en la que cada vez era más extraño encontrar libros en los hogares.

La gente argumentaba que ocupaban mucho espacio, que prefería el formato digital. Pero lo cierto era que ya casi nadie leía. Las pantallas habían ganado la batalla a las páginas. La diversión, al saber. Comenzaron a tirar los libros a la basura. Pronto fue tal la cantidad que se tuvieron que habilitar unos contenedores especiales donde los ciudadanos pudieran deshacerse de ellos. Cada semana, los contenedores se vaciaban y su ilustre contenido era arrojado a un vertedero para ser posteriormente incinerados. Cientos, miles de libros tratados como si fueran las páginas vacías de un cuaderno, desperdicios, sobras que ya solo interesaban a los mendigos.

«Es una buena imagen para entender en qué se ha convertido esta sociedad. La gente despreciando la cultura, el conocimiento. Abrazando la ignorancia. Orgullosos de su estupidez», pensó Gabriel.

Entonces la vio, en medio de la estantería, la imagen de Cecilia, su esposa. La había colocado allí porque a ella le encantaba estar rodeada de libros. Se quedó mirando su rostro hasta que, como si estuviera agazapado, esperando, el recuerdo de aquella noche se le echó encima. La soporífera presentación a la que Cecilia se empeñó en acompañarlo. El frío que los hacía caminar abrazados. La cena íntima posterior. Las manos jugando a devorarse por debajo de la mesa. Aquella sonrisa suya con la que se podían iluminar grutas. Los hoyuelos apareciendo en la cara cuando se reía y que tanta ternura le despertaban. La risa de la que era adicto. Y esa forma de besar que le insuflaba vida. Todo fue perfecto. De regreso a casa, Gabriel conducía sin dejar de mirarla. La vida era eso. Un camino seguro con ella a su lado.

Entonces, la tragedia sacó el primer número del bombo de la mala suerte. A partir de ahí, todo se precipitó. El sonido de una rueda al reventar. El coche saliéndose de la carretera. Vueltas y más vueltas de campana. Los giros que no cesaban. Los gritos que nadie oyó. El ruido del metal al retorcerse. Vueltas y más vueltas. Los cristales explotando. Aquella humedad pegajosa en la cara. Vueltas y más vueltas. Hasta que todo se detuvo, por fin. Gabriel estaba aturdido. Se había golpeado la cabeza. Sangraba. Buscó a Cecilia con la mirada. Estaba en el asiento de al lado. Sujeta por el cinturón de seguridad. Tenía el pelo apelmazado cubriéndole el rostro. Algo metálico salía de su vientre, como una garra enorme. Gabriel sintió que perdía la consciencia. «No, ahora, no. Tengo que ayudarla, tengo que sacarla de aquí.» Intentó desabrocharse el cinturón de seguridad. La sangre de la cabeza le nublaba la visión. Tiraba y tiraba, pero no conseguía liberarse de él. La cabeza le daba vueltas. Tenía la sensación de estar cayendo. «Ya voy, mi vida, ya estoy contigo.» Los brazos no le respondían. Los ojos se le cerraban. Cecilia estaba quieta, demasiado quieta. ¡Y el maldito cinturón no lo dejaba ir en su ayuda! «Espérame, amor mío, ya voy, aguanta un poco, solo un poco más.» Y, justo antes de perder el conocimiento, oyó aquella voz. Un hombre a su lado recitando aquella poesía. Esa que hablaba de los hombres huecos:

... con los ojos derechos, al otro Reino de la muerte...

Gabriel volvió a entregarse a la botella. Pero esta vez la ginebra le supo salada. Se había mezclado con sus lágrimas.

5

Su padre siempre le decía que el edificio de la facultad de Ciencias de la Información, en la Complutense, parecía un búnker porque protegía a los futuros periodistas de la realidad de la profesión. Esa a la que tendrían que enfrentarse cuando salieran de allí. Esa que no les enseñaban en las clases. Julia seguía dándole vueltas a lo que había ocurrido en su casa. No tenía que haber sido tan cruel con su padre, eso lo reconocía. Pero, por mucho que se mortificara y autoflagelara, en el fondo sabía que tenía razón, que había días como esos en los que hubiera preferido la compañía de su madre. Pero no podía quedarse de brazos cruzados viendo cómo se iba hundiendo trago a trago. A veces, una explosión es la única forma de construir algo desde cero. Quizá necesitaba cruzar esas líneas rojas para que dejara de verla como una niña y la tomase en serio. Ambos debían pedirse perdón. Ella por las formas y su padre por el fondo. De todos modos, no creía que hubiera sucedido nada que no pudiera arreglarse con un abrazo, un te quiero y el enésimo visionado de *El Padrino*, que era casi religión en su casa. Julia traspasó las puertas de la facultad con la seguridad de quien lleva repitiendo el mismo gesto durante cuatro años. En la planta baja, un grupo de jóvenes, no más de siete, gritaban consignas a favor del Sindicato de Estudiantes y en contra del rector. Julia saludó con la mano a un compañero que llevaba un altavoz. Era Collado, el presidente del sindicato, que, al verla, dejó de gritar y se le acercó.

—Hola, Julia. Oye, ¿vas a venir a la asamblea de esta tarde? El rector nos quiere quitar el local. Necesitamos reunir al mayor número posible de estudiantes para hacer fuerza. ¡El sindicato lleva utilizándolo desde el siglo pasado!

—No sé si podré. Pero, por lo que veo, no tenéis mucha capacidad de convocatoria.

Los dos jóvenes se volvieron para observar cómo los estudiantes entraban y salían de la facultad sin prestar atención al grupo que protestaba.

—A los estudiantes de ahora la política y el movimiento sindical les dan exactamente igual —se lamentó Collado—. Somos una generación que ha desertado de la lucha por sus derechos. Y si no luchamos por ellos, alguien vendrá para quitárnoslos.

—¿Por qué el rector os quiere quitar el local?

—Dice que el sindicato apenas tiene afiliados.

—¿Y es verdad?

Collado respondió echando una mirada al grupo que seguía gritando consignas.

—¿Tú qué crees? Hace poco hicieron una encuesta entre los estudiantes de Periodismo sobre cuáles eran sus intereses respecto del futuro. La mayoría votó por los videojuegos, las drogas y salir de fiesta.

—Y el sexo. No te olvides del sexo.

Por un momento, un ligero rubor encendió el rostro de Collado. A Julia le encantaba hacer que se sonrojara. Le parecía enternecedor.

—Sí, cla... claro. El sexo también estaba en la list...

—¡Julia!

Desde la planta de arriba, apoyada en la barandilla, Beatriz agitaba los brazos para llamar la atención de la pareja.

—Tu amiguita del Plan A te llama —refunfuñó Collado.

La crisis había «obligado» al Estado a reestructurar las universidades. El erario público ya no podía cubrir todos los gastos de las facultades. Para evitar su cierre definitivo, se evaluaron distintos tipos de financiación y se optó por dividir a los alumnos en dos grupos. Los del Plan A, que pagaban una mensualidad nunca inferior a dos mil euros; y los del Plan B, que solo tenían que costear la matrícula y los créditos de cada asignatura que no aprobasen. Entre otras ventajas, estudiar en el Plan A suponía la eliminación de un año de carrera (para estos las licenciaturas eran de cuatro años). El número de alumnos por clase nunca podía superar los treinta, las aulas disponían de las últimas tecnologías y los estudiantes de ese plan eran los únicos que podían optar a prácticas en empresas. Los del Plan B, en cambio, tenían que asistir a clases masificadas, de más de cien alumnos, las de toda la vida. En la mayoría de ellas no había pupitres para todos y algunos alumnos tenían que seguir las clases de pie al fondo del aula o sentados en el suelo. La tecnología en esas clases se limitaba al clásico binomio pizarra-tiza, y la carrera duraba cinco años. La primera consecuencia que tuvo este cambio fue que muchas empresas que buscaban profesionales pedían en sus anuncios que los del Plan B se abstuvieran de mandar su currículum.

—No sé cómo te juntas con esa gente —continuó Collado—. Todo se jodió cuando llegaron ellos.

—¿Qué gente? Tengo amigos en el Plan A y en el B. Sin importarme los ceros de su cuenta bancaria. Y, por cierto, tu sindicato votó a favor de que se dividiera a los alumnos por planes.

—Yo aún no estaba afiliado...

—Me tengo que ir —dijo Julia, dándole un cariñoso puñetazo en el hombro a modo de despedida.

—¿Vendrás a la asamblea? —suplicó Collado.

Julia se dio la vuelta mientras caminaba hacia atrás.

—Por lo que veo —indicó señalando con la barbilla al grupo que protestaba—, va a ser como tener una cita íntima.

—No me des ideas.

—¿Las necesitas? —Y, por un segundo, Collado volvió a sonrojarse mientras Julia se alejaba sonriendo.

En la primera planta, Beatriz la esperaba acodada en la barandilla. Era mucho más alta que Julia. Vestía ese tipo de ropa que lleva la marca del diseñador bien visible, para no dejar dudas sobre su precio. Su melena rubia y lisa lucía eternamente inmaculada, como una cascada de oro. Y siempre estaba maquillada a la perfección, como si en cualquier momento tuviese que acudir de invitada a una fiesta. Cosa que ocurría muy a menudo.

—¿Qué hacías con el héroe de la clase obrera? —ironizó saludando a Julia con dos besos dados al aire cerca de sus mejillas.

—¿Collado? Es simpático.

—Es un coñazo. Uno de esos tipos que siempre están seguros de todo. Pero, dime, ¿conseguiste el puesto?

—¡Sí! Empiezo mañana. De verdad, Bea, no sé cómo agradecértelo.

—El favor me lo haces tú a mí. Así mi padre dejará de machacarme con que me labre un futuro y me vaya a trabajar con él.

—Por cierto, dale las gracias también a él.

—Dáselas tú mañana cuando lo veas. Yo apenas hablo con él. Nos comunicamos a través de mensajes. Él me pide que no llegue tarde y yo le pido dinero. ¡Eh, no me mires así! Según las estadísticas, las parejas deciden no tener hijos por motivos económicos. Así que somos un lujo para nuestros padres, ¿no? Pues los lujos se pagan.

—Bea, no sé si eres una cínica o una descerebrada.

—Con una copa, cínica. Con más de dos, descerebrada. Por cierto. Esta noche hay fiesta.

—No, esta noche no puedo. Tengo que volver pronto a casa.

—Oh, vamos. Va a haber un montón de chicos interesantes que estarán deseando contarnos mentiras. No puedes negarte.

—Sí que puedo, mira: no. ¿Y qué pasa con el toque de queda?

—Trabajas para un periódico. Ya no te afecta el toque de

queda. Además, me debes una por haberte conseguido las prácticas.

—Chantajista.

—Te recojo en tu casa a las nueve. Por cierto, ¿cómo se lo ha tomado tu padre?

6

El viento era una cuchilla fría que recorría los rincones de la ciudad en busca de víctimas. Gabriel se subió el cuello del abrigo al salir de su portal. Tenía que abrir la tienda, pero antes pasaría por el supermercado. Se le había terminado la ginebra y no podía aguantar mucho tiempo expuesto a la realidad sin su antídoto. En la calle, las hormigas obreras vestidas con sus uniformes corrían a encerrarse en sus oficinas. Al terminar su turno se sentirían satisfechos por haber cumplido como ciudadanos para convertirse en consumidores. Gabriel sintió pena por toda aquella gente a la que habían engañado haciéndola creer que la felicidad se reducía a abrir un paquete. Al doblar una esquina, se encontró una pared en la que alguien había escrito:

No nos escuches, ya estamos todos muertos.

El supermercado ocupaba el edificio que antes había albergado un cine. Desde hacía unos años, las salas habían desaparecido por falta de público. Ahora la gente prefería ver películas en el salón de su casa. Era más cómodo, más fácil, más vulgar. En sintonía con los tiempos.

«Primero cerraron los cines; acto seguido, las pequeñas librerías, y, por último, desaparecieron los periódicos en papel. La vida no deja de mandarme señales, mi mundo se acaba», pensó Gabriel.

Nadie hablaba. El respetuoso silencio de catedral solo era interrumpido por la megafonía anunciando ofertas. Todo el mundo estaba concentrado haciendo lo que más le gustaba: comprar. Gabriel fue directo a la sección de bebidas, agarró dos botellas de la ginebra más barata y se puso en la cola para pagar. Ya no había personal en las cajas, todas estaban automatizadas. Hasta el guardia jurado había sido sustituido por una cámara de seguridad... Lo mismo ocurría en las fábricas, la gran mayoría robotizadas. Miles de empleados no cualificados perdieron su empleo. Unos puestos de trabajo que jamás recuperarían porque habían dejado de existir. Miles de parados se hacinaban en los márgenes de las ciudades, subsistiendo con las pequeñas ayudas que les proporcionaba el Estado, algo que hacía más por garantizar la paz social que porque realmente le importaran sus problemas. Gabriel se dio cuenta de que, tiempo atrás, esos desempleados eternos se habrían alzado en armas para defender su dignidad. Pero hoy todo el mundo tiene una televisión, un móvil, un ordenador. Están demasiado entretenidos como para iniciar una revolución.

Al salir del supermercado, Gabriel sintió que el miedo le daba unos golpecitos en el hombro. Tuvo la sensación de que alguien lo estaba mirando desde la otra acera. Le pareció ver a un hombre vestido con un traje azul. Para cuando quiso comprobarlo, no encontró a nadie. Solo el flujo constante de gente chocándose entre sí con prisa y sin decirse nada.

Si solo tú conoces un secreto, eres un hombre que imaginas cosas.

Gabriel alzó el cierre metálico y entro en la tienda, dejando fuera al viento que protestaba haciendo vibrar los cristales. En el local, las antigüedades se apelotonaban unas contra otras componiendo un abigarrado caos. Como si se refugiaran del paso del tiempo que acechaba en el exterior para reducirlas a su condición de trastos viejos. Pero allí aún conservaban su esencia. Aún eran objetos útiles, bellos, incluso prácticos. Aquel hermoso desorden hacía que Gabriel se sintiera en casa. Quizá su hija tuviera razón. Él también se estaba convirtiendo en una antigüedad. Y eso le gustaba.

Como cada día, pasó revista a todos los objetos de la tienda. Era una especie de saludo. El bargueño, con sus formas severas; la bola del mundo que en su interior guardaba un mueble bar; el regio busto de aquel general al que todavía no había conseguido identificar... Y los libros que fue rescatando de la basura: *El Quijote, Cien años de soledad, La Celestina, Moby Dick, El gran Gatsby, El largo adiós, Campos de Castilla...*

Sabía que nunca llegaría a venderlos. Pero no soportaba ver aquellas obras maestras en un contenedor, compartiendo espacio con restos de comida y suciedad. «Adoramos la quincalla mientras arrojamos las joyas al barro», pensó.

Cada día abría una de aquellas obras y leía unas páginas. Porque un libro que no se lee es un libro muerto. Basta con perderse por sus palabras para que vuelva a la vida. Gabriel tomó en sus manos *El largo adiós*:

Hasta la vista, amigo. No le digo adiós. Se lo dije cuando tenía algún significado. Se lo dije cuando era triste, solitario y final.

Sintió en su interior el íntimo placer que provoca leer algo hermoso. Un cóctel de belleza e inteligencia. Un estallido de luz en medio del cerebro. Depositó el libro al lado de todos los demás y se sentó en su despacho. Tras él, alineadas en estanterías, a diferentes alturas, se encontraba la colección de máquinas de escribir: Remington n.º 7, Olivetti Valentine, Olympia SM9 y su favorita: la Underwood n.º 5 que había pertenecido a su padre. Aún la utilizaba cuando quería escribir algo. Aquellas máquinas conseguían llevar a cabo el milagro de transformar ideas, proyectos, pensamientos, en algo tangible, palpable. No como los ordenadores, que creaban documentos inmateriales, que desaparecían, se perdían o se podían manipular.

Gabriel tomó la vieja Underwood, la puso sobre su mesa y comenzó a teclear. Aquel sonido siempre lo había tranquilizado. Tenía los ojos cerrados cuando la trampilla para el correo de la puerta se abrió y dejó caer el pequeño paquete en el interior de la tienda. Estaba envuelto en papel de estraza e identificó que tenía la forma de un libro. Notó que las manos le temblaban cuando lo recogió del suelo. Sabía de qué se trataba, pero le daba miedo confirmarlo. Rasgó el papel de estraza y entonces lo vio. Aquel libro. *1984*, de George Orwell. El aviso que confirmaba sus peores temores. Tenía que huir. Marcharse lejos. Abrió el cajón de su despacho donde guardaba el sobre con dinero en efectivo. Lo había ido acumulando por si llegaba este día. Pero antes debía hacer algo. Se sentó delante de la Underwood n.º 5 y comenzó a escribir:

`Julia, hija mía…`

Tan solo un par de párrafos. No había tiempo para más. Con unas tijeras fue recortando la parte en blanco de la carta. Luego dobló el papel todo lo que pudo y lo metió dentro de un billete de diez euros. Se lo guardó en el bolsillo y se dispuso a salir a la calle. Echó un último vistazo a las antigüedades: el bargueño, el busto del general y los libros. ¿Cuánto tiempo permanecerían muertos, sin que nadie los leyera? Al pensar en la muerte sintió un escalofrío y salió a la calle.

Caminaba deprisa en dirección a la estación. El tren era su mejor opción. Los billetes no eran nominales y tardarían más en seguirle la pista. Primera parada: Lisboa. Y de allí daría el salto a Marruecos para continuar dirección sur por el continente africano. Cuanto más lejos de la tecnología, mejor. De pronto, a su derecha, le pareció ver algo por el rabillo del ojo. Un hombre vestido de azul parado en la acera, observándolo. Pero cuando giró la cabeza había desaparecido. «Ya están aquí», pensó.

Aceleró el paso y abandonó las calles principales. Tenía que encontrar a su contacto antes de que ellos lo vieran, antes de marcharse. Trataba de mezclarse entre la gente, de pasar lo más desapercibido posible. No podían verlo, pero necesitaba entregar la carta… Y entonces lo vio, allí estaba el mendigo. Sentado sobre unos cartones. En el suelo, frente a él, un recipiente con algunas monedas. Gabriel se acercó y, sin dejar de caminar, dejó caer el billete de diez euros con la carta escondida en él. El mendigo alzó la mirada. Los dos hombres mantuvieron la mirada el uno en el otro durante unos instantes que parecieron eternos. Era su forma de reconocerse. Al volver la vista hacia la calle, los vio de nuevo. Esta vez no había dudas. Dos hombres de traje azul. Parados. Observándolo. Con sendas sonrisas amenazantes, afiladas como navajas. Gabriel echó a correr.

Si solo tú conoces un secreto, eres un hombre que huye.

Tenía la estación de Atocha frente a sus ojos. Sin dejar de correr, Gabriel miró hacia atrás por encima de su hombro. Ahora eran más. Veía cómo se juntaban y se desplegaban para darle alcance. Siguió corriendo sin detenerse en el semáforo, esquivando los coches como podía; el riesgo de ser atropellado no significaba nada en comparación con caer en manos de aquellos hombres. Los cláxones sonaban a su alrededor como gritos desesperados. Al entrar en la estación descubrió que lo estaban esperando. Un tipo con traje azul plantado en medio del vestíbulo lo señalaba mientras una sonrisa cruel se extendía por su rostro como una epidemia. Gabriel agachó la cabeza y se mezcló con un grupo de estudiantes cargados de maletas. Tenía que encontrar una máquina de venta de billetes. Estaban distribuidas por toda la estación, una de las pocas cosas buenas que tenía la supresión del personal de las taquillas. Encontró una cerca de los cuartos de baño. Seleccionó el destino sin dejar de vigilar su espalda. Introdujo los billetes por la ranura correspondiente. Pero la máquina los rechazó.

«¡Oh, vamos, no puede ser, ahora no, ahora no!», pensó.

Repitió la operación, pero la máquina volvió a escupirlos. Detectó movimiento detrás de él. Esta vez eran tres. Alzaban la cabeza, mirando en todas direcciones, buscándolo. Gabriel se encogió sobre sí mismo.

—No me hagas esto, ahora no. Trágate los billetes de una maldita vez —susurró.

En el último instante, el dinero fue absorbido por la ranura. Una luz verde se encendió y el billete a Lisboa surgió como un salvoconducto. Gabriel lo agarró y en cuclillas se introdujo en los aseos. Como era de esperar, los servicios estaban atestados. Gabriel tuvo que esperar a que se quedara libre uno de los habitáculos individuales y, cuando lo consiguió, se encerró en él. Su plan era esperar allí hasta que apenas quedasen unos minutos para que saliera su tren e intentar subirse en él rápidamente sin que lo descubrieran. Fuera, en los retretes, los hombres hablaban en voz alta. Sentado en el inodoro, Gabriel fue consciente del peso del miedo sobre sus hombros. Empujándolo hacia abajo, intentando aplastarlo contra el suelo. Respiraba hondo, pero el aire se había vuelto sólido y se negaba a entrar en sus pulmones. Cerró los ojos y trató de tranquilizarse. Al menos había logrado entregar el mensaje para Julia. Su hija sabría lo que sentía por ella, lo que...

Algo había cambiado fuera. El servicio estaba en completo silencio. Como si todo el mundo se hubiera marchado. Gabriel se agachó para observar el exterior por debajo de la puerta, que no llegaba hasta el suelo. Casi se le escapa un grito de terror. No, el cuarto de baño no estaba vacío. Acababa de ver seis pares de zapatos negros, brillantes como el mar nocturno, con las punteras apuntando hacia su cubículo. Y sobre ellos descansaban las perneras azules de los trajes. Muy despacio y sin hacer ruido, Gabriel volvió a sentarse en el retrete y recogió las piernas sobre el pecho, en un inútil intento por no ser descubierto. De repente, los hombres comenzaron a abrir y cerrar las puertas de los habitáculos a la vez. Una y otra vez. Sin parar. Un ruido en dos tiempos convertido en amenaza. Gabriel se tapó los oídos mientras se encogía aún más. Las puertas se cerraban y se abrían. Una y otra vez. Quería que se detuvieran, quería salir de allí. No podía aguantarlo más, estaba a punto de gritar. De repente, el ruido cesó. Entonces vio que un par de zapatos negros se pegaban a la puerta.

—Hoy nadie aprecia el silencio. Vivimos en un constante elogio del ruido.

Gabriel conocía esa voz, la había oído en alguna parte.

—Usted es como todos los demás, debía guardar silencio, señor Romero. Pero no pudo. Así son los periodistas, siempre cuchicheando, murmurando mentiras, contándose al oído sus embustes.

Una uña descendió lentamente por la superficie de la puerta rasgando la madera. Aquel sonido hizo que Gabriel se hiciera cada vez más pequeño.

—No debió hablar con la periodista. Sus palabras actuaron como un veneno y ahora ella está muerta.

—Yo... yo no le dije nada, apenas hablamos...

—Chisss. ¿Qué le acabo de decir? No, señor Romero. Usted ya ha hablado demasiado. Ahora le toca guardar silencio. Para siempre.

Gabriel notó que la puerta comenzaba a crujir, los goznes chirriaban, una fuerza empujaba tratando de abrirla.

—Su esposa no debía haber estado en el automóvil aquella noche. Solo usted era el objetivo.

Entonces reconoció la voz del hombre. La oyó a su lado el día del accidente. Otra uña comenzó a rasgar la madera. Y otra. Y otra más.

Si solo tú conoces un secreto, estás muerto.

La puerta comenzaba a abombarse. Uno de los tornillos saltó de las bisagras. Las lágrimas surcaban la cara de Gabriel, sin que este pudiera articular palabra. Solo emitía un desagradable balbuceo implorando clemencia. Entonces todo se detuvo. Solo se oyó la voz del hombre.

—He venido a recitarle la misma poesía de Eliot, «los hombres huecos», de nuevo. Será mi despedida, señor Romero.

... los que han cruzado
con los ojos derechos, al otro Reino de la muerte
nos recuerdan —si es que nos recuerdan— no como
perdidas almas violentas, sino solo
como los hombres huecos.

Y, acto seguido, la puerta saltó por los aires.

SEGUNDA PARTE

La falsedad tiene alas y vuela, y la verdad la sigue arrastrándose.

MIGUEL DE CERVANTES, *El Quijote*

7

Julia se aburría. Acodada en la barra de la discoteca, daba vueltas a su copa mientras contemplaba cómo los hielos se iban haciendo cada vez más pequeños, más pequeños... hasta desaparecer.

«Lo mismo ocurre con los sueños —pensó—. Dios, solo me pongo profunda cuando estoy borracha.»

Por encima de su hombro buscó con la mirada a Bea. La encontró rápidamente. Seguía ejerciendo su reinado en el centro de la pista mientras una cohorte de vasallos la rodeaban implorando su atención. Mostrándose inalcanzable cuanto más se exhibía. Al principio, la fiesta había ido bien. Una discoteca de moda, barra libre y Bea presentándole a un montón de chicos interesantes. El problema era que dejaban de serlo en cuanto les contaba que, en la universidad, estudiaba en el Plan B. Inmediatamente, Julia percibía que algo cambiaba en ellos. Comenzaban a mirarla de otra forma, con el sutil desprecio con el que se observa una joya cuando se descubre que es falsa, una imitación sin valor. Julia no lo soportaba. Así que había decidido atrincherarse en la barra y beber hasta conseguir odiar a todos los asistentes de la fiesta. Y lo estaba logrando.

—Hola, ¿estás sola?

A su lado se materializó un tipo anodino hasta el bostezo. Tan vulgar que tendría que prenderse fuego para que alguien lo mirara. Recordó que se lo habían presentado cuando llegó a la fiesta, pero había olvidado su nombre. Una copa más y lo mismo ocurriría con su cara.

—Sí, y me gustaría seguir estándolo —respondió sin dejar de mirar al frente.

—Vaya, vaya. Qué creído se lo tienen las del Plan B. Y eso que, de no ser por Bea, ni estarías aquí ni tendrías la posibilidad de conocer a alguien como yo.

Julia casi se atraganta con la copa por el ataque de risa. La hostia dialéctica estaba a punto de salir de su boca cuando notó que un brazo se apoyaba en sus hombros.

—Hola, cariño. ¿Te he hecho esperar mucho?

Junto a ella apareció un joven alto, con un tono de pelo indeterminado, entre rubio sucio y castaño claro. Ojos oscuros y profundos, como un pozo sin fondo. En su rostro asomaba una de esas sonrisas indecisas que pinta la inseguridad. Llevaba traje y corbata, pero no le quedaban bien. No por la talla, sino porque no pegaban con su cara. Parecía un niño disfrazado de adulto.

—¿No me vas a presentar a tu amigo? —improvisó el recién llegado.

Julia estaba tan desconcertada que decidió decirle la verdad.

—No es mi amigo. En realidad, ni lo conozco.

—No sabía que la señorita estaba acompañada. Le pido disculpas —dijo el tipo anodino.

Su cambio de actitud dejaba claro que el recién llegado le infundía respeto. Pero, antes de alejarse, sus ojos se convirtieron en dos lanzadores de cuchillos que tenían a Julia como objetivo.

—No necesitaba tu ayuda para deshacerme de ese imbécil —aclaró Julia mientras, con un gesto, se desprendía del brazo que colgaba de sus hombros.

El recién llegado levantó la palma de las manos en señal de paz.

—Estoy completamente seguro de ello. Pero no me he acercado por eso. Te llevo observando un rato y creo que somos las dos personas más aburridas de toda la fiesta.

A medida que le iba escuchando, Julia se dio cuenta de que aquel tipo le gustaba. Le gustaba cómo bajaba los ojos con timidez cada vez que la miraba. Le gustaba la desfachatez con la que había roto el hielo. Le gustaba esa enternecedora mezcla entre caradura y niño avergonzado. Así que, para evitar que siguiera gustándole, pidió otro ron con cola al camarero. En cuanto se lo sirvieron, se llevó media vida de la copa de un trago. Volvió a mirar al tipo y notó que el alcohol le había hecho efecto. Ahora lo odiaba tanto como al resto de los asistentes a la fiesta. Bueno, tal vez un poco menos.

—Así que he decidido hacerte una proposición honesta. Me muero por irme a mi casa. Estoy cansado, no me gusta la música y no me apetece seguir bebiendo. Pero si mis amigos ven que me marcho de la fiesta solo no me lo permitirán. Me abrazarán, tirarán de mí, me llamarán rajado; en fin, te lo puedes imaginar. Por eso me preguntaba si no te importaría ayudarme haciendo ver que nos marchamos juntos. Como te he dicho antes, me da la impresión de que tú tampoco te lo estás pasando bien. A cambio de ese favor, me ofrezco a llevarte a tu casa en coche.

Julia lo miró de arriba abajo. Su lengua quería soltarle algún latigazo verbal que escaldara a aquel sobrado y a su propuesta. Pero no se sentía muy brillante a causa del alcohol. Además, era cierto que se aburría, y los tacones la estaban matando.

—Me harías un gran favor, Julia —continuó el joven.

—¿Cómo sabes mi nombre?

—Bea nos presentó antes.

—Pues lo siento, pero yo he olvidado el tuyo.

—No pasa nada, me llamo Max.

—Encantada, Max. Y ahora, si eres tan amable y logro bajarme de aquí, nos vamos.

Julia descabalgó del taburete con dificultad y se abrió paso entre la multitud en dirección a la salida.

—El tipo que se me ha acercado antes te tenía respeto. Se le cambió la cara en cuanto te vio —dijo Julia, levantando la voz para que Max la escuchase.

—Oh, eso. No me respeta a mí, sino el lugar donde trabajo.

—¿Y dónde trabajas?

—En el Ministerio de la Verdad.

En la calle, la noche les lanzó su aliento frío a la cara. Olía a basura y comida rápida. El centro de todas las ciudades occidentales apestaba ahora a comida rápida. Cines, teatros, auditorios convertidos en restaurantes donde comer con las manos. En 2030, chuparse los dedos resultaba más atractivo que escuchar la Novena de Beethoven. La experiencia gastronómica había quedado reducida a una cadena de montaje. Julia pegó su cuerpo al de Max para entrar en calor. Sintió que el chico se estremecía.

—No te hagas ilusiones. Solo me interesas como fuente de calor. Te cambiaría ahora mismo por una estufa.

—Nunca me habían comparado con una estufa. Tú sí que sabes cómo halagar a un hombre.

—Te recuerdo que para ti solo soy una excusa para poder salir de la fiesta sin quedar como un aburrido.

—La señora excusa y el señor estufa, suena bien. Podríamos ser la pareja del año.

—Señorita excusa, si no te importa. Y, por cierto, ¿son imaginaciones mías o estás flirteando conmigo?

—Pensaba que era algo evidente. ¿Tan mal lo hago?

—He conocido estufas con mucha más gracia que tú —añadió Julia mientras sacaba el móvil de su bolsillo. La pantalla le advirtió de que tenía veinte llamadas perdidas de un número que no conocía.

—Así que estudias Periodismo con Bea. Mi trabajo en el Ministerio está relacionado de alguna forma con la información —dijo Max.

Pero Julia no lo escuchaba. La vida te lleva, en un instante, de la risa al llanto. Aquellas veinte llamadas perdidas la asustaron. Algo dentro de ella había comenzado a crecer. Lo notaba. El miedo se extendió por su interior. Llamó al número. Un tono, dos. Y alguien descolgó al otro lado.

—Por fin doy contigo, Julia. ¿Dónde estás?

—No sé con quién estoy hablando. Tengo veinte llamadas perdidas de este número...

—Soy Alfredo, Alfredo Varona. Tu nuevo compañero de *El Observador Digital*. Julia, ha pasado algo. Algo malo. Tu padre...

Sintió la punzada metálica atravesando todo su ser. Como una mariposa a la que la tragedia clavaba un alfiler para que no se mueva, para exhibirla.

—Tu padre ha muerto, Julia.

Y en ese instante sintió que un millón de niños gritaban a la vez en su interior. Un millón de espejos se hacían trizas. Un millón de ciudades ardían hasta convertirse en cenizas.

El coche de Max frenó ante la puerta del Instituto Anatómico Forense. Julia saltó del vehículo y entró en el edificio sin mirar atrás. La borrachera había desaparecido arrastrada por la adrenalina y el dolor. Al entrar en el edificio, tuvo la sensación de que todo allí era triste. El rostro de la gente, las conversaciones, los muebles, las baldosas del suelo, el color de la pintura de las paredes. Como si la tristeza contaminara para siempre a quien cruzaba aquella puerta. O quizá fuese el mundo el que se había vuelto más triste desde que su padre ya no estaba en él.

Varona la esperaba al final de un sombrío pasillo. Julia lo abrazó. El gesto sorprendió al hombre, que en un primer momento no supo qué hacer hasta que decidió devolverle el abrazo.

—¿Qué ha pasado? —preguntó Julia mientras notaba que la vista se le volvía borrosa a causa del caudal de lágrimas que se acumulaba en sus ojos.

—No me han contado mucho. Al parecer, Gabriel..., tu padre, se ha suicidado...

—¡¿Qué?! ¡Eso no puede ser!

—Ahora saldrán y te lo explicarán mejor.

—Pero ¿cómo? Mi padre nunca...

—Parece que se ha arrojado por el Viaducto.

Julia se negaba a entender aquellas palabras, como si le hablaran en un idioma desconocido. Como si no se estuvieran dirigiendo a ella. Pensaba que si no abría la puerta a la tragedia, esta se marcharía. Pero no. Aquello no era una visita. La tragedia había venido para quedarse. Una puerta se abrió al fondo del pasillo y un grupo de hombres se dirigió al encuentro de Julia.

—¿La señorita Julia Romero? —preguntó un tipo de rostro delgado, con el pelo negro pegado al cráneo con fijador, entrecomillado por unas sienes blancas. Desprendía esa elegancia natural propia de las aves rapaces—. La acompaño en el sentimiento. Soy el doctor Lucas, el médico forense que ha realizado la autopsia de su padre. Y este es el inspector Valverde, de la Policía Nacional; fue el primero en llegar al lugar de los hechos.

—No sé si usted me puede explicar algo más... Me han dicho que mi padre está muerto, que se ha suicidado. Pero eso no puede ser, debe de haber un error...

—El cuerpo de su padre fue hallado a los pies del Viaducto y el cadáver presentaba todos los signos de una muerte por precipitación. Un hecho que la primera autopsia ha confirmado. Estamos a la espera de los resultados de la segunda, mucho más exhaustiva, aunque no parece que vaya a haber grandes diferencias entre ambas. Lo lamento de veras.

—Pero no tiene sentido, él no tenía motivos para suicidarse.

—La autopsia también ha determinado que el cuerpo de su padre presentaba una alta concentración de alcohol en sangre. Tal vez su muerte se deba a un accidente o tal vez se quitó la vida de forma voluntaria. Eso nunca lo sabremos.

Julia se dio cuenta de que, mientras aquel hombre hablaba, tras él el inspector de policía negaba con la cabeza.

—¿Puedo verlo? —consultó Julia.

—No se lo aconsejo. El cadáver ha quedado muy dañado por el impacto. Es mejor que lo conserve en su recuerdo tal como era en vida —dijo el forense mientras tomaba por el hombro a Julia para conducirla hasta la salida—. Usted no se preocupe por nada, nosotros nos encargamos de todo el papeleo. Ahora tiene que descansar. El destino a veces nos golpea de forma injusta, pero hay que levantarse y seguir. Sobre todo usted, una joven que tiene toda la vida por delante.

El hombre dio un ligero abrazo a Julia, sin poder disimular el desagrado que le provocaba aquel contacto físico, y se alejó por el pasillo.

—Vámonos de aquí —dijo Varona, tomándola del brazo—. Lo que tú necesitas ahora solo se puede conseguir en un sitio: un bar.

Ya se disponían a salir por la puerta cuando una voz los retuvo.

—Aguarde un momento, señorita Romero.

El inspector Valverde se acercó a ellos por el pasillo. Cuando llegó a su altura atrajo a Julia hacia sí para hacer un aparte con ella.

—Te espero fuera —dijo Varona mientras se encaminaba hacia la puerta que daba a la calle.

Al quedarse solos, el inspector tendió una tarjeta a Julia cubriendo el gesto con su cuerpo, tratando de que nadie lo viera.

—Llámeme cuando quiera, aquí tiene mi número personal y el de mi despacho.

Julia tomó la tarjeta que le ofrecía el inspector. Sus datos estaban impresos en una sobria tipografía acorde con su cargo, pero al darle la vuelta se encontró con que Valverde había escrito un mensaje a mano: «Tengo que hablar con usted a solas».

—Señor Valverde, ¿viene usted ya? —El forense apareció al fondo del pasillo reclamando la presencia del inspector.

—Debo marcharme —dijo Valverde, manteniéndole la mirada a Julia unos segundos más de lo necesario.

Fuera, Varona se había ocultado en una esquina del edificio, protegido por unos arbustos, lejos de miradas ajenas. De una pequeña cajita de cartón extrajo su último cigarrillo, como si se tratase de una joya única. Lo encendió mientras comprobaba que nadie se encontrase cerca. Desde 2025, el tabaco estaba totalmente prohibido. Se imponían fuertes multas a quien fuera descubierto fumando y penas de cárcel para los traficantes de tabaco. La ilegalización había provocado un aumento desorbitado de los precios. En 2030, un cigarrillo constaba treinta euros en el mercado negro. Varona gozaba del sabor acre que dejaba el tabaco en la garganta y de esa triunfal sensación al expulsar el humo por la boca y la nariz, como un dragón dormido tras arrasar varias ciudades, cuando vio a aquella figura salir del Anatómico Forense por una puerta lateral. Una figura huidiza que trataba de mimetizarse con las sombras de la noche. Una figura que Varona reconoció. Aquel tipo trabajaba para el Ministerio de la Verdad.

8

El Poeta llamó a la puerta un par de veces con los nudillos antes de entrar. La secretaria del Gran Hermano ya le había confirmado que lo estaba esperando, pero él era de los que pensaban que la educación se hacía notar por defecto, nunca por exceso. No abrió la puerta de madera hasta que oyó el «adelante» desde el interior. El despacho ocupaba en su totalidad la última planta del edificio que albergaba al Ministerio de la Verdad. Una sala forrada de madera, con moquetas mullidas como esponjas y circunspectos sillones de cuero. Siempre que entraba en aquel lugar se le venía a la cabeza la imagen del interior de un enorme ataúd. Al fondo, sentado en su gigantesca mesa, aguardaba el consejero general, el Gran Hermano en persona. Aunque si oyera al Poeta llamarlo así alguna vez, su empleo no sería lo único que perdería.

—Siéntate, por favor. Disculpa un momento. Enseguida estoy contigo —le indicó mientras observaba la superficie de su mesa, como un general contempla el mapa de operaciones.

En realidad, se trataba de una enorme pantalla táctil desde donde el Gran Hermano controlaba todo lo que pasaba, no solo en el Ministerio. También en el exterior. Podían verse canales de televisión, redes sociales, periódicos digitales y lo que recogían los miles de cámaras instaladas por los empleados del Ministerio de la Verdad en despachos, hogares, hoteles, en cualquier sitio que pudiera suscitar el interés del consejero general. Estaban en todas partes. De ahí le venía el sobrenombre.

—Se oyen más insensateces en el Consejo de Ministros que en un parvulario. Si no fuese por nosotros, no sé qué sería de esta sociedad. En serio, ¿para qué sirve un ministro? Para inaugurar cosas, cortar cintas, salir sonriente en las fotos y poco más. ¿Qué se puede esperar de alguien cuyo puesto depende de que la gente lo vote cada cuatro años?, ¿se te ocurre algo más absurdo?

—Dicen que la mayoría siempre tiene razón —ironizó el Poeta mientras tomaba asiento en uno de los sillones de cuero, que protestó al sentir su peso.

—Oh, vamos, Poeta. Eso solo se lo pueden creer ellos —respondió el consejero general señalando uno de los grandes ventanales que daba a la calle—. Los infelices que se agolpan sobre las aceras. Pero tanto tú como yo sabemos que no es cierto. Mira, en el mundo hay mucha más gente que prefiere beber Coca-Cola antes que vino de Rioja. ¿Eso hace que la Coca-Cola sea mejor que el vino de Rioja? No, eso lo que demuestra es que las masas son manipulables. Y si se las deja solas, pueden llevar a una sociedad al desastre. Pero no se lo vamos a permitir. ¿Verdad que no?

El Poeta sabía que era una pregunta retórica, así que no se molestó en contestar. No era la primera vez que visitaba aquel despacho.

—Mira a esos ancianos que se manifiestan todos los días delante de nuestro edificio. Son muy molestos. Las protestas comenzaron aquí, pero ya se han extendido a los otros tres ministerios, a las sedes de los bancos, de los medios de comunicación y a saber hasta dónde pueden llegar. Son muy pocos, es cierto; sin embargo, cada vez hay más. Se me está ocurriendo una idea para acabar de una vez con esas protestas y así no tener que verlos todos los días cuando vengo al despacho. Alguien tiene que evitar que los pobrecillos se pasen el día en la calle con el frío que hace. ¿Te gustan los ancianos, Poeta?

—No especialmente.

—A mí me resultan repulsivos. Tan frágiles, siempre oliendo a orín y esa forma que tienen de caminar insufriblemente despacio. No sé cómo he permitido que lleguen tan lejos. Pero no te he llamado para hablar sobre eso. Tengo entendido que nuestro problema con el señor Gabriel Romero se ha solucionado de forma drástica —continuó el consejero general.

—Un borracho se cae por un puente. Ocurre todos los días.

—No, no ocurre todos los días.

—Desafortunadamente, porque devolvería esa función romántica de última salida que tenían los puentes, no solo la práctica de salvar obstáculos naturales.

—Tu vena poética es una de tus mayores virtudes y una de las que más te envidio, lo reconozco. Pero ¿por qué deshacerse de él ahora?

—El señor Romero continuó hablando incluso después de la muerte de su mujer. Eso lo sabíamos. Hay gente que no entiende los mensajes, por muy contundentes que sean. El problema es que ahora había quien lo escuchaba.

—La periodista a la que provocaste un paro cardiaco. Entiendo la lógica. Si no te gusta un programa de radio no vas a por los transistores, destruyes la emisora. ¿Y su hija? ¿Nos dará problemas? Tengo entendido que quiere ser periodista, como el entrometido de su padre.

—No hay de qué preocuparse. La situación está bajo control. Nuestra gente está tan cerca de ella que se los podría empezar a considerar como parte de sus órganos internos.

—¿Sabes? Me alegro de haberme librado del tal Gabriel Romero. Por muchos artículos que escribiera sobre nosotros, nunca llegó a ser una amenaza, aunque resultaba molesto, como una hebra de carne incrustada entre los dientes y de la que parece imposible librarse.

—Solo hacía falta un buen cepillado.

—Qué desconsideración, no te he ofrecido nada. ¿Te apetece tomar algo: café, té, una Coca-Cola?

—Mejor un Rioja.

Y los dos rieron, mostrando sus impecables y pulidas dentaduras.

9

—A ti lo que te hace falta es un buen desayuno.

Julia solo necesitó traspasar la puerta para que una pregunta se iluminara en su cabeza como un rótulo de neón en medio de la noche: ¿qué narices estaba haciendo allí? Alfredo Varona la había llevado a un bar llamado La Encrucijada. Pertenecía a una cadena de locales decorados como tabernas medievales cuya especialidad era servir alcohol barato y en grandes recipientes a estudiantes. Los camareros iban ridículamente disfrazados de guerreros con armaduras de goma EVA, de las paredes colgaban cadenas y grilletes de plástico, y el escudo de armas del local era un absurdo dragón rampante ebrio agarrando una jarra de cerveza. El local estaba desierto a aquella hora de la mañana. Mesas y sillas se agrupaban aterradas ante la llegada de una nueva jornada con su cosecha de borrachos. El olor a lejía era tan intenso que a Julia le lloraban los ojos. Si lo que pretendía Varona con aquello era animarla, había sido una mala idea.

—Alfredo, de verdad. Sé lo que intentas y te lo agradezco, pero ahora mismo no me apetece estar en un sitio como este.

—Tú no lo sabes, pero en realidad sí que necesitas estar en un sitio como este. Y yo también. Aquí sirven los desayunos más reconstituyentes de todo Madrid. Además, el camarero es amigo mío.

Julia volvió a sentir la punzada. Como si le pellizcaran en el corazón. Su padre se había ido. Para siempre. Y la angustia de lo irreversible volvió a atenazarle la garganta.

—¿Tú crees que..., tú crees que mi padre se suicidó?

—Si me preguntas por el hombre que yo conocí hace más de veinte años, te diría con seguridad que no. Pero ahora era otra persona; cuando la vida se ensaña contigo como lo hizo con tu padre, es difícil de adivinar lo que se te puede pasar por la cabeza. No lo sé, Julia.

—¿Por qué dejó el periodismo? ¿Por el accidente?

—No solo por eso, aunque imagino que influyó. Por aquella época, tu padre escribió unos artículos sobre el Ministerio de la Verdad que causaron mucho revuelo. Mucha gente importante, de los que viajan en coches oficiales y solo pisan moquetas, sudaron vinagre una temporada. Hasta que, misteriosamente, salió a la luz que las informaciones de tu padre estaban basadas en datos falsos. Y todos se le echaron encima: Gobierno, compañeros, redes sociales. Le costó muy caro. Se convirtió en un apestado para la profesión, le echaron del periódico. Nadie quería contratarlo.

—¿Y qué decían los artículos?

—No lo recuerdo bien, algo sobre manipulación electoral. Sé que tenía una fuente dentro del Ministerio de la Verdad. Pero luego dijeron que todo lo que le había contado ese hombre era mentira. Aunque yo nunca lo creí. Ahí pasó algo raro. Tu padre jamás hubiera publicado una información sin contrastarla primero. Nunca. De eso sí que estoy seguro. Luego vino lo de tu madre. Dos golpes muy duros y tan seguidos que tumbarían a cualquiera.

En ese momento, el camarero encendió el enorme televisor situado en una de las esquinas del local. En la pantalla aparecieron un grupo de ancianos manifestándose.

—¡Se nos tendría que caer la cara de vergüenza! Que sean los abuelos los que protesten por nuestros derechos. Claro que sí, estoy con ustedes. ¡Eso es lo que tendríamos que hacer todos!

Julia dio un sorbo al café, ignorando los gritos del camarero. Sintió el calor reconfortante bajar por todo su cuerpo.

—Lo último que hice con mi padre fue discutir.

—Oh, vamos. —Varona abrazó a Julia—. Si los padres se suicidaran cada vez que discuten con sus hijas ya no quedarían hombres en esta ciudad. No pienses eso. Tú no eres responsable de nada.

—Pero tal vez la discusión le hizo pensar, tal vez eso motivó que...

—Vale ya, no te castigues así. No sabemos por qué tu padre hizo lo que hizo. Y, sobre todo, si en realidad sucedió así.

—¿Lo dices por lo que ponía en la tarjeta del policía?

—Entre otras cosas.

—¿De qué crees que quiere hablar conmigo?

—Por eso te he traído aquí, para analizar lo que ha sucedido en el Instituto Anatómico Forense. Porque han pasado cosas muy extrañas. Pero lo vamos a hacer no como la hija y el antiguo colega de tu padre, sino como dos periodistas. ¿De acuerdo?

Julia se lo pensó un poco antes de asentir con la cabeza. No le apetecía seguir en aquel antro con olor a lejía y a cerveza rancia. Aunque la otra opción era volver a su casa vacía. Y aún no se sentía con fuerzas.

—Para pensar con claridad necesito un trago —sentenció Varona.

Como si los hubiera oído, el camarero, un negro enorme con el cráneo rapado, se acercó por el interior de la barra. El disfraz de guerrero le quedaba pequeño y la armadura parecía flácida, como una galleta mojada.

—Alfredo, no quiero que me montes líos.

—Chicho, eso es lo que me gusta de ti, siempre con una palabra amable en los labios, por ese motivo este es mi bar preferido.

—¿Qué quieres?

—Lo de siempre. Un whisky.

—A esta hora sabes que solo podemos servir desayunos convencionales. El ordenador de la caja registradora no nos permite introducir bebidas alcohólicas hasta la una.

—Pues ponme un café irlandés.

—Vale, ¿cómo lo quieres?

—Sin nata y sin café.

—Alfredo, eres un hijo de...

—La máquina está hecha para el hombre, no el hombre para la máquina.

Varona y el tal Chicho se rieron con complicidad.

—¿Tú qué quieres, Julia? —preguntó Varona.

—Un café con leche. Con café y con leche, a ser posible.

El camarero se marchó, pero la sonrisa de sus labios no.

—¿Una periodista que no bebe? Otra señal de que el fin del mundo se acerca —se lamentó Varona.

—Sí que bebo, pero no para desayunar.

—El desayuno es la bebida más importante del día.

El camarero regresó con el pedido. Un café con leche y un whisky. Varona se llevó el vaso a los labios con el fervor del creyente que besa una reliquia.

—La nota en la tarjeta insinúa que tras la muerte de tu padre hay algo más. La autopsia preliminar solo prueba de qué murió, pero no cómo. Y ese inspector...

—Valverde —recordó Julia.

—Valverde, si no he entendido mal, fue el primero en llegar al lugar de los hechos. Tal vez vio algo, algo que no reflejó en el informe.

—¿Como qué?

Varela dio un sorbo corto al whisky.

—Si tú no te atreves a decirlo lo haré yo. Algo que podría demostrar que a tu padre lo asesinaron.

El silencio se sentó en medio de ambos sin que nadie lo hubiera invitado a hacerlo.

—Entonces, ¿qué debo hacer?

—Hablar con el inspector, sin duda, y ver qué es lo que tiene para ti. Si hay algo sólido, seguir investigando sin hacer mucho ruido. Si no hay nada, olvidarlo y continuar con tu vida. ¡Chicho, caballero de la triste armadura, necesito tu ayuda para acabar con el dragón de la sed! ¡Quítame el aire del vaso!

El camarero se acercó con una botella de whisky en la mano y volvió a rellenar la copa de Varona.

—Van a despedirme por tu culpa —refunfuñó el camarero.

—No me des las gracias, así te librarías de ponerte ese estúpido disfraz.

—A esta invita la casa.

Y el camarero volvió a alejarse con su sonrisa perenne.

—Es extraño —apuntó Julia—. Ahora me doy cuenta de que apenas conocía a mi padre. No sé cuáles eran sus sueños, sus miedos, sus ambiciones. Eso pasa con la familia. Son las personas que más queremos y de las que menos sabemos.

—Él te quería y tú a él. Eso es suficiente.

—Ya, pero me hubiera gustado poder decirle...

—A la muerte no le gustan las despedidas, por eso nos deja siempre con la palabra en la boca. Tú quisiste a tu padre y él lo sabía. Ahora te toca vivir una vida de la que se sintiera orgulloso. Y, volviendo a lo que ha sucedido en el Anatómico, cuando estaba en la calle, vi salir a un tipo que conozco. Trabaja en el Ministerio de la Verdad. El mismo Ministerio sobre el que escribió tu padre.

—¿Y qué crees que puede significar eso?

—No lo sé, pero no es normal. Primero lo de Valverde y luego esto. Y no es lo único raro que ha sucedido en el Anatómico. No sé si te has percatado.

—El Viaducto cuenta con unas mamparas antisuicidios desde hace años que miden... espera que lo compruebe en el móvil... dos metros diez centímetros de alto. Si la autopsia demuestra que mi padre estaba borracho en el momento de su muerte, ¿cómo pudo subirse hasta ahí él solo y arrojarse al vacío?

—Vas a ser una periodista cojonuda.

10

La puerta del apartamento en el que vivía con su padre era una boca cerrada, con los labios fruncidos del niño que se promete a sí mismo no volver a hablar jamás. Julia tomó aire antes de abrir, antes de sumergirse en ese enorme vacío que la aguardaba dentro y que no le permitía respirar. Un vacío denso, pesado, aplastante. El vacío que deja lo irreparable, lo irreversible. Un vacío que nunca desaparecería, por más que intentara llenarlo. Los restos de la estela que deja la muerte a su paso. Entró en su casa conteniendo la respiración, como un buceador que se sumerge en un mar de tristeza. Todo parecía estar igual: la mesa del salón, las horribles cortinas con sus dibujos pasados de moda, la alfombra sin barrer... Sin embargo, Julia sabía que todo era distinto. Que todo sería ya siempre distinto. Comenzó a caminar por la casa como una extraña. Intentando no hacer ruido. Casi con respeto. Los pasos la condujeron hasta la habitación de su padre. En la cama aún permanecía el hueco que su cuerpo había formado en el colchón con los años, como si aguardara su vuelta. Y las manos de estrangulador del llanto se le aferraron a la garganta. Porque sabía que lo peor estaba aún por llegar. La monstruosa certeza de que todo el dolor que ahora sentía desaparecería. Que volvería a reír, a divertirse, tal vez a ser feliz, cuando su padre se convirtiera en olvido. Cuando sus rasgos se fueran difuminando en su memoria, cuando su recuerdo fuese solo una punzada de dolor pasajera, como un mal pensamiento que desechamos enseguida. Entonces Julia se aferró al recuerdo de su padre, como quien abraza una columna de humo, antes de que se perdiera en el tiempo. Recordó el tacto de sus manos rugosas y la seguridad que sentía al ir cogida de ellas. Esa seguridad plena, inquebrantable, que no volvería a experimentar nunca. Abrió el armario de la ropa. Los trajes de su padre colgaban inútiles, como banderas sin patria, como sueños de juventud abandonados. Y se metió dentro, entre chaquetas y camisas, para que su olor la abrazase por última vez, para sentir el roce de su ropa en la piel, como una última caricia de despedida. Entonces las lágrimas recorrieron su rostro, hermosas y vanas como estrellas fugaces.

El timbre de la puerta la sacó del trance. Quería seguir recordando a su padre escondida en el refugio dentro del armario. «Pero la vida siempre nos encuentra», pensó. La impertinente insistencia de aquel desagradable sonido la obligó a abandonar su escondite. Respiró hondo antes de abrir la puerta. Porque sabía que al otro lado esperaban los problemas. La imponente figura del inspector Valverde ocupaba el vano casi en su totalidad.

—Siento molestarla, pero es urgente que hable con usted.

Julia se hizo a un lado, permitiendo que los problemas entraran en su casa.

Problemas. El inspector Valverde tenía cara de problemas. El rictus tenso, mezcla de preocupación y miedo. Porque eso fue lo que Julia vio en sus ojos. Miedo. Y se arrepintió de haber abierto la puerta. De haberlo dejado entrar en su vida.

—Siéntese, por favor. ¿Le apetece tomar algo, un café, un té...?

—No, gracias —rehusó el policía—. No me puedo quedar mucho tiempo y lo que tengo que contarle es importante. —Las manos de Valverde no dejaban de entrelazarse, nerviosas, como dos serpientes en celo—. Creo que ayer, en el Anatómico, no le contaron toda la verdad. En la muerte de su padre hay varios aspectos que no están claros, por más que la autopsia se empeñe, por así decirlo, en explicarlos de la manera que sea. Antes que nada, quiero aclararle que yo no fui el primero en llegar al lugar de los hechos. Cuando acudí al Viaducto tras el aviso de un posible suicidio, los tipos del Ministerio de la Verdad ya estaban allí. Habían acordonado la zona y daban órdenes a todo el mundo, como si ellos llevaran el caso. En veinte años como policía es la primera vez que me pasa algo así.

Julia intentó disimular la cara de sorpresa que le habían provocado las palabras de Valverde, sin conseguirlo.

—No creía que al Estado le interesaran los casos de suicidio. ¿Le dieron alguna explicación?

—Oh, los tipos del Ministerio no están acostumbrados a dar explicaciones a nadie. Creo que dijeron algo así como que pasaban cerca del Viaducto cuando vieron caer un cuerpo. Pero eso no es lo más grave. Lo realmente importante lo encontré en el cadáver de su padre.

Julia se estremeció. «El cadáver de su padre.» Aún no se había acostumbrado a que, desde ese momento, la muerte estuviera asociada de forma indivisible a su nombre. Como la tilde a una palabra esdrújula. Como el dolor al llanto.

—Lo primero que me llamó la atención fue el lugar donde apareció el cuerpo. A un metro escaso de los pilares del Viaducto. Algo fuera de lo común cuando se trata de un suicidio. Déjeme que se lo explique. Lo normal es que los suicidas salten al vacío, no que se dejen caer en paralelo. El ángulo de la caída hace que el cuerpo aparezca lejos de la base del puente. Y el de su padre estaba muy cerca.

—Pero la autopsia dijo que estaba borracho, tal vez cayó accidentalmente. Eso lo explicaría todo.

—Todo no. Yo también pensé en lo de la caída accidental, así que inspeccioné el cuerpo. ¿Y sabe lo que encontré? Que su padre tenía los brazos intactos.

El desconcierto invadió el rostro de Julia como un veloz ejército invasor.

—Cuando alguien cae al vacío, da igual que sea suicidio o accidente, instintivamente se cubre la cara con los brazos, intentando protegerse. —El inspector cruzó ambos antebrazos delante de su rostro—. Los brazos de su padre no tienen las contusiones derivadas del impacto. Eso puede significar dos cosas: que cuando cayó estaba inconsciente o...

—O que no pudo protegerse con los brazos porque tenía las manos atadas —dedujo Julia, cada vez más nerviosa.

—Eso mismo pensé yo. Por eso me fijé mejor en las muñecas del cuerpo. Vi que presentaban unas abrasiones rojas en todo el perímetro. Marcas de ligaduras que, misteriosamente, no aparecen registradas en la autopsia preliminar y mucho me temo que tampoco lo harán en la definitiva.

Julia se puso de pie y comenzó a recorrer el salón de un lado a otro, como un péndulo de Newton.

—Eso significaría que a mi padre lo asesinaron. ¿Usted cree...?

—Yo no creo nada. Cuando se trata del Ministerio de la Verdad me vuelvo completamente ateo.

—Pero la policía investigará el caso, ¿verdad? Se trata de un asesinato.

—Mire, señorita. Le he contado todo esto porque creo que una hija tiene derecho a saber cómo ha muerto su padre. Y me la estoy jugando, si alguien se enterara de que he venido a verla... Escuche, no se va a abrir ninguna investigación. Oficialmente se ha dado por buena la autopsia. Y los de arriba han cerrado el caso. Suicidio. Punto.

—Pero usted vio el cuerpo, sabe lo que pasó, hay pruebas.

—Siga mi consejo —dijo el inspector, levantándose del sofá y dirigiéndose a la puerta—, todo esto huele mal. Y las cosas huelen mal para que uno se aleje de ellas. Ya sabe que su padre no la dejó sola voluntariamente. Lo obligaron. Quédese con eso.

—¿Me está usted diciendo que han asesinado a mi padre y que me quede cruzada de brazos?

—Le estoy dando el mejor consejo que ha oído nunca. No sé en qué andaba metido su padre. Pero usted no se inmiscuya. Yo en su lugar se lo contaría a sus antiguos compañeros del periódico. Que sean ellos los que remuevan todo este asunto. Los periodistas hacen mucho ruido y eso provoca que las alimañas se escondan. Pero no les dé mi número. No quiero que una noche alguien me enseñe las vistas desde lo alto del Viaducto. Y usted tampoco.

—¡Pero vio las marcas en las muñecas de mi p...!

—Yo no vi nada, no sé nada y tampoco le he contado nada. ¿Sabe por qué? Porque nunca he estado aquí.

Antes de salir del portal, Valverde observó la calle a través de los cristales de la puerta. Quería asegurarse de que no lo estuvieran vigilando. No vio a nadie ocioso esperando en el interior de un coche aparcado. No había barrenderos sospechosamente lentos, ni paseantes que por casualidad se detenían a atarse los cordones frente al edifico. Lo cierto era que la calle estaba casi desierta. Más tranquilo, el inspector salió entonces del edificio, aunque sin dejar de mirar en todas direcciones. Entonces la vio. En lo alto de la esquina, observándolo fijamente con su único ojo sin párpado. Una cámara de seguridad. Valverde también se la quedó mirando... Había miles de ellas instaladas por toda la ciudad para controlar el tráfico. Sin embargo, cuando le dio la espalda, notó que el vello de la nuca se le erizaba. Algo que solo le ocurría cuando alguien lo estaba observando.

11

Problemas. Varona sí que tenía problemas. Sobre todo para mantener la verticalidad. Cuando llegó a la redacción de *El Observador Digital*, se dejó caer sobre la silla en un gesto que tenía más de rendición que de inicio de jornada laboral. Sus jóvenes compañeros de mesa le lanzaron miradas recriminatorias, pero sin atreverse a decirle nada.

—¿Qué estáis mirando? Seguro que no sabéis ni lo que me pasa. Se llama «resaca». Es algo similar al sentimiento de culpa que se experimenta cuando uno se lo pasa bien haciendo el mal. Aunque supongo que no sabéis de lo que os estoy hablando. ¿Qué hacéis ahí sentados? ¡Iros al bar, que los problemas no vienen solos! ¡Hay que salir a buscarlos! ¡Y el bar es el mejor sitio donde encontrarlos!

Los jóvenes periodistas volvieron a sus tareas, ignorándolo, como se hace con un profeta que anuncia el fin del mundo en medio de la calle.

—Eso, eso, volved a mirar las pantallas. Aunque a lo mejor son ellas las que os miran a vosotros. Quieren hipnotizaros para que seáis lo que ellas digan. Mírame fijamente, cuando cuente hasta tres serás un perro. Y tú, una gallina. —Varona comenzó a ladrar y a cacarear mientras sus compañeros se escondían tras los monitores sintiendo vergüenza ajena.

—Es lo más interesante que te he escuchado decir desde que trabajas en el periódico —le recriminó Sánchez-Bravo, apoyándose en la mesa de Varona.

—Solo un director de tu talla sabe apreciar las grandes ideas —contestó Varona, soltando un par de ladridos más.

—Sé que las familias de varios camareros dependen de tu hígado para llegar a fin de mes, y si te despidiera eso caería sobre mi conciencia, pero no te pases, Varona. No te pases. A las once hay una rueda de prensa desde el Ministerio de la Verdad. Te voy a explicar lo que quiero que hagas. Sigues la comparecencia del ministro en *streaming*, como siempre, y redactas un artículo breve con lo más destacado. Luego te vas a tu casa y metes al genio de nuevo dentro de la botella, ¿entendido?

Mientras arrancaba su ordenador, Varona recordó cómo eran antes las ruedas de prensa del Gobierno. Los periodistas acudían a cubrirlas *in situ*. Todo eso cambió cuando prohibieron hacer preguntas a los redactores, las comparecencias perdieron todo su interés y comenzaron a retransmitirse *online*. Al consultar su correo, Varona se encontró con varios anuncios de productos contra la resaca. «¿Cómo narices pueden saberlo? Estas malditas máquinas cada vez dan más miedo», pensó.

—He tenido una idea para comprobar la veracidad de todas nuestras informaciones —sugirió Varona a Sánchez-Bravo, que puso los ojos en blanco. El director le dio la espalda y emprendió la huida hacia su despacho—. Es sabido que los niños y los borrachos dicen siempre la verdad, ¿no? —continuó Varona—. Pues propongo tener a un niño borracho en la redacción permanentemente y leerle todas las noticias antes de publicarlas. Así sabríamos cuáles son ciertas y cuáles no. No me digas que no es una gran idea. Innovadora sin depender de las nuevas tecnologías. Propónsela a los de arriba. Si quieres puedes decir que se te ha ocurrido a ti.

Uno de sus jóvenes compañeros de mesa no pudo reprimir una sonrisa. «Vaya —pensó Varona—, aún hay esperanza.»

—Te voy a dar un consejo —le espetó Sánchez-Bravo mientras se alejaba sin girarse—, será mejor que no me toques los cojones. Un tipo como tú no debería ir por ahí buscando problemas.

—¿Y qué quieres que haga? Soy periodista. Buscar problemas es mi trabajo.

«O se me quita la borrachera o muero envenenado, no sé lo que ocurrirá primero», pensó Varona, volviendo a su sitio para conectarse con la sala de prensa virtual. Iba por el cuarto café de máquina de la mañana. Necesitaba estar sobrio para enfrentarse al que seguramente era otro acto de propaganda subvencionada por el Estado. Tras una introducción estándar, el ministro de la Verdad comenzó a presentar su último proyecto. Cuando terminó, Varona dio un sorbo a la cicuta con cafeína y desplazó el cursor en la pantalla de su ordenador para volver a reproducir la rueda de prensa. Necesitaba salir de dudas.

Queremos presentar en el tiempo más breve posible un proyecto de ley de Retiro Digno. Las estadísticas dicen que gran parte de nuestros mayores, tras toda una vida trabajando, viven solos y, lo que es peor: mueren solos. Para evitar que esto ocurra y dar respuesta a esta creciente demanda social, el Gobierno se compromete a crear una red de residencias por todo el país. Dichas instituciones estarán totalmente equipadas tanto en el aspecto sanitario como en el habitacional, de modo que nuestros mayores puedan disfrutar de sus últimos años en compañía y recibiendo la atención especializada que merecen. ¿Quiénes se podrán beneficiar de estas nuevas residencias? Todo aquel que supere la actual edad de jubilación, fijada en los setenta años. Por supuesto, estas residencias tendrán coste cero para los residentes, cuyas necesidades estarán todas cubiertas. Eso supondrá que dejarán de percibir íntegra su prestación por jubilación, ya que parte de ella se destinará a financiar los centros. Serán estos los encargados de administrar una asignación mensual para sus gastos personales a los residentes. El ingreso será totalmente voluntario, excepto en los casos en los que el anciano presente alguna dolencia o enfermedad, que haya sido diagnosticada con anterioridad por la autoridad médica competente...

Las palabras del ministro no habían cambiado cuando las volvió a escuchar. Impulsado por el paso enérgico que produce la indignación, entró en el despacho de Sánchez-Bravo sin llamar.

—¿Has visto lo que pretenden hacer esos cabrones?

Con cara de hastío, el director de *El Observador Digital* dejó las gafas de cerca sobre la mesa y recostó el cuerpo contra el respaldo de su silla, poniéndose cómodo para disfrutar de la función.

—¿Quiénes dices que quieren hacer qué?

—El sistema, el Gobierno, el Ministerio de la Verdad... quieren cerrar la boca a los ancianos encerrándolos en residencias.

—Imagino que el ministro lo habrá anunciado así, con esas mismas palabras: «Vamos a encerrar...».

—Oh, venga ya. Sabes cómo funciona esto. Si quieres que la gente coma piedras, primero las cubres de chocolate, luego las envuelves en un papel brillante y les dices que son bombones. Se sacan de la manga un proyecto de ley y tienen la desfachatez de describirlo como un «Retiro Digno», justo cuando los abuelos se están manifestando contra el sistema por todo el país. ¿No te parece mucha casualidad?

—No veo la relación entre una cosa y la otra. Por lo poco que he podido escuchar, el ministro ha dicho que entrar en esas residencias va a ser voluntario.

—Excepto para los que sufran enfermedades y otro tipo de dolencias. Dime, ¿conoces a muchos mayores de setenta años a los que no les duela nada?

—El alcohol te hace ver fantasmas que solo están en tu cabeza.

—¿En mi cabeza? No, los fantasmas que veo están en altos despachos, bien calentitos. Descubrir a esos fantasmas y sus abusos es lo que hacemos los periodistas, por si se te había olvidado. Pero ¿es que no lo ves? Si está clarísimo. A ver cómo explicas si no que quieran retirarles la prestación por jubilación. Ya sé lo que vas a decir: que con ese dinero ayudan a costear las residencias y que además cubren todos sus gastos. Precioso. Metemos a los abuelitos en residencias para que no molesten más con sus manifestaciones y encima les hacemos pagarlas. Y eso no es todo. Porque lo que en realidad pretenden es tenerlos controlados. Saben que sin independencia económica no existe independencia de ningún tipo. Te digo que esto apesta. Deberíamos investigar este tema, aquí hay algo gordo.

Con parsimonia, Sánchez-Bravo comenzó a masajearse el puente de la nariz. Parecía estar cargándose de paciencia antes de repetirle a un niño lo mismo por quinta vez.

—Solo tenías que ver una aburrida rueda de prensa y redactar una aburrida noticia con las declaraciones menos aburridas del ministro. Nada más. Y de repente entras en mi despacho sin llamar para contarme tu última paja mental nada más y nada menos que contra el Ministerio de la Verdad.

—Creía que esto era un periódico. ¿No es aquí donde se publican noticias?

—Tienes suerte de que tu paja mental se quede solo en eso. Te aconsejo que no vayas contando tu ocurrencia por ahí. Quiero creer que, a pesar de ser un completo gilipollas, habrás aprendido algo de lo que le ocurrió a Romero.

Varona se puso tenso.

—¿Qué quieres decir? Se supone que se suicidó. ¿O es que sabes algo más?

—Te lo voy a explicar despacito para que hasta un débil mental como tú lo entienda. Mira. Si te metes con el Ministerio de la Verdad...

Sánchez-Bravo formó un hombrecito con dos de sus dedos y lo obligó a arrojarse de lo alto de la mesa mientras con la boca imitaba el silbido de una bomba al caer.

—Los borrachos como Romero y como tú tenéis tendencia a caeros por los puentes. Hazte un favor. Quítate el disfraz de periodista íntegro, te viene grande. Redáctame la noticia y que sea lo más aburrida posible. Luego te vas a un bar a beber, que es lo único que sabes hacer bien. Y que sea la última vez que entras en este despacho sin llamar antes. Ahora, lárgate fuera de mi vista.

12

Asesinado. Su padre había sido asesinado. Julia casi sintió alivio al recordarlo. Lo que le acababa de contar el inspector Valverde no dejaba lugar a dudas. Aunque en aquel momento su egoísmo solo le permitía pensar en ella misma. Aquella última discusión no había tenido nada que ver con su muerte. Liberarse de esa responsabilidad le produjo un pasajero momento de euforia hasta que la realidad la abofeteó en la cara: su padre había sido asesinado. Y nadie iba a mover un dedo para dar con el culpable o los culpables. Eso también lo había dejado claro Valverde. Si acudía a los antiguos compañeros de su padre, como le había sugerido el policía, no la tomarían en serio. Porque, en realidad, ¿qué tenía? Nada. La autopsia parecía demostrar que se trataba de un suicidio. Lo único que lo ponía en duda era el testimonio de Valverde. Y este ya le había dejado claro que no se metería en más líos. Así que los periodistas pensarían que solo era una niña que se negaba a aceptar la realidad. La responsabilidad era exclusivamente suya. Le tocaba a ella decidir qué iba a hacer. Podía volver a encerrarse en el armario con el recuerdo de su padre y esperar a que el olvido lo borrara todo, o intentar averiguar la verdad sobre el crimen. No, no podía esconderse de la realidad y seguir con su vida. Se lo debía a su padre, y a ella misma. Para poder continuar mirándose al espejo cada mañana sin sentir ese sabor a podrido en la boca del que ve una injusticia y decide ignorarla, como Valverde. Recordó lo que le había aconsejado Varona, tenía que pensar como periodista y no como hija.

¿Por qué habían asesinado a su padre? ¿En qué estaba metido? Esas eran las grandes preguntas a las que, de momento, no podía responder. Debía centrar más el tiro. ¿Cuándo había comenzado su padre a tener problemas? A raíz de escribir aquellos artículos contra el Ministerio de la Verdad. El mismo Ministerio para el que trabajaban los hombres que llegaron primero al lugar donde apareció el cuerpo de su padre y luego estaban en el Anatómico Forense. ¿Por qué?

Una idea se abrió paso en su mente como una flor creciendo entre el asfalto. El Ministerio de la Verdad, de alguna forma, estaba relacionado con el asesinato de su padre. Y quizá todo comenzó con aquellos artículos. Tenía que leerlos. Tenía que saber qué fue lo que su padre descubrió sobre el Ministerio de la... El timbre de la puerta volvió a sonar.

«¿Más problemas queriendo entrar en mi vida?», pensó mientras se disponía a abrir.

Al principio Julia no reconoció al joven que esperaba en el descansillo.

—Hola, Julia, solo quería saber cómo estabas.

—¿Max?

—Vaya, te acuerdas de mi nombre.

—¿Tu nombre? Yo pensaba que era una marca de estufas.

Los dos jóvenes se echaron a reír, recordando lo sucedido la noche anterior.

—En realidad estoy aquí porque necesitaba una excusa para llegar tarde al trabajo. No, en serio, anoche no encontraba sitio para aparcar y cuando conseguí entrar en el Anatómico me dijeron que ya te habías marchado. Quería saber cómo estabas y si necesitabas algo.

—Muchas gracias, de verdad. Pues te puedes imaginar. Todo ha sido tan rápido que aún lo estoy asimilando. Pero pasa, pasa, no te quedes ahí.

—No puedo, de verdad que llego tarde al trabajo. Si necesitas hablar con alguien o no te apetece estar sola me puedes llamar para lo que quieras.

—¿Estás buscando una excusa para volver a verme?

—No soy muy bueno en eso de esconder mis cartas, ¿verdad?

—No, lo cierto es que no. Pero has tenido suerte, la casa está destemplada y me vendría bien una estufa, hoy a eso de las ocho. Que venga con una pizza. De lo que sea pero que no tenga pimiento. La masa me da igual, yo solo me como lo de arriba.

La cara de Max se iluminó como un bosque en llamas con su sonrisa como epicentro del fuego.

—Vale, eh..., muy bien..., sin pimiento..., pues nos vemos luego.

—Por cierto, Max, ¿dónde me dijiste que trabajabas?

—Oh, en el Ministerio de la Verdad.

Y Julia pensó que quizá lo que había llamado a su puerta no era un problema, sino una oportunidad.

Julia tenía claro por dónde debía empezar. Necesitaba leer los artículos sobre el Ministerio de la Verdad que había escrito su padre. Pero, tras intentarlo con varios buscadores, no localizó ni una sola noticia firmada por Gabriel Romero. Como si su desaparición no solo hubiera sido física, sino también virtual. No era normal que el trabajo de un periodista con más de treinta años en la profesión no dejara rastro en la red. Esa «nada», ese espacio en blanco, la asustó. Parecía como si alguien hubiera querido borrar cualquier vestigio de su padre en este mundo. Como si no hubiera existido. Ni Gabriel Romero ni nada que tuviera que ver con él. Y eso también podría incluirla a ella. El frío dedo del miedo dibujó la palabra «muerte» en su espalda. Julia sintió que necesitaba hablar con alguien, necesitaba ayuda.

Varona empinó el vaso hasta que la última gota se perdió por su garganta, como una lágrima, perseguida por los hielos que se le agolparon en su labio superior hasta entumecerlo.

—¿Te pongo la última, periodista?

Chicho, el camarero de La Encrucijada, había cambiado su disfraz de guerrero medieval por otro de bufón, en tonos escarlatas y verdes, aún más humillante. Varona pensó que poder mantener la dignidad a salvo es un lujo en algunos trabajos. Y recordó lo que había pasado en el despacho de Sánchez-Bravo. No, él tampoco tenía dignidad. Él también iba disfrazado de bufón.

—Nunca se dice la última, sino la penúltima. Y no me llames «periodista». Esa es una palabra demasiado grande para calificar las pequeñeces que yo hago.

El bar estaba prácticamente lleno de universitarios que habían decidido cambiar las clases teóricas por un estudio práctico sobre la Edad Media y sus «fastos». Todos pedían algo llamado «La Pócima de Merlín», una marmita con diez litros de un combinado del local de cuya fórmula solo se conocía su alta graduación y su nada alentador color azul. Los estudiantes gritaban como bárbaros mientras bebían la mezcla en cuernos de plástico. Varona siempre se preguntaba por qué seguía yendo a un local como ese. Tal vez porque allí siempre encontraba un motivo para justificar su depresión.

—Te has enterado de lo de los viejos, ¿no, periodista? —preguntó Chicho mientras servía a Varona otro ron con cola.

—¿Lo de que los van a meter a todos en residencias? Algo he oído, sí —respondió Varona, apesadumbrado.

—Yo no sé de qué se quejan, cobran una de las pensiones más altas de Europa. Tienen descuentos en el transporte, viajes más baratos. ¡Y encima cada vez ganan más! ¡Los trabajadores hemos perdido un diez por ciento de nivel adquisitivo en los últimos cinco años y los abuelos han ganado un treinta y seis por ciento! ¡Un treinta y seis por ciento! Y encima protestan, los caraduras.

—¿De dónde has sacado esos datos?

—¡Joder, periodista! No paran de llegarme noticias sobre los ancianos al móvil. Todo el mundo las está viendo, no se habla de otra cosa. ¿No te han llegado? Economistas y especialistas de yo qué sé cuántas universidades lo están explicando bien clarito. La única forma de que tengamos pensiones en el futuro es que los abuelos se metan en esas residencias. Así el Estado no gastaría tanto en prestaciones. ¿Sabías que más del cincuenta por ciento de nuestros impuestos van directamente a los bolsillos de los ancianitos de mier...? ¡Míralos, míralos, qué sinvergüenzas! —dijo señalando al televisor, donde en ese momento se emitían imágenes de gente mayor manifestándose mientras otros ciudadanos los increpaban.

—Esas noticias que te llegan al móvil, ¿en qué medios se han escrito?

—¿Y eso qué más da, plumilla? Lo ha dicho gente que sabe de esto. ¡Anda y que los metan ya en el asilo! ¡Caraduras, que estáis todo el día sin hacer nada y encima protestando!

—Pero si tú esta mañana los apoyabas.

—¡Eso era antes de saber lo bien que vivían!

—Expertos y economistas que no conoces escribiendo noticias en medios de los que no sabes ni el nombre. ¿Y te crees todo lo que recibes en tu teléfono?

—El móvil no miente, periodista. Es como internet.

Varona alzó su vaso, brindando por la última frase del camarero. «La campaña ya ha comenzado —pensó—. Esto también son fantasmas que viven en mi cabeza, ¿verdad, señor director? Y aquí estoy yo, bebiendo con un bufón mientras hablamos de cosas de bufones en vez de investigar lo que está pasando con los ancianos.»

Varona se llevó el vaso a la boca en busca de un poco de consuelo líquido. En ese momento, algo vibró en su bolsillo.

Al sacar el móvil, vio el nombre de Julia en la pantalla. Descolgó.

—¿Cómo está mi chica favorita?

—Aún haciéndome a la idea. Te llamo por dos cosas; la primera: el inspector Valverde ha estado aquí. Lo que quería decirme es que a mi padre lo asesinaron.

Julia relató entonces el encuentro que había mantenido con el policía y las evidencias que este había hallado en el cadáver. A medida que escuchaba, Varona volvió a revivir la imagen de Sánchez-Bravo arrojando al hombrecito que formó con dos dedos desde lo alto de la mesa y el silbido que acompañó la caída.

—Habría que contactar con algún forense independiente para que realizara una nueva autopsia. Es la única forma de confirmar la versión del inspector. Yo debo tener el contacto de alguno —dijo Varona.

—Es raro que los hombres del Ministerio de la Verdad estuvieran en el lugar de los hechos y también en el Anatómico Forense, sobre todo si tenemos en cuenta que mi padre empezó a tener problemas a raíz de escribir unos artículos sobre, ¡tachán!, el Ministerio de la Verdad. Por eso me puse a buscarlos, para saber qué decían. Pero no aparecen, no hay ni rastro de ellos en toda la red.

—No es tan extraño. Seguro que el Ministerio se encargó de borrarlos, ya te dije que los consideraron falsos, difamatorios. Es probable que hasta consiguieran una orden judicial para hacerlos desaparecer —indicó Varona mientras con la mano señalaba su vaso pidiendo otra copa.

—Eso tendría lógica si solo hubieran desaparecido esos artículos en cuestión. Pero llevo casi una hora delante del ordenador y no he encontrado nada que haga referencia a mi padre, ni artículos, ni noticias, ni fotos. Nada.

—Demasiado raro hasta para el Ministerio...

—¿Se te ocurre algún otro lugar desde donde pueda acceder a los artículos?

—En el archivo de *El Tiempo*, el periódico donde trabajábamos. Allí se guardan todas las ediciones. Y si no... en la hemeroteca municipal.

—Estupendo, muchas gracias. Te seguiré contando.

—Oye, Julia —Varona daba vueltas al vaso de ron—, ¿por qué lo haces?

—¿Hacer qué?

—Meterte en todo este lío... Si empiezas a remover las cosas, podrían ir a por ti. Lo sabes, ¿verdad? Los tiburones, antes que la sangre, lo primero que detectan es que algo se agita en el agua. El movimiento los atrae. Tú ahora estás en medio del océano y lo mejor que puedes hacer es quedarte quieta. ¿Por qué no lo dejas estar?

—Se lo debo a mi padre. Y, además, quiero seguir pudiendo mirarme a la cara en el espejo todas las mañanas.

Varona alzó la mirada hacia el mueble donde se encontraban todas las botellas, al otro lado de la barra. La figura que vio en el espejo frente a él no quiso mirarlo a los ojos.

—Te tengo que dejar. Voy a llamar a *El Tiempo* a ver si puedo ir a consultar sus archivos esta misma mañana. Estamos en contacto. Muchas gracias por ayudarme —dijo Julia antes de colgar.

Varona cogió el vaso de ron. El hombrecillo cayendo edificio abajo mientras sonaba el silbido volvió a materializarse en su mente. El tipo del espejo giró el rostro para no tener que mirarlo a la cara. El camarero continuaba despotricando contra los ancianos vestido de bufón. Y algo dentro de Varona explotó. Alejó la copa con brusquedad y se puso en pie de un salto.

—¿Qué pasa, hermano, no te gusta cómo te he preparado el ron? —preguntó curioso el camarero.

—Había olvidado algo que tengo que hacer. Y que llevo mucho tiempo posponiendo. Voy a buscar problemas, a eso es a lo que nos dedicamos los periodistas.

Antes de salir por la puerta, Varona se volvió. El tipo del espejo lo miraba a los ojos mientras sonreía.

13

En el ordenador, Julia buscó la dirección del periódico donde trabajó su padre con Varona. Acababa de hablar por teléfono con la responsable de la hemeroteca, una mujer encantadora que dejó de serlo en cuanto Julia mencionó el nombre de Gabriel Romero. La informó de que podía acudir cuando quisiera a consultar sus archivos. Estaba calculando la ruta que tenía que seguir para llegar al diario cuando la pantalla de su ordenador empezó a sufrir unas extrañas interferencias, una especie de ruido blanco, y de pronto apareció un mensaje en el que la informaban de que su dispositivo había sido infectado por un virus.

—Oh, no, ahora no. Precisamente ahora no —protestó Julia.

Como buena desconocedora del mundo informático, apagó y encendió su ordenador varias veces sin éxito. Luego probó con una solución mucho más drástica. Desenchufó la computadora de la toma de corriente y la volvió a enchufar, sin obtener resultado alguno. Se dio por vencida. Tendría que llevar su ordenador a algún servicio técnico o quizá comprarse otro nuevo. De pronto, comenzó a sonar la música de *El*

Padrino algo amortiguada. Julia se acercó al mueble donde descansaba su bolso y rebuscó en su interior hasta que encontró el móvil.

—¿Sí?

—¿Señorita Romero? Somos de GO4, la compañía que le proporciona la conexión a internet de banda ancha. Hemos detectado que su ordenador está siendo atacado por un virus.

—¡Oh, menos mal! No sé qué ha pasado, de repente la pantalla ha empezado a hacer cosas raras y todo ha dejado de funcionar.

—Tranquila, les está ocurriendo a muchos de nuestros clientes. Sabemos de qué virus se trata y podemos solucionarlo. Solo tendrá que seguir mis indicaciones y evitaremos cualquier posible daño de su aparato. Es un proceso sencillo, pero nos llevará una media hora.

—¿Y necesita que yo me quede aquí? ¿No puede arreglarlo de forma remota? —Julia pensó en los artículos de su padre.

—Me temo que no, el virus no permite que me conecte a su ordenador. Así que tiene que ser usted la que siga mis indicaciones. Trataremos de robarle el menor tiempo posible. Espero que no tuviera algo importante que hacer fuera de casa.

Mientras marcaba el número, Varona observó los distintos cubículos de cristal en que estaba dividida la redacción del periódico y pensó en ellos como en enormes peceras. Con sus paredes transparentes para que nadie las pudiera ver. Pero están allí. Porque ¿qué es una pecera sino una jaula? Jaulas de barrotes invisibles, pero jaulas al fin y al cabo. Son las más peligrosas, porque si nunca te chocas con el cristal corres el riesgo de pensar que eres libre. Y Varona acababa de toparse con él. Aunque los cristales se rompen. Al otro lado del teléfono por fin alguien descolgó.

—No me lo puedo creer. Pero mira quién me llama después de tanto tiempo, el hombre que nunca dijo «no» a una copa y jamás dijo «sí» delante de un cura. Viejo borracho desgraciado. No sabía de ti desde hace por lo menos cuánto... ¿cinco años?

Varona dio la espalda a sus compañeros para evitar que escuchasen la conversación.

—O tal vez más, Pizarro, o tal vez más. Y ojalá lo del sacerdote fuese cierto. Oye, sigues trabajando en el *Informaciones*, ¿verdad?

—Aquí sigo, aguantando. Y a ti no hay quien te saque del *Observador*, ¿me equivoco? ¿Qué tal todo por ahí? Me han dicho que Sánchez-Bravo es un auténtico esclavista. Por cierto, deberías acordarte de que mi nombre es JC, Pizarro me llamaban en el colegio.

Varona no lo había olvidado. No había olvidado que Pizarro se llamaba en realidad José Carlos. No había olvidado que se cambió el nombre tras ver un maratón de series sobre periodistas en una plataforma de televisión. Y no había olvidado que el resto de sus compañeros se reían a sus espaldas de aquel ridículo acrónimo. Pizarro pensaba que le hacía parecer más sofisticado, más... anglosajón, cuando en realidad lo que parecía era más imbécil. Varona siempre se había negado a llamarlo JC y no tenía intención de empezar a hacerlo ahora. «Antes me amputo la lengua», pensó. Si había llamado a aquel cretino era únicamente porque sabía que no soportaba a Sánchez-Bravo. Eso evitaría que aquella conversación llegara a oídos del director de su periódico.

—Ya sabes que a algunos se les sube a la cabeza el cargo. Pero te llamaba porque necesito tu ayuda. He oído que el Ministerio de la Verdad está organizando una visita para la prensa a una de las nuevas residencias donde quieren meter a los ancianos. ¿Tú sabes algo de eso?

—Claro, es mañana. Yo ya me he acreditado. ¿Es que no os llegan las convocatorias oficiales?

—Algún becario habrá borrado el correo electrónico. —«O alguien del periódico no quiso que me enterara de esa información», pensó—. ¿Y dices que es mañana?

—Sí, los autobuses salen de la sede del Ministerio a las once en punto para llevarnos a ver la residencia piloto, la que va a servir de modelo de todas las demás. Por cierto, no sé lo que piensas tú, pero a mí me parece una idea estupenda eso de crear una red de residencias. Los ancianos van a estar mejor atendidos y el Estado se ahorrará dinero, son todo ventajas.

—No comprendo cómo aún no han nombrado director del *Informaciones* a un tipo con tu talento, Pizarro.

—Muchas gracias, Varona, pero recuerda que es JC, mi nombre es JC.

—Mañana nos vemos, Pizarro.

Varona pulsó el botón rojo de su móvil con alivio. Al alzar la vista descubrió a Sánchez-Bravo mirándolo fijamente a través de la pared de cristal de su despacho. Y fue consciente de que para amenazar a un hombre no siempre es necesario utilizar palabras.

Las nubes enmascaraban un sol proscrito y robaban el calor a las calles. Los frenos del autobús eléctrico chillaron al detenerse, como un arañazo sobre el asfalto. Julia fue la única que se bajó en la parada. La pantalla de la marquesina anunciaba una de las campañas clásicas de colaboración ciudadana creadas por el Ministerio de la Verdad.

Fotografía, graba, difunde. Tu móvil es un arma. Denuncia los comportamientos incívicos de los que seas testigo y compártelos en las redes sociales. No permitas que queden impunes.

Julia miró a su alrededor, algo perdida. El autobús la había dejado muy lejos del centro. Aquella zona de Madrid se asemejaba más a un polígono industrial que a un barrio de viviendas. Robustas naves industriales crecían junto a antiguos bloques de pisos construidos el siglo pasado. Caminó por la acera buscando el número 76, donde se encontraba la sede de *El Tiempo*. En 2025, la desaparición de los diarios en papel provocó el despido de dos tercios de la plantilla y que el periódico abandonara el edificio de la Gran Vía que llevaba ocupando desde hacía más de cien años. Ahora solo contaban con la edición en digital, como todos. Al llegar a la altura del número 76, Julia pensó que se había equivocado. Aquel edificio tenía más aspecto de almacén de maquinaria pesada que de sede de un periódico digital. Solo al ver el enorme cartel con el nombre del diario en letras apaisadas se convenció de que había llegado a su destino. Julia traspasó la puerta de entrada y se encaminó, decidida, hacia la recepción, pero antes de llegar la abordó una mujer.

—¿Es usted Julia, la hija de Gabriel Romero?

—Sí —respondió, algo desconcertada.

—Bienvenida a *El Tiempo*. Soy Alicia, Alicia Sangermán. La encargada de la hemeroteca del periódico, entre otras cosas. Hemos hablado por teléfono hace un rato. Si le parece puedo acompañarla a nuestro archivo.

Todo en aquella mujer transmitía profesionalidad. Los gestos, justos y decididos; el corte de pelo, elegante y funcional; su maquillaje, evidente sin resultar vulgar..., incluso su hermosura resultaba profesional. Era guapa, pero no llamativa. La suya era una belleza sin personalidad, práctica. Como la de los muebles de oficina. Julia comenzó a seguir a aquella mujer por un laberinto de pasillos desnudos preguntándose si sabría salir de allí sin ayuda.

—Le enseñaría la redacción, pero la mayoría de los periodistas teletrabajan —indicó la tal Alicia.

—Lo sé, yo también soy periodista. Trabajo en *El Observador Digital* —aclaró orgullosa Julia, omitiendo añadir su condición de becaria.

—Entonces sabrá de lo que le hablo. El *Observador* es aún más pequeño que nosotros. Corren malos tiempos para la prensa escrita, aunque ¿alguna vez fueron buenos?

Por fin entraron en una sala en la que solo había una mesa con cuatro ordenadores.

—Todos los números de *El Tiempo*, desde su fundación hasta la edición de hoy están digitalizados y almacenados en la nube. Esta se encuentra conectada a la intranet del periódico, por lo que solo se puede consultar si se dispone de las claves necesarias. Siéntese en cualquiera de estos ordenadores. Tome. —La mujer le tendió un pequeño papel a Julia—. Le he creado una clave de acceso temporal, será válida solo por un día. Yo me quedaré aquí con usted por si necesita de mi ayuda.

Julia le dio las gracias, se sentó frente a la pantalla e introdujo la clave en el campo correspondiente. Luego tecleó el nombre de su padre y el año de publicación de los artículos. La tal Alicia Sangermán se colocó a su espalda, en actitud vigilante. Como si temiera que fuese a romper algo. Unos segundos de espera y el mensaje apareció en la pantalla golpeándola como una bofetada inesperada: «Cero resultados encontrados». Probó de nuevo, esta vez solo tecleando el nombre de su padre: «Cero resultados encontrados». Al mirar atrás en busca de ayuda, a Julia le pareció ver un atisbo de sonrisa en el rostro de Alicia Sangermán.

—¿Algún problema? —preguntó la mujer.

—Según esto, no hay ningún artículo de mi padre en sus archivos.

—Eso no puede ser.

Alicia apartó a Julia para ocupar su sitio frente al ordenador. Tecleó una nueva clave y volvió a realizar la búsqueda. En la pantalla apareció el mismo mensaje: «Cero resultados encontrados». Lo intentó un par de veces más sin éxito.

—Vamos a probar de otra forma. Los artículos de su padre se publicaron en la edición impresa. Y se digitalizaron página por página. Allí seguro que los encontramos.

La mujer comenzó a teclear a toda velocidad. Cambiando de un directorio a otro.

—¿Conoció usted a mi padre? Me dio esa impresión cuando hablamos —preguntó Julia.

—No, no llegué a conocerlo. Pero he oído hablar mucho de él. Por cierto, la acompaño en el sentimiento.

—¿Y qué es lo que ha oído?

—Ya está.

De pronto, comenzaron a aparecer las páginas completas del diario en el año 2023.

—Ahora solo nos queda acotar la búsqueda.

A medida que tecleaba, las letras fueron surgiendo en la pantalla, uniéndose hasta formar el nombre de Gabriel Romero. Pulsó la tecla intro con aire triunfal. El mensaje en la pantalla anunciaba «375 documentos encontrados». La mujer volvió a ceder su sitio a Julia, que, nada más ocuparlo, abrió el primer documento. Una página del periódico se desplegó frente a ella. Pero había un enorme espacio en blanco, el que ocupaba una información a tres columnas. Y los ojos de Julia se perdieron en ese vacío, en esa nada en la que se había convertido su padre. Un enorme espacio en blanco que engullía todo cuanto había tenido que ver con él. Como si Gabriel Romero agitara una bandera rindiéndose incluso después de muerto. No hizo falta que Julia dijera nada. Alicia Sangermán ya la había desplazado de un empujón para plantarse delante de la computadora. Musitaba «no es posible, no es posible», mientras sus dedos se desplazaban por el teclado como las patas de una araña envolviendo en tela a su víctima. En todas las páginas que surgían en el monitor aparecían aquellos horribles espacios en blanco. Como lagunas de memoria después de una borrachera. Porque era eso. No solo en la red, también en el periódico se había borrado la memoria de su padre.

—¿Cómo es posible que no aparezca nada? —preguntó Julia.

La mujer la miró desconcertada.

—No me lo explico. Para que algo así sucediera alguien tendría que haber ido página por página eliminando las noticias de su padre manualmente. Alguien con las claves del periódico. Y no creo que nadie se tomara la molestia de hacer algo así.

Julia no esperó a escuchar el final de la explicación. Salió de la sala y comenzó a caminar por los pasillos. Encontraría la salida de aquel laberinto. Aunque tuviese que hacerlo sola.

14

El hombre no apartaba la mirada del punto rojo que parpadeaba en medio de la pantalla. La voz de la mujer joven le llegaba nítida a través de los altavoces. Toda la conversación quedaría grabada para que luego pudiera volverla a escuchar y elaborar un informe. Le pareció que la chica que hablaba, la tal Julia Romero, tenía una bonita voz. Una pena que tuvieran que...

La puerta de la sala se abrió de golpe. El Poeta entró vistiendo su perenne traje azul y luciendo su eterna sonrisa en medio del rostro, como el espacio que queda al abrir unas tijeras...

—¿Cómo va la cosa? —preguntó.

El hombre suspiró antes de hablar, anticipando la falta de resultados.

—El objetivo está intentando acceder a los artículos de su padre. Pero no ha tenido éxito. Todo está saliendo como esperábamos.

—Bien, muy bien —dijo el Poeta al tiempo que se subía a una silla y comenzaba a manipular la alarma antincendios.

El hombre observaba sus movimientos sin comprender nada.

—Señor, ¿puedo preguntarle algo?

—Claro —dijo el Poeta mientras bajaba de la silla y se sacudía las manos para librarse de la posible suciedad—, siempre que no sea una sandez. No soporto las sandeces, su poder destructor es doble. Primero, dejan como un imbécil a quien las pregunta; y segundo, hacen perder el tiempo al interrogado porque sabe que su respuesta nunca va a ser entendida por el imbécil que preguntó la sandez. Así que ¿estás seguro de lo que vas a preguntar?

—Cre... creo que sí —dijo el hombre titubeando.

—Adelante, entonces.

—Es sobre el objetivo, señor. Sabemos lo que está buscando y lo que podría llegar a encontrar. Y, sin embargo, le permitimos continuar. No entiendo por qué no la eliminamos de forma inmediata. Así nos ahorraríamos problemas futuros. Como ocurrió con su padre, quizá debimos eliminarlo mucho antes de que...

—Chiss. —El Poeta pidió silencio llevándose un dedo a los labios—. A primera vista tu pregunta no parece una sandez. Y eso siempre es de agradecer en estos tiempos. Te voy a contar una historia.

El Poeta guardó silencio mientras extraía de su bolsillo una pitillera de plata antigua con un grabado del dios griego Hermes. Al abrirla, dejó a la vista un grupo de cigarrillos blancos alineados, como la sonrisa eterna de una calavera. El Poeta se puso uno en los labios y lo encendió dándole una gran calada. La brasa pasó del rojo al amarillo mientras absorbía el humo.

—Yo tenía un amigo cuando era joven —continuó—, un chico de mi barrio, que trabajaba como exterminador de plagas. No me digas que no es un nombre precioso para un trabajo, por muy asqueroso que parezca. Recuerdo cómo me gustaba escucharlo cuando le preguntaba a qué se dedicaba: «Soy exterminador», decía. Bueno, pues mi amigo me contó que, de todas las plagas a las que tenía que enfrentarse, la peor sin duda era la de las ratas. Unos animales listos, escurridizos y que atacan a quien sea al verse acorralados. Las odiaba con todas sus fuerzas. Y, sin embargo, cuando limpiaba un edificio de ratas nunca acababa con todas ellas. Siempre dejaba al menos una pareja. Yo le pregunté por qué hacía eso. Y él me respondió: «Si todas las ratas mueren, ya nadie necesitaría exterminadores». Tú y yo somos exterminadores. Hay que dejar que las ratas se muevan, que se dejen ver para que los de arriba sepan que somos necesarios, que todavía precisan de nosotros, ¿lo entiendes ahora?

—Señor, está prohibido fumar. Según la Ley de Salud Pública...

—¿Y quién está fumando?

—Usted, lo estoy viendo ahora mismo.

El Poeta acercó mucho su rostro, tanto que el hombre pudo ver que algo se movía en el fondo de sus ojos. Unas pequeñas figuras negras, retorciéndose, como si ardieran.

—¿Estás diciendo que tú me has visto fumar? ¿Estás seguro de eso? —insistió el Poeta mientras le echaba el humo a la cara.

El hombre bajó la mirada.

—No.

—No, ¿qué?

—No, señor.

15

La rabia aún bullía en el interior de Julia al salir de aquel viejo edificio. Pero sabía que no solo era rabia. Aunque trataba sin éxito de negárselo a sí misma, también sentía miedo. Miedo a aquellos espacios en blanco, insondables en medio de las páginas del diario. Eran los mordiscos con los que la nada iba devorando todo lo relativo a Gabriel Romero, como si esta vez estuvieran asesinando su memoria. Pero ella no lo iba a permitir. Mientras esperaba la llegada del autobús, consultó en su móvil la mejor ruta para llegar cuanto antes a la hemeroteca municipal. Estaba situada en la calle de Conde Duque, en pleno centro. Así que iba a tardar bastante tiempo en llegar, tomara la ruta que tomara.

«Al menos no voy a tener que esperar mucho», pensó cuando vio aparecer la silueta azul del autobús al final de la calle.

De pronto, el teléfono emitió un pitido avisando de la llegada de un mensaje. Julia puso cara de extrañeza al abrirlo. Era de la facultad. Le informaban de que había un problema con su matrícula. Faltaban unos datos importantes que debía completar ese mismo día si quería que la reconocieran como alumna de Ciencias de la Información.

—Pero ¿de qué narices están hablando? —replicó Julia en voz alta mientras el autobús dejaba atrás su parada.

Sin entender nada, contrató un taxi a través del teléfono, que la recogió a los dos minutos, y se encaminó hacia la Ciudad Universitaria.

La pareja de mendigos recorría los contenedores de basura donde estaban amontonados los libros. Uno era joven, grande y robusto, como la silueta de una enorme T mayúscula. El otro era mayor, la navaja de la vida le había hecho cientos de muescas en el rostro en forma de arrugas. Pese a todo, conservaba algo de esa elegancia innata que nada tiene que ver ni con la ropa ni con el dinero. Caminaban despacio, observando los títulos con detenimiento, como si recorrieran una de esas antiguas librerías que existían antes de que todos los libros se compraran a través de la red. Era jueves. El día en el que los servicios de limpieza recogían los volúmenes que los ciudadanos desechaban. El mayor de los dos abrió un ejemplar encuadernado en piel y comenzó a leer en voz alta el tercer canto del *Infierno* de Dante:

Por mí se va a la ciudad doliente,
por mí se ingresa en el dolor eterno.
Por mí se va con la perdida gente...

—Mataron al periodista y lo hicieron pasar por un suicidio —comentó el mendigo más joven.

—¿Seguro que fueron ellos? —preguntó el mayor, levantando la vista del libro.

El joven asintió con un gesto.

Ambos siguieron avanzando entre los contenedores hasta que el mayor volvió a detenerse para hojear otro voluminoso ejemplar. Frente a ellos, en la calle, una mujer tocaba el violín sin que nadie le prestase atención. A sus pies, en el suelo, una caja de cartón esperaba hambrienta las monedas de la gente.

—Vivimos en un mundo donde la literatura acaba en la basura y la música pide limosna en la calle —dijo el mayor—. Cada vez es más difícil mantener la esperanza. Cada vez es más difícil pensar que las cosas pueden cambiar.

—Están vigilando a la chica.

La cara del mayor se ensombreció.

—Lo sé. Debemos protegerla a toda costa.

—Ya lo estamos haciendo. Pero ellos son poderosos.

—Y nosotros somos invisibles. A los mendigos nadie nos ve. Llevan tanto tiempo ignorándonos, haciendo como que no existimos que, finalmente, hemos desaparecido para el resto de la gente. Esa es nuestra ventaja.

El más joven volvió a asentir con un gesto.

—Ella puede ser nuestra última oportunidad, ¿lo entiendes? Transmíteselo a los demás. No podemos permitir que algo le suceda —advirtió el mayor.

—Descuida, Virgilio. Se hará como tú dices.

Entonces el mendigo mayor volvió a prestar atención al libro, una copia del *Quijote*, que tenía entre las manos y comenzó a leer:

La libertad, Sancho, es uno de los más preciosos dones que a los hombres dieron los cielos; con ella no pueden igualarse los tesoros que encierra la tierra ni el mar encubre; por la libertad, así como por la honra, se puede y debe aventurar la vida, y, por el contrario, el cautiverio es el mayor mal que puede venir a los hombres.

En la secretaría de la facultad, Julia gritaba. El funcionario asistía al espectáculo con esa expresión vacía de quien contempla crecer a los árboles.

—¡¿Cómo que no hay ningún problema con mi matrícula?! ¡¿Para eso me hacen venir corriendo?!

—Julia, ¿verdad? Escúcheme, su matrícula está perfectamente cumplimentada. Este es su quinto año en la facultad, si hubiera algún problema con sus datos, le aseguro que nos habríamos dado cuenta antes.

—Entonces, ¡¿por qué me han mandado un mensaje para que me presentara aquí con tanta urgencia?! Dígame: ¡¿por qué?!

—Le repito que desde esta secretaría no le hemos enviado ningún mensaje...

—¡Ah, ¿no?! ¡¿Pues explíqueme qué es esto?! —exclamó Julia mientras buscaba en los registros de su móvil—. Mensajes enviados... mensajes recibidos. Aquí están. —Pulsó el botón verde y ante ella se desplegó la lista de mensajes recibidos durante el último mes. Ninguno era de la facultad. Había desaparecido.

—Ha debido ser un error. La tecnología tiene estas cosas —dijo el funcionario, poniendo una de esas insufribles expresiones de condescendencia.

Julia pensó que golpear caras como aquella no debería ser delito antes de salir en tromba de la secretaría.

Poco después se bajaba del taxi antes de que el vehículo se hubiera detenido del todo. Salió a la carrera, sin despedirse del conductor, en dirección a la entrada de la hemeroteca municipal. Algo raro estaba pasando y quería averiguar qué era. Mostrando su recién estrenado carné de prensa pudo acceder al terminal donde consultar los fondos. Eso sí, siempre ante la atenta mirada de un funcionario que parecía sufrir cada vez que pulsaba una tecla, como si el ordenador fuera de cristal. Introdujo el nombre del periódico: «*El Tiempo*»; el año que quería buscar: «2023»; y las palabras clave: «Gabriel Romero». Una vez más, en la pantalla aparecía un texto informándole de que se habían encontrado 375 documentos. Julia tuvo miedo de abrir el primero de los archivos. Respiró hondo antes de hacerlo. La página del periódico comenzó a cargarse en el monitor de arriba abajo. Y entonces aparecieron aquellos espacios en blanco donde deberían estar los artículos de su padre, como tumores representados por manchas blancas en una resonancia magnética. La historia se repetía. Se giró para llamar al funcionario.

—Disculpe, pero, como puede ver, hay algunos artículos que no aparecen. ¿A qué se debe? —preguntó Julia, que se dio cuenta en ese momento de que el hombre no se atrevía a mirarla a los ojos.

—Yo..., esto es muy..., es muy raro... Debe de tratarse de un fallo, un fallo en los archivos. Si quiere, puede dejarme su teléfono para avisarla cuando..., cuando lo hayamos podido solucionar.

—No, déjelo. No tiene importancia —concedió Julia sin quitarle la vista de encima, como un dedo acusador, hasta que el hombre desapareció algo azorado—. Hijo de...

Golpeó con rabia el ratón del ordenador contra la mesa. Sobre uno de aquellos espacios en blanco se abrió un desplegable con varias pestañas. Una de ellas permitía ver cuándo se había realizado la última modificación del documento que acababa de abrir. Al pinchar sobre la pestaña descubrió que alguien había accedido al artículo de su padre hacía menos de media hora.

—No es posible..., esto no es posible...

Entonces, una idea comenzó a formarse en su cabeza, como los nubarrones previos a una tormenta. Sacó su móvil del bolso y marcó el número de *El Tiempo*. Después de un periplo telefónico entre distintos departamentos y secciones, por fin logró que la pusieran con la mujer de belleza profesional encargada de la hemeroteca.

—No creía que los redactores de *El Observador* fueran tan insistentes.

—Me preguntaba si podría hacerme un favor, solo le llevará unos pocos minutos.

Al otro lado se oyó un profundo suspiro de resignación.

—¿De qué se trata?

—¿Podría acceder usted de nuevo a los archivos donde deberían aparecer los artículos de mi padre?

—Deme un minuto, por favor.

Julia aguardó sin hablar mientras escuchaba el tableteo de las teclas del ordenador. Llevada por el ansia, estuvo a punto de gritarle que se diera prisa, pero se contuvo. Aquello debía de ser lo que llamaban comportarse como una profesional.

—Ya tengo delante una de las páginas. ¿Y ahora?

—Sitúe el cursor sobre el espacio en blanco y pulse el botón derecho del ratón. Dígame: ¿cuándo fue modificado el documento por última vez?

Las teclas volvieron a ponerse a trabajar. Y después, silencio. Largo y denso, como el primer beso.

—¿Sigue usted ahí? —preguntó Julia.

—Sí, sí..., perdone. Es que me ha parecido extraño...

—El artículo de mi padre, ¿cuándo fue modificado?

—Hace menos de dos horas. Pero eso no es posible, tendrían que habérmelo comunicado previamente...

Julia colgó. Sabía lo que aquello significaba. Alguien había borrado los artículos de su padre para evitar que ella los leyera. Alguien que estaba al corriente de sus movimientos y jugaba con ventaja.

—Si no me hubiera entretenido, habría podido llegar un poco antes...

Entonces la pieza final del rompecabezas, la que daba sentido a toda la imagen, se colocó en su lugar. Julia lo comprendió todo.

—Van siempre un paso por delante de mí...

Aquella extraña llamada alertándola sobre el ataque de un virus a su ordenador. Y luego el incomprensible mensaje conminándola a que fuera de inmediato a la facultad y que luego desapareció.

—Como si escuchasen mis conversaciones, como si me siguieran a todas partes...

Julia giró la mano para observar su teléfono: ya no le parecía el mismo, se había transformado en otra cosa. Lo miró de una forma nueva, igual que se contempla la cara de un enemigo. De repente sintió que el móvil se volvía viscoso, como si estuviera agarrando una lengua seccionada, una víscera putrefacta, y lo arrojó con asco contra la mesa.

TERCERA PARTE

A veces el demonio nos engaña con la verdad.

WILLIAM SHAKESPEARE, *Macbeth*

16

La noche era un niño con la cara sucia, un perro negro corriendo por el asfalto buscando a su amo, un brochazo de brea en la frente de Dios. Las farolas de sodio teñían las calles de melancólicos tonos sepia, convirtiendo cada instante en pasado. Porque así nos castiga el tiempo, transformando todo lo que nos importa en recuerdos. Solo recuerdos. Julia caminaba por la acera húmeda y brillante como un espejo bruno. Agotada, lo único que quería era llegar a su casa, meterse en la cama y olvidar aquella horrible jornada en la que solo había hallado muros contra los que golpearse. Ya encontraría la forma de dar con los artículos de su padre. Porque por la mañana volvería a salir el sol y las sombras correrían a esconderse con la llegada de la luz. Entró en el portal y mecánicamente se dirigió hacia el buzón. La imagen de Gabriel, observándola siempre que revisaba aquel cajetín de metal en desuso con sus nombres impresos, hizo que sus ojos se volvieran de charol. Abrió la portezuela y, como siempre, solo halló vacío. Sin embargo, de alguna extraña manera, aquel gesto la hizo sentir más cerca de él.

Al encarar el segundo tramo de la escalera que conducía hasta la puerta del piso, reparó en que alguien la estaba esperando sentado en el descansillo. Sintió que todo su cuerpo se tensaba de pánico. Hasta que reconoció a aquella figura. Al verla llegar, Max se puso de pie. Sostenía dos cajas de cartón cuadradas y planas con una caricatura de un cocinero de finos bigotes con sobrepeso.

—¡Noche de pizza! —exclamó con moderado entusiasmo—. Como no me diste muchas pistas sobre tus gustos, he traído una de carne con la masa fina y otra de atún con la masa gruesa. Las dos sin pimiento, eso no lo he olvidado.

En la cara de Julia, la sonrisa explotó acabando con el gesto de cansancio. Tiró el bolso al suelo, subió los peldaños de dos en dos y se abrazó con fuerza al torso de Max, hundiendo la cabeza en su pecho.

—Creo que te voy a traer pizza más a menudo —comentó el chico, algo azorado y sin saber muy bien qué hacer con las dos cajas que le impedían devolver el abrazo.

—No sabes cómo me alegra verte. Hoy necesitaba abrazar a alguien y de repente has aparecido tú, déjame quedarme un poco así. Enseguida se me pasa.

—Por mí no hay prisa, tómate el tiempo que quieras.

El cuerpo de Max olía a una mezcla entre colonia infantil afrutada y el perfume acre de su sudor. Aroma a niño y a hombre.

Al separarse, los dos rieron nerviosos sin poder mirarse a los ojos. Julia descendió unos peldaños para recuperar el bolso y sacar las llaves de su casa.

—No te hagas ilusiones, abrazo así a todos los que me traen pizza —bromeó Julia.

—Debe de haber peleas entre los repartidores por traerte el pedido a casa.

—¿No los has visto fuera? A veces forman colas que dan la vuelta al edificio. Soy muy buena dando abrazos.

—Sí que lo eres..., sí.

—Tú, en cambio... —Julia balanceó su mano abierta como una barca meciéndose en el mar.

—Tenía las pizzas en la mano, ¿Qué querías que hiciera?

—Siempre buscando excusas.

—Así fue como nos conocimos. Yo buscaba una excusa...

—Y eso es lo que sigo siendo para ti. Oye, me alegro de verte y todo eso, pero ¿qué haces aquí? —preguntó Julia de modo suspicaz mientras abría la puerta de su piso y ambos pasaban al interior. Acababa de recordar dónde trabajaba Max.

—¿Lo has olvidado? Habíamos quedado para cenar. Es muy halagador por tu parte. Primero me dices que no sé dar abrazos... y ahora no te acuerdas de que teníamos una cita.

—¿Era esta noche? Oh, lo siento, pero es que he tenido un día horrible. No te lo puedes imaginar. Espera, espera un momento... ¿Creías que esto era una cita?

La cara de Max se convirtió en un caleidoscopio que cambiaba de expresión con cada giro: turbación, vergüenza, rubor, embarazo.

—Y..., yo... no..., yo... no...

Julia le dio un beso en la mejilla y le susurró al oído:

—Pues claro que es una cita, tonto.

El caleidoscopio dejó de girar. Y Max desplegó una sonrisa en la que se adivinaba la felicidad y también el alivio.

—¿Dónde dejo esto? —preguntó, alzando las cajas de pizza.

—En la cocina, por favor —contestó Julia mientras inopinadamente extraía su móvil del bolso.

Entonces revivió todos los extraños acontecimientos del día en los que había intervenido su teléfono: la llamada para alertarla del virus en su ordenador, el mensaje reclamando su presencia en la facultad que luego desapareció del registro... Julia volvió a sentir asco al sostener en la mano el aparato. Recordó cómo su padre se había negado desde el principio a comprarse un móvil y mostraba su disgusto cuando ella lo tenía encendido en casa. Siempre lo atribuyó a esas manías que aparecen con la edad, fruto de la resistencia a aceptar las nuevas tecnologías, que el tema lo superaba, que no las entendía, que su tiempo había pasado. Pero tal vez no fuera eso, tal vez su padre sabía algo, algo que nunca le había contado, algo que podría explicarlo todo. Necesitaba encontrar sus artículos. Como fuera. Apagó el teléfono y contempló con placer que la pantalla se oscurecía hasta fundirse en negro. Estuvo a punto de dejarlo en una repisa, pero se lo pensó mejor y extrajo la batería antes de hacerlo. Así estaría más tranquila. Si alguien iba por delante de ella, cerrándole todas las puertas, tendría que entrar por las ventanas.

Llegó a la cocina dispuesta a sonsacar todo lo que pudiera a Max. Al fin y al cabo, trabajaba en el Ministerio de la Verdad. ¿Qué sabía en realidad de él? Nada, aparte de que olía de maravilla y tenía buena memoria para las citas. Bien podría tratarse de alguien enviado para espiarla. Max alzó la cabeza al verla entrar. Estaba ensimismado, partiendo las pizzas en porciones con un diminuto cuchillo. Entonces le dedicó a Julia una de esas sonrisas francas, demoledoras y tan luminosas que podrían alumbrar media ciudad. En ese instante, Julia decidió que no iba a permitir que nada que tuviera que ver con el Ministerio contaminara su casa, al menos esa noche. No le apetecía hablar de intrigas, de artículos borrados ni de mensajes que aparecen y desaparecen. Solo quería pasar una noche tranquila junto al chico de la sonrisa analgésica.

—No sé qué te parece el plan, pero el cuerpo me pide tumbarme en el sofá, comer pizza y beberme unas cuantas copas de vino mientras vemos *El Padrino*.

—Todo suena de maravilla salvo la elección de la peli. ¿Tiene que ser tan antigua?

—Espera, espérate un momentito porque tú y yo vamos a tener un problema serio como sigas por ahí. ¿No has visto *El Padrino*?

—Pueeees, ¿no? Me declaro culpable, señoría.

Julia lo miró a los ojos. Max le mantuvo la mirada. Hasta que ella alzó una ceja. Al contemplarla, Max sintió que se le ponía la piel de gallina hasta en el corazón. En ese instante le pareció la mujer más hermosa del mundo y se volvió frágil ante ella, como si sus huesos se volvieran de cristal.

—Pues si no quieres salir de esta casa inmediatamente y que te retire la palabra de por vida, será mejor que veas *El Padrino* esta noche conmigo. Hay ciertas lagunas culturales que no se pueden tolerar —sentenció Julia.

—A la orden —dijo Max, llevándose la mano a la cabeza para imitar el saludo militar.

Mientras en la pantalla, Michael Corleone abría fuego en mitad de un restaurante, Julia se había tumbado en el sofá y apoyado la cabeza sobre las piernas de Max. Él dudaba entre el deseo de acariciarle el cabello y arriesgarse a estropear la noche, o no hacerlo y quedarse con las ganas.

«Hazlo, Max, hazlo de una vez... Pero ¿a qué estás esperando? Va a pensar que eres un sieso. ¡Solo le vas a tocar el pelo!», se decía a sí mismo.

Muy poco a poco, como un perro apaleado se aproxima a la mano con comida, Max fue acercando la suya a la melena morena de Julia. Los dedos se perdieron en la inmensidad de su negrura sin que ella hiciera nada por impedirlo.

—Mmm, me gusta —susurró ella.

—En portugués existe una palabra para definir el acto de acariciar el cabello con los dedos: *cafuné*.

—Vaya, además de una estufa, eres una caja de sorpresas.

—Mi abuelo era portugués, de Lisboa.

—Pues sigue con el *cafuné*, se te da mucho mejor que los abrazos.

Max chasqueó la lengua a modo de protesta. Aunque no veía su cara, sabía que Julia sonreía. Y se dejó llevar por la relajante sensación de entrelazar los dedos entre sus mechones.

Unos hombres besan la mano de Al Pacino mientras un tercero cierra la puerta y deja fuera de la habitación a Diane Keaton. Fundido a negro y el nombre del director sobreimpreso en la pantalla: Francis Ford Coppola.

Max tenía que reconocer que la película le había parecido una obra maestra. Se había metido tanto en la historia que no se percató hasta ese momento de que Julia estaba dormida. Desplazó el cuerpo muy lentamente para no despertarla y colocar una almohada en su lugar. Luego caminó de puntillas por toda la casa hasta que encontró una manta con la que taparla. Estaba preciosa dormida, con los labios un poco hacia fuera, como haciendo un puchero. Podría quedarse allí, contemplándola toda la vida. Y Max sintió en su interior el poder de una extraña explosión que, en vez de causar estragos, lo que hizo fue ordenar todo su mundo. Se sintió perdido. Y frágil. Y dependiente. No entendía por qué no podía dejar de mirarla, por qué le costaba tanto salir de aquella casa. Por qué se sentía el hombre más feliz del mundo y a la vez el más desdichado. Se agachó y la besó en los labios. Un beso leve, como el aleteo de una mariposa, que desató un maremoto en el otro extremo de su corazón. Cerró la puerta despacio, tratando de no despertarla, y salió a la calle para encontrarse con un mundo nuevo en el que todo era más bello, más amable, más feliz. Un mundo en el que todo les pertenecía a ellos dos.

Al oír el ruido de la puerta al cerrarse, una sonrisa se escapó del rostro de Julia, como la de una niña traviesa. Se sentó en el sofá y extendió los brazos para estirarse. Le había encantado ese beso furtivo. Se levantó para dirigirse a la cama tratando de esquivar los muebles en la oscuridad del salón. Le gustaba Max. Y lo peor de todo era que ya no le importaba reconocerlo. Esa mezcla de ingenuidad infantil y aplomo adulto vencía todas sus defensas y la volvía loca.

—Julia, puedes estar cometiendo el mayor error de tu vida. Te estás enamorando de un tipo que trabaja para el Ministerio de la Verdad —se reprochó en voz alta.

Pero ya pensaría en eso al día siguiente. No quería que nada estropeara el recuerdo de aquella noche. Entonces, algo hizo que se detuviera en seco en medio del pasillo.

—No puede ser...

Le había parecido ver el parpadeo de una luz en el salón... que provenía de su teléfono. Volvió sobre sus pasos. Con cuidado, cogió el móvil entre las manos. Y vio que un destello luminoso se desvanecía en el fondo oscuro de la pantalla. Igual que sucedía cuando lo apagaba. Pero eso era imposible, porque la batería seguía exactamente donde la había dejado, al lado del aparato.

17

El autobús lanzó un bufido al detenerse en la puerta de la residencia. En los jardines de la entrada, los miembros del gabinete de prensa del Ministerio de la Verdad habían instalado unas enormes mesas donde ofrecían un «improvisado» tentempié gratis para la prensa. Había café, té, cruasanes, medias noches... y cerveza. Mucha cerveza. Los periodistas se apelotonaban en la puerta para conseguir ser los primeros en descender. Al bajar los peldaños del autobús y ver las latas apiladas junto a las mesas, Varona pensó que los tipos del Ministerio sabían cómo tratar al cuarto poder. No tardó en camuflarse entre los más dipsómanos de sus compañeros tratando de deshacerse de Pizarro. Amnistía Internacional debería incluir en las prácticas consideradas como tortura que alguien hable de las endodoncias de sus tres hijos durante media hora; y que lo haga dentro de un autobús, sin posibilidad de escape, como un agravante. Durante el trayecto estuvo a punto de llamarlo JC para ver si así se callaba, pero en un instante de lucidez se dio cuenta de que eso solo complicaría las cosas. Podía tomarlo por su amigo y sacar las fotos de los críos. Oyó gritos a su espalda.

—¡Varona, Varona! ¡Déjame alguna cerveza, maldito borracho!

Miró hacia atrás y vio a Pizarro buscándolo entre la multitud alzando la cabeza como un periscopio. Varona se agachó y se abrió paso hacia las cervezas. Mientras bebía la primera lata y se guardaba otra en el bolsillo de la chaqueta, reparó en el edificio. Era un inmenso chalé de tres plantas, de estilo art decó. Balcones con formas redondeadas y fachada en tonos pastel. Por todas partes crecía un césped rasurado como el cráneo de un militar. Pinos y abetos rodeaban la construcción haciendo las veces de gigantescos guardaespaldas. En el lateral izquierdo se podía apreciar parte de lo que parecía una piscina olímpica. Todo estaba limpio, era nuevo y caro. Aquello, más que una residencia de ancianos, parecía un hotel de lujo para millonarios que buscaran aislarse de todo por un tiempo. Caminaba hacia el edificio con la segunda cerveza en la mano cuando un joven le impidió el paso.

—Lo siento, pero debe esperar a que comience la visita con el resto del grupo.

Llevaba el sempiterno traje azul de los tipos que trabajaban para el Ministerio de la Verdad, como si fuera una especie de uniforme.

—Oiga, si me deja pasar le cuento un secreto —dijo Varona—. Se pueden llevar trajes de otros colores y seguir pareciendo igual de aburrido.

—¿Hay algún problema, Máximo?

Una mujer se materializó al lado de Varona. Llevaba un traje de chaqueta serio, unos zapatos negros serios, un corte de pelo serio y le dedicó la sonrisa más seria que Varona había visto en su vida.

—Solo estaba echando un vistazo, ¿no puedo? —preguntó el periodista.

—Max, ve a ayudar dentro. Yo me encargo de esto.

El joven agachó la cabeza y desapareció en el interior de la residencia.

—Lo siento, señor —aclaró la mujer a Varona—, pero tenemos que tratar de perturbar lo menos posible las rutinas de los residentes. Por eso les pedimos que no se separen del grupo. Si es tan amable de volver con los demás...

Y le mostró aquella sonrisa seria de nuevo, como quien se abre la chaqueta para enseñar un arma. Varona regresó con el resto. Si querían que se estuviera quietecito bebiendo cerveza, él no se iba a oponer. Como se había imaginado, aquella visita guiada tenía más que ver con la propaganda que con facilitar la labor a los periodistas. La vida te enseña a base de golpes, y cuando las cosas son demasiado bonitas suelen no ser ciertas. Aquello apestaba a espectáculo circense. Y Varona tenía la sensación de que los periodistas eran los payasos.

Cuando los tipos del gabinete de prensa consideraron que la pila de cervezas había descendido lo suficiente, dieron comienzo a la visita. Condujeron al grupo al interior del edificio, donde les mostraron unas salas enormes, tan limpias y brillantes como el instrumental de un cirujano. Las habitaciones eran individuales, con camas articuladas y enormes pantallas de plasma. Médicos y enfermeras guapos y sonrientes, como salidos de un anuncio, los saludaban con la mano cuando se cruzaban con ellos. Mientras caminaban, un miembro del gabinete del Ministerio les iba enumerando las excelencias de la residencia, a la que habían puesto el nombre de Proyecto 1.

—Está residencia servirá de modelo para las futuras que pondrá en marcha el Ministerio de la Verdad. Siempre con una consigna clara: velar por el bienestar de nuestros mayores. Esa es nuestra única motivación y en ella hemos empeñado todo nuestro esfuerzo y los recursos necesarios...

«El típico parloteo de comercial intentando vender su producto que no tiene el menor interés periodístico», pensó Varona. La visita comenzó a resultar monótona, iban pasando de una estancia a otra, igual que en un museo: la sala de rehabilitación, de juegos, el cine, el spa... Todo radiante y pulido, como la aureola de un santo. Pero el plato fuerte los esperaba en el jardín: la entrevista con los residentes. Los vio a través de los ventanales. Un grupo de hombres y mujeres de avanzada edad charlando entre ellos mientras tomaban zumos de vivos colores. Estaban sentados en torno a unas mesas blancas, como todo allí, protegidos del sol por sombrillas. Sus compañeros se abalanzaron sobre ellos acosándolos con sus preguntas. Grababan todo en sus teléfonos móviles. Varona prefirió esperar, había algo en aquellos ancianos que le resultaba... irreal. Eran casi perfectos, como una representación ideal de la tercera edad. Sonrisas blancas de dientes deslumbrantes, cabelleras canas que aportaban elegancia y no vejez, hasta las arrugas parecían estar colocadas estratégicamente para acentuar su personalidad, para hacerlos parecer más interesantes. Como si en realidad fueran jóvenes disfrazados de viejos. Varona se acercó a uno de los grupos que entrevistaba a una señora, encantada de recibir tanta atención.

—Esto es una maravilla. Tenemos de todo. Si lo llego a saber, hubiera venido antes. Aquí estoy mejor que en casa...

Varona buscó sin éxito otra lata en el bolsillo de su chaqueta. Aquello era difícil de soportar a palo seco. Esta vez el entrevistado era un anciano que, de no ser por el pelo cano, hubiera pasado por el más joven de los presentes.

—El trato del personal es excelente, como en un hotel de lujo. Se lo comentaba ayer a una compañera, parece que estemos en unas vacaciones eternas. Aquí estoy mejor que en casa...

«Los abuelitos tienen clara la consigna», pensó Varona.

AQUÍ ESTOY MEJOR QUE EN CASA: ese era el titular que el Ministerio de la Verdad quería leer al día siguiente en gran parte de los periódicos, y lo iba a conseguir. Varona regresó al interior del edificio en busca de más cerveza. Nada más entrar vio a una enfermera por uno de los pasillos y fue directo hacia ella.

—Oiga, hola, soy periodista. Se habrá enterado de que estamos aquí de visita, en la jornada de puertas abiertas para la prensa. Me gustaría hacerle unas preguntas si no tiene inconveniente. Nada del otro mundo. ¿Cómo es trabajar aquí? ¿Cuál es su cometido en la residencia? Cosas así.

La cara de la enfermera iba perdiendo color a medida que Varona hablaba. Hasta que el pánico se apoderó de todos sus rasgos. Abrió la boca, pero fue incapaz de articular palabra. Solo logró que los labios le temblaran.

—Es la segunda vez que tengo que recordarle que no se separe del resto de periodistas. —La mujer de la sonrisa seria acudió al rescate de la enfermera.

—Eran solo unas preguntas sin importancia. Me gustaría recoger también la opinión de los trabajadores.

—Camila, sigue con tus tareas —ordenó la mujer, ignorando la presencia de Varona.

La enfermera saludó con una inclinación de cabeza y se alejó de allí con evidente alivio.

—Vuelva con el grupo, no me gustaría tener que recordárselo una tercera vez —indicó la mujer utilizando palabras inofensivas para envolver su amenaza.

—Comprendo, esto es como un dictado. Niños, escriban: «Aquí estoy mejor que en casa» y sin salirse de los renglones marcados. ¿No es así?

—Cuando acabe la visita les daremos más cerveza. No se preocupe —respondió la mujer, ignorando el comentario de Varona.

La sonrisa seria volvió a brillar como un disparo en la noche.

Al volver al jardín, el periodista se fijó en uno de los residentes, que hablaba amigablemente con Pizarro. La cara de aquel anciano le sonaba de algo, estaba seguro. Pero no recordaba dónde la había visto antes. Así que decidió unirse a la conversación.

—Varona, eres como los virus, desapareces en cuanto hay alcohol —bromeó Pizarro—. Te presento a Sebastián..., perdone, he olvidado su apellido.

—Blázquez Salazar. Sebastián Blázquez Salazar, para servirle —respondió el anciano estrechando la mano a Varona, que sintió crujir sus huesos por la fuerza de aquel hombre.

—Disculpe, pero ¿no nos hemos visto antes? —preguntó mientras lo examinaba intentando hacer memoria.

El anciano se lo quedó mirando con detenimiento.

—Me parece que no. Lo siento.

—Lo habré confundido con otro. No se preocupe.

Pizarro comenzó una de sus plomizas historias en las que indefectiblemente el protagonista era él o algún miembro de su familia, lo que hizo que Varona se batiera en retirada.

Al rato, los miembros del gabinete de prensa del Ministerio dieron por concluida la jornada de puertas abiertas y condujeron a los periodistas hasta la salida. Mientras subía al autobús con el resto de los representantes de la prensa, Varona echó un último vistazo a aquel Proyecto 1. Tuvo la misma sensación que cuando veía la actuación de un mago. Todo parecía maravilloso, pero uno sabía que detrás se escondía el truco. A través de una de las ventanillas vio a la mujer de la sonrisa seria hablar acaloradamente con el tal Sebastián Blázquez. Ambos señalaban hacia el autobús. En un momento dado, la mirada de la mujer se clavó en la de Varona, que se despidió de ella agitando la mano.

—¿No os ha parecido que los ancianos tenían mejor aspecto que muchos de nosotros? —preguntó al grupo de periodistas que le precedían por el pasillo del bus.

—Varona, muchos cadáveres arrollados por un tren tienen mejor aspecto que tú.

Las carcajadas retumbaron dentro del habitáculo del vehículo.

—¡Eh, oye, aquí!

Pizarro reclamaba su atención. Le había guardado un sitio a su lado en las últimas filas del autobús.

«Mierda, y se me han terminado las cervezas», se lamentó en silencio.

En la redacción, Varona seguía sin quitarse de la cabeza el rostro de aquel anciano. Estaba convencido de que lo había visto en alguna parte. La visita a la residencia había sido una pantomima. Viejos que parecían jóvenes, asilos con aspecto de nave espacial, barra libre de cerveza para los periodistas, enfermeras que entraban en pánico cuando les hacían preguntas... Y todo rigurosamente controlado para que nadie se saliese del guion establecido. El Ministerio de la Verdad utilizando a la prensa en su campaña para encerrar a los jubilados sin levantar sospechas, para que todo el mundo aplaudiera como focas amaestradas a las que se les enseña una sardina. Cuanto más lo pensaba, más sentía cómo se estrangulaba el nudo que notaba en sus entrañas. Detrás de todo aquello había algo gordo y aquel anciano podía ser una pista. Tecleó su nombre en un buscador para volver a ver su rostro. Pero las imágenes asociadas a Sebastián Blázquez Salazar no se correspondían con ese hombre. ¿Era un nombre falso o acaso su imagen no se encontraba en la red?

—Oye —preguntó a sus imberbes compañeros—, me suena la cara de un tipo y no sé qué hacer para localizarlo.

—¿Has probado a meter su nombre en un buscador? —contestó con suficiencia uno de ellos, un niñato con aspecto de tener que enseñar el carné para entrar en las discotecas.

—No voy a dignificar esa pregunta contestándola —respondió Varona—. ¿Alguna sugerencia inteligente, para variar?

—Acota campos en la búsqueda: por edad, aspecto, color de ojos. Así puedes ir eliminando. Todo está en la red —indicó otro de sus compañeros, que coleccionaba dioptrías.

—Si piensas que el mundo tan complicado en el que vivimos se puede reducir a una serie de ceros y unos es que eres más idiota de lo que aparentas. Internet es solo una parte, una forma de ver lo que te rodea, y no creas que la mejor. De hecho, siento desilusionaros, pero ¿sabéis para qué utiliza la mayoría de la gente la red? Sí, eso es, para ver porno.

Todos resoplaron con displicencia.

—Bueno, queridos, a pesar de que no me habéis sido de gran ayuda, os voy a dar un consejo —los interrumpió Varona mientras se levantaba para ponerse la chaqueta—. Cuando un periodista no logra encontrar lo que busca, lo que tiene que hacer es ir a un bar. Allí hay más información que en Google.

Varona no se percató de que Sánchez-Bravo lo seguía con la mirada mientras hablaba por teléfono.

—Yo no sabía que iba a acudir... Sí, descuide, lo tendré vigilado. —El director colgó justo cuando Varona abandonaba la redacción.

Varona caminaba por la acera pensando en sumergir sus preocupaciones en ron con cola hasta verlas desaparecer cuando se
detuvo en seco. No podía ser. Volvió sobre sus pasos y dirigió
su mirada hacia el escaparate que se encontraba a su derecha.
Era una clínica dental especializada en implantes indoloros y
limpiezas dentales con láser. Frente a él estaba la enorme cara
de un anciano sonriente exhibiendo unos dientes de un blanco
irreal. El mismísimo Sebastián Blázquez, si es que realmente
se llamaba así. En una esquina del cartel, pudo leer el nombre
de la agencia de publicidad encargada de realizar la campaña.

«Ya te tengo», pensó Varona. Tenía razón, no todo se encuentra en internet.

Recorrer laberintos telefónicos. La base del trabajo periodístico. A Varona le sudaba el pabellón auditivo de tenerlo
tanto tiempo aprisionado contra el auricular. Lo que fuese
con tal de localizar al anciano de la residencia. Primero llamó
a la agencia de publicidad que hizo la campaña para las clínicas dentales. Allí le proporcionaron el número de la empresa
encargada de realizar el *casting* de los modelos. Tras largos minutos de espera, tuvo que soportar que varios departamentos
de la empresa se pasaran su llamada como una patata caliente
hasta conseguir que alguien se apiadara de él y le proporcionara el contacto del representante del tal Sebastián Blázquez
Salazar. Marcó su teléfono. Contestaron al tercer tono.

—Agencia de representación artística Bellagio y asocia-
dos. ¿En qué puedo ayudarle?

—Buenos días, me gustaría hacer una prueba a uno de sus
representados.

—Ahora le paso.

Al otro lado de la línea un xilofón interpretaba una vieja canción de Los Ramones. Varona tuvo que reconocer que era un buen truco para conseguir que la gente colgara.

—¿Dígame, qué desea?

El periodista casi estaba seguro de que se trataba de la misma voz que antes.

—Le llamo de la productora... —abrió un buscador en su ordenador y tecleó «productora»— Global Real Films. Estamos muy interesados en uno de sus representados. No sé su nombre, solo que aparece en los anuncios de una clínica dental. He conseguido su número en la agencia que realizó la campaña. No sé si sabe de quién le hablo. Se trata de un hombre canoso, con una sonrisa demasiado blanca para ser de este planeta...

—Seguro que es Rafa, Rafael Ortiz. Nuestro mejor tercera edad. No para de trabajar. Las clínicas se lo rifan para sus anuncios. Ya le ha visto usted, es un hombre mayor que aún tiene pinta de...

—No estará jubilado, ¿verdad?

—No, claro que no. Rafa debe de tener unos 60 o 62, como mucho. Lo que pasa es que, al tener todo el pelo blanco y tal, aparenta más edad. Por eso suele interpretar a abuelos de buen ver. Pero a él aún le queda mucho para jubilarse.

«¿Y qué hacía un modelo profesional en activo interpretando a un jubilado feliz dentro de un geriátrico? —pensó Varona—. ¿Una representación frente a unos pocos periodistas crédulos?»

—¿Y para qué necesitan a Rafa? ¿Otro anuncio de implantes dentales? —preguntó el representante.

—No, no. Nada de eso. Estamos grabando el piloto de

una serie para una plataforma, no puedo decir el nombre aún, y nos gustaría contar con el señor Ortiz para que interpretara uno de los papeles principales.

—¡No me lo puedo creer! ¡Eso es grande, tío, eso es muy grande! ¿De cuánta pasta estaríamos hablando?

—Aún es pronto para hablar de dinero. Primero tendremos que hacerle una prueba...

—Oh, vamos. No sea así. Hay que dar de beber al sediento. Una cifra. Solo necesito una cifra, aunque sea aproximada. ¿Cuatro ceros?

—Si finalmente fuese seleccionado en el *casting*, puede que cinco.

—¡Cinco! Oh, amigo mío, no sabe lo feliz que me hace escuchar sus palabras. Y pensar que hay gente que aún cree que el dinero no da la felicidad.

—Bueno, están el amor, la amistad...

—Zarandajas. He probado todo lo que no se puede comprar con dinero y tampoco es para tanto. Hágame caso, todo en esta vida es mentira. De una forma o de otra. Y las mentiras más hermosas son las que te proporciona el dinero. No se preocupe por el *casting*, Rafa lo va a bordar. Por cierto, ¿cuál es el papel?

—Tampoco se lo puedo adelantar. Exigencias del director. La prueba será el próximo jueves. Deme la dirección del señor Ortiz.

—¿Para qué?

—Sería bueno saber dónde tenemos que enviarle el coche para que le lleve a los estudios.

—Oh, oh, claro, claro. El coche. ¡Qué nivel! Tome nota.

18

A Varona le gustaba imaginar cómo sería el sonido de cualquier timbre antes de pulsarlo. Se encontraba en el portal, con el dedo a escasos centímetros del botón correspondiente al tercero D. ¿Sonaría una versión electrónica del clásico ding, dong; o uno de esos pitidos continuos tan desagradables? El dedo aplastó la tecla sin piedad. Pitido continuo. La cosa empezaba mal.

—¿Sí?

La voz de una mujer. El periodista se situó frente a la cámara para que el portero automático captara bien su imagen.

—Hola, preguntaba por el señor Rafael Ortiz. Me envía su representante.

Era una verdad a medias, la mejor de las mentiras. El sonido de la puerta abriéndose automáticamente se lo confirmó.

Al llegar al tercero D tuvo que volver a llamar al timbre. Esta vez sonó un ding, dong bastante conseguido. Buena señal. El hombre que aparecía en el anuncio de la clínica dental abrió la puerta con la sonrisa de blanco imposible por delante.

—Hola, le envían de la agencia, ¿no? ¿Alguna propuesta nueva? Pero no se quede ahí fuera, pase, pase.

—No me reconoce, ¿verdad?

El tipo del pelo cano se mostró desconcertado mientras recorría con los ojos la cara de Varona, sin perder la sonrisa.

—Nos conocimos ayer. Yo era periodista y hoy lo sigo siendo. En cambio usted era un anciano que vivía feliz en una residencia y, por lo que parece, hoy ya no lo es.

La sonrisa blanca se le desprendió del rostro. Cayó al suelo haciéndose añicos.

—Será mejor que hablemos fuera. Cariño —las palabras del falso anciano iban dirigidas a su mujer—, voy a tomar un café con este señor. No tardo.

Los dos hombres no hablaron hasta que estuvieron en la calle. La experiencia había enseñado a Varona que el silencio se vuelve mucho más incómodo para quien tiene algo que ocultar.

—Oiga, no sé qué quiere de mí. Soy un actor al que contrataron para interpretar un papel. No hay nada de malo en ello.

—¿Me ha visto usted cara de idiota? —Varona decidió ir por la vía rápida sin concederle ni un respiro.

—No... no sé a qué viene eso.

—Viene a que usted me intenta vender que lo que sucedió ayer en la residencia piloto fue una comedia de Calderón de la Barca. Y eso solo puede ser porque crea que tengo cara de idiota. Así que se lo repito otra vez, ¿cree que tengo cara de idiota?

El modelo de la tercera edad se mostraba apesadumbrado. La sonrisa de blanco extraterrestre no aparecía por ninguna parte.

—Lo de ayer fue una comedia, eso no se lo discuto —continuó Varona—, pero si voy a ser el espectador de una ficción me gusta saberlo previamente. Usted formó parte de un fraude, y uno de los grandes, porque su objetivo no era engañar a un grupo de torpes periodistas, no. Lo que pretendían era mentirle a toda la sociedad, que se tragaran el cuento de las residencias modelos donde los jubilados viven alegres y felices. Pero como en todos los cuentos, hay un lobo que viene a estropear las cosas. Y ese lobo soy yo. Así que si no quiere que su nombre y sus dos apellidos encabecen mi artículo de mañana, será mejor que cambiemos de género y pasemos del cuento al realismo sucio.

—Yo, yo... no quiero problemas. Nos hicieron firmar un acuerdo de confidencialidad. Si se enteraran de que lo he roto no sé lo que harían.

—¿Quiénes?

El supuesto anciano se detuvo en mitad de la acera.

—¿Me lo está diciendo en serio? Si no quiere que le vea cara de idiota no pregunte idioteces.

Varona tuvo que reconocer la obviedad de su cuestión.

—El Ministerio de la Verdad les contrató.

—Sí. Gente de su gabinete de prensa.

—¿Y qué les dijeron que tenían que hacer?

—Prométame que mi nombre no aparecerá en su artículo. En realidad, no sé qué hago aquí hablando con usted. Solo tengo que hacer una llamada al Ministerio para que deje de molestarme.

—Creo que no le conviene hacer eso, y lo sabe. Si llama a la gente del Ministerio sabrán que un periodista ha dado con usted. Y pueden pensar que quizá no sea el único que lo haga. Algo que querrán evitar a toda costa para que nadie estropee el teatrillo de ayer. Así que tendrán que esconderle en algún lugar donde nadie le encuentre, como si de repente se hubiera esfumado. ¿Se le ocurre alguna posibilidad?

Las manos del hombre temblaban tanto que parecían borrosas. El miedo empujó la comisura de sus labios hasta hacer desaparecer su sonrisa.

—Ellos nos dijeron... ellos nos advirtieron...

—Mire, señor Blázquez, Ortiz, o como se llame esta semana. Si no me cuenta lo que sabe sobre lo que ocurrió ayer en la residencia su nombre aparecerá en mi artículo en letras mayúsculas. Y ese no es el tipo de cosas que a la gente del Ministerio le gusta leer.

—¿Es así como consiguen la información? ¿Chantajeando a personas honradas?

—Me gustan las personas honradas, pero por aquí no veo ninguna. Se lo preguntaré otra vez, ¿qué les dijeron que tenían que hacer?

Después de llevarse varias veces la mano a la barbilla y de humedecerse los labios, Varona estuvo dispuesto a reconocer que aquel tipo era un buen actor. Destacaba sobre todo en el manejo de las pausas dramáticas.

—Bueno, no nos dieron muchas explicaciones. Eso sí, eran muy exigentes. Cuidaron todos los detalles, no querían que nada saliese mal. Nos reunieron a todos en la residencia un día antes para ensayar y repartir los papeles. Tuvimos que repetir una y otra vez lo que querían que dijésemos. Incluso nos enseñaron a eludir las preguntas de los periodistas para las que no nos hubieran preparado respuestas. Bueno, eso solo nosotros, los que interpretábamos a los jubilados, porque el resto, los enfermeros, médicos y trabajadores que usted vio por ahí, eran figurantes.

Varona comprendió entonces la cara de terror de la supuesta enfermera cuando quiso entrevistarla y por qué la mujer de la sonrisa seria acudió en su ayuda.

—¿Y qué era lo que querían que nos dijeran a los periodistas?

—Oh, nada del otro mundo. Nos construyeron un personaje, con una familia y un pasado, muchos nietos y esas cosas, que teníamos que memorizar. Se trataba solo de dotar al papel de verosimilitud, porque, en realidad, debíamos centrarnos en soltarles a ustedes todas las alabanzas sobre la residencia y su personal que nos habían escrito. Insistieron mucho en que repitiésemos una frase: «Aquí estoy mejor que en casa». Cuando la leí me pareció bastante tonta. Pero ¿sabe una cosa? —Su sonrisa perfecta regresó. Parecía que llevara una bombilla led encendida en la boca—. Hoy he visto esa misma frase ocupando los titulares de la mayoría de los periódicos. Son listos esos tipos del Ministerio. Saben cómo funcionan las cosas.

A Varona no le gustó nada tener que volver a ver aquella sonrisa.

—Se reiría usted mucho, ¿eh? Engañando a unos estúpidos periodistas.

—Eso lo ha dicho usted, no yo.

Ambos seguían caminando despacio por la calle. Varona sabía que hubiera sido mejor sentarse en algún café. Un entorno agradable ayuda a que la gente se muestre más abierta, más dispuesta a hablar. Pero la repugnancia que le provocaba aquel tipo iba en aumento. Tenía la impresión de que era uno de esos hombres que pasan por la vida sin cuestionarse nada, sin dudar de nada. Sonriendo a todo el mundo, como un muñeco de plástico. Sin levantar la mirada de su magnífico y prominente ombligo.

—Y, dígame, ¿por qué cree que el Ministerio montó toda esa farsa?

—Pues, no sabría decirle... a mí no me gusta meterme en los asuntos de los demás. Yo solo hice mi trabajo y me fui.

—Oh, vamos, seguro que se le pasó algo por la cabeza. No todos los días le contratan a uno para engañar a unos periodistas.

—Si le digo la verdad, me da igual el motivo. No hago preguntas cuando me pagan bien.

Entonces, Varona acercó su cara más de lo necesario a la del falso jubilado.

—¿Sabe una cosa? No se lo he dicho hasta ahora pero tiene una sonrisa espléndida. —El tal Rafa Ortiz volvió a desplegar su colección de dientes perfectos, tan blancos como una concentración del Ku Klux Klan—. Pero no debería exhibirla tanto. La gente que sonríe mucho parece gilipollas. Buenos días.

—¡Me lo ha prometido! ¡Me ha prometido que no publicará mi nombre!

Varona se alejó de allí sin prestar atención a los gritos. Sintiendo que con cada paso que daba, aquel tipo se iba haciendo más pequeño, mucho más pequeño.

Para regresar a la redacción, Varona contrató a través de una aplicación de su móvil, uno de los nuevos taxis sin conductor que recientemente se habían implantado en Madrid. El hecho de no tener que aguantar la conversación de los taxistas los había convertido en sus preferidos.

Ya dentro del coche, comenzó a darle vueltas sobre cuáles deberían ser sus siguientes pasos. Sabía que el Ministerio mentía, sabía que la presentación de la residencia piloto era una farsa. Pero ¿por qué? ¿Qué ganaban con eso? ¿Tiempo? No tenía sentido. Fue el propio Ministerio el que se sacó de la manga la creación de las residencias. Nadie le presionaba para que lo hiciera y mucho menos en una fecha determinada. Entonces, ¿a qué venía todo aquello? Justo en ese momento, el taxi pasó por delante del imponente edificio del Ministerio de la Verdad, una enorme y oscura pústula de cristal en el rostro de la ciudad. Varona se dio cuenta de que echaba en falta algo. Los ancianos que todos los días protestaban ante la puerta habían desaparecido. Y la sangre se le llenó de burbujas de champán, porque presintió que ahí estaba la respuesta.

—Los ancianos... —Algo en las tripas se lo confirmaba—. ¿Dónde están los ancianos? ¿Qué han hecho con ellos?

Entonces supo lo que tenía que hacer: encontrarlos.

Y volvió a sentirlo, después de tanto tiempo, volvió a tener esa sensación que solo experimentan los periodistas cuando están detrás de una exclusiva, cuando saben algo que nadie más conoce.

«Es mejor que el sexo —pensó Varona—, mejor que el alcohol y las drogas... bueno, depende de qué droga...»

Satisfaction, de los Rolling Stones, sonando, en su móvil. Alguien le llamaba. En la pantalla el nombre de Julia Romero. Botón verde.

—Varona, necesito tu ayuda. Me acaban de llamar del Anatómico Forense. Dicen que la autopsia definitiva confirma que mi padre se suicidó. Si no conseguimos que un médico forense realice una nueva autopsia en veinticuatro horas, el cuerpo será incinerado y el suicidio se convertirá en la causa oficial de la muerte.

—Tranquila, tranquila. Ahora mismo te paso el contacto del doctor Gilarranz. He trabajado con él en varios casos que me ha tocado cubrir y siempre está dispuesto a ofrecer una segunda opinión. Cuando le llames le dices que vas de mi parte. ¿Y tú cómo estás? ¿Encontraste los artículos de tu padre?

—Para nada. Alguien los había borrado tanto en *El Tiempo* como en la hemeroteca. Y los más curioso es que lo hicieron minutos antes de que yo llegara a ambos lugares. Como si supieran lo que voy a hacer de antemano.

—Suena al Ministerio quemando todos los puentes.

—Eso parece, por eso no quiero que nos quemen este también.

—No te preocupes, si tienes algún problema me vuelves a llamar. Ahora mismo estoy detrás de algo que podría hacerles daño. Es posible que en poco tiempo le demos un mordisco donde menos se lo espera al todo poderosos Ministerio.

Su imagen se reflejaba en la pantalla negra del teléfono. Al observarla, Julia tuvo la sensación de estar mirando uno de aquellos espejos unidireccionales de las salas de interrogatorios. Mientras el cristal le devolvía su rostro oscurecido, imaginaba que, al otro lado, cientos de ojos y oídos la vigilaban constantemente; siguiéndola a todas partes como su propia sombra. Sabía que estaban allí, detrás de la pantalla, siluetas brunas que trataban por todos los medios de acabar con el recuerdo de su padre. Escondidas en aquel agujero negro. Acechantes, pegadas a su espalda, formas sin rostro esperando el momento idóneo para atacar.

«Déjalo ya. Son solo imaginaciones tuyas —se dijo—. Estás perdiendo la cabeza. Nadie te está siguiendo y a tu móvil no le pasa nada. Lo que tienes que hacer es llamar al teléfono que te ha dado Varona y hablar con el doctor Gilarranz.»

Estaba a punto de marcar las nueve cifras cuando un recuerdo detuvo sus manos. No, no se estaba volviendo loca. Que los artículos de su padre hubieran sido borrados minutos antes de que ella los consultara no había sido una invención de su mente. Además, estaba aquel inspector, el tal Valverde, que por las marcas que apreció en el cadáver cuando llegó a la escena desconfiaba de las conclusiones de la autopsia. Arrojó el móvil sobre la mesa como si le quemara en las manos. Tenía una última oportunidad para demostrar que a su padre lo habían asesinado. Y esta vez no se lo iba a poner fácil a las sombras del otro lado del teléfono. Salió de casa y bajó a la calle. Tras caminar unos minutos, encontró una tienda de telefonía. Cuando le llegó el turno compró un teléfono de tarjeta. Tuvo que dar sus datos personales y el DNI. Sabía que probablemente no les resultaría complicado intervenir el móvil si quisieran, pero aquello le daría algo de tiempo, quizá el suficiente, o al menos eso pensaba.

No esperó a llegar a casa para llamar al forense. Introdujo la tarjeta en el dispositivo y marcó el número que le había dado Varona.

—¿El doctor Gilarranz?

—El mismo, ¿qué desea?

—Le llamo de parte de Varona, el periodista de *El Observador Digital*.

—Ah, sí. Me comentó que una compañera suya se iba a poner en contacto conmigo. ¿En qué puedo ayudarla?

—Sí, verá, mi padre falleció hace un par de días. Cayó desde lo alto del Viaducto. La autopsia que le realizaron en el Anatómico Forense concluye que se trató de un suicidio. Pero algo no encaja, parece que en el cuerpo se encontraron elementos que podrían apuntar en otra dirección. En la del asesinato. Por eso me gustaría que usted realizara una segunda autopsia.

—Por supuesto, señorita, cuente con ella. Los del Anatómico son unos chapuceros. Si yo le dijera las cosas que les he visto hacer... Si su padre falleció hace unos días, supongo que andaremos algo escasos de tiempo, ¿me equivoco?

—En menos de veinticuatro horas incineran el cuerpo.

En 2030 la incineración se había generalizado. El precio del terreno era tan alto que los cementerios no podían crecer más, convirtiendo los enterramientos en algo al alcance de unos pocos.

—Pues nos pondremos con ello inmediatamente. Dice que su padre se encuentra en el Anatómico. ¿Cuál es su nombre?

—Gabriel. Gabriel Romero.

—¿El periodista?

—Sí, ¿usted lo conoció?

El silencio ocupó el otro lado de la línea, infranqueable, como un muro de metal.

—¿Doctor Gilarranz? —Un silencio insoportable, ensordecedor, definitivo—. ¿Está usted ahí? —Uno de esos silencios cargados de elocuencia. Porque cuando el doctor volvió a hablar, Julia supo lo que iba a decir.

—Ehhhh..., acabo de recordar que..., mmm..., tengo un compromiso ineludible... Me va a ser imposible ayudarla en su caso, de verdad que no puedo... La semana que viene estoy libre..., quizá entonces...

—Pero usted sabe que no puedo esperar hasta la semana que viene. ¿Qué le pasa? Ha sido oír el nombre de mi padre y echarse atrás.

—Señorita, me encantaría poder echarle una mano, pero me resulta del todo imposible.

—¿Alguien lo ha amenazado? Es eso, ¿verdad? Le han advertido de que no se meta en nada que esté relacionado con Gabriel Romero.

—Esta conversación se termina aquí. Por mi bien y también por el suyo, créame.

—¿Cómo que por mi bien? ¿Qué mierda quiere decir con eso?

—...

El sonido de la línea al cortarse puso punto final a la conversación.

—No puede ser, otra vez no.

Muros creciendo a su alrededor. Julia sentía los golpes en su cabeza cuando chocaba con ellos. Una y otra vez. Inútiles y desesperados. Intentó llamar a Varona, pero no recordaba de memoria su número de teléfono. Debía regresar a su casa para consultarlo. Muros. Cada vez más altos, cada vez más gruesos. Impidiendo que pudiera seguir adelante. Sin permitir que viera más allá. Ya en su piso, marcó el número de su compañero. Comunicaba.

—No puede ser. Otra vez no.

Las manos de la angustia presionaban su pecho, la boca negra del miedo le robaba el aire. Los muros seguían alzándose en torno a él. Emparedándola viva. Volvió a marcar y el insistente pitido indicó de nuevo que la línea estaba ocupada, como si alguien, al otro lado, se riera de ella a carcajadas, mientras contemplaba cómo seguía golpeándose una y otra vez con cada uno de los muros.

—No puede ser. Otra vez no.

Varona necesitaba una copa. Alzó el brazo izquierdo para mirar su reloj. Las manecillas formaban un ángulo obtuso señalando las 11.15. ¿Demasiado pronto para una furtiva escapada al bar? Su cabeza decía que sí y su hígado, que no. «Las vísceras tienen peores ideas que el cerebro, pero mucho más divertidas.» Maldijo en silencio la existencia de horarios socialmente aceptados para beber. Junto a él, sus jóvenes compañeros de redacción hacían sonar una canción en uno de sus móviles. A Varona le pareció la reproducción electrónica del ruido de una lata al caer por una escalera.

—¿Podéis bajar eso? —pidió, pensando que el ángulo de su reloj no era lo único obtuso en la redacción.

—¿Qué pasa? ¿No te gusta lo último de Pandemic?

—Tu suspicacia es asombrosa. Te llevará lejos.

—Igual es porque no lo entiendes. Fusiona el trap con el k-pop, algo de subnopop con un toque folktrónico.

—Si mezclas tres elementos, consigues un cóctel. Si mezclas cuatro o más, lo que tienes es un brebaje.

—Esa es buena, ¿dónde la aprendiste?

—Una hora en un bar te enseña más sobre la vida que un año navegando por internet.

—Lo que tú digas. Pero a mí me parece que los Pandemic no te gustan porque no son de tu época. Ni más ni menos. El típico rollo generacional y eso. Los criticas porque no los entiendes. Seguro que sigues escuchando a esos grupos de antes, los que utilizaban guitarras eléctricas.

Varona tuvo que reconocer que estaban en lo cierto. Eso le hizo sentirse viejo. Muy viejo. Y cansado. Necesitaba aún más esa copa. Así que decidió hacer como todos los demás: esconderse bajo el caparazón del trabajo para no tener que pensar en qué se estaba convirtiendo su vida. Se centró en descubrir qué había pasado con los ancianos de las protestas. Llevaba localizadas más de diez asociaciones de jubilados que participaron activamente en varias manifestaciones, pero nadie había atendido sus llamadas. Se habían esfumado. Y no se le ocurría la manera de dar con ellos.

«Un buen periodista es aquel que sabe sintetizar —le decían en la facultad cuando estudiaba—: pasar de lo general a lo concreto.» Eso era lo que tenía que hacer. Una manifestación es una multitud y una multitud está compuesta por individuos concretos. Se puso a buscar entrevistas a distintos participantes en las protestas alegrándose de no haberse saltado aquella clase en la facultad para jugar al mus entre cervezas.

—Está bien, no todo se aprende en un bar.

Pronto se percató de que un rostro se repetía en varios de los directos de televisión. Una mujer mayor, fuerte, con el pelo blanco recogido en un estricto moño. Las arrugas de su cara le conferían personalidad y cierta belleza. Una recompensa que el tiempo le había entregado por reír más que llorar en la vida. En la pantalla, un rótulo la bautizaba como VICTORIA GÁLVEZ, ACTIVISTA. Tecleó el nombre en un buscador. Aparecieron cientos de noticias sobre su participación en las manifestaciones. Pero nada de su vida privada. Ni un hilo del que poder tirar. Volvió a introducir su nombre en varias redes sociales. Y allí estaba. Varona descubrió que a la tal Victoria no le interesaba mucho exhibirse en internet. Apenas había registros de actividad más allá de compartir las convocatorias de las concentraciones de protesta. Había realizado su última publicación dos meses antes. Pinchó en el apartado «Información» de su perfil, donde halló un enorme y desangelado vacío. Pasó a «Fotos» y allí, por fin, encontró el tesoro. La mujer se daba un respiro de tanto activismo social y publicaba algunas imágenes en familia: Victoria con sus nietos, Victoria con sus perros, Victoria delante de una tarta...

—Caramba con Victoria. Por la mañana te prepara un pastel y por la noche un cóctel molotov.

Victoria montando en bici, Victoria de vacaciones en la playa, Victoria bebiendo con amigas...

«Presunción y apariencia. Todo el mundo publica las mismas gilipolleces en las redes. Unos con más pasta, otros con menos, pero alardeando de esa falsa felicidad, como un anuncio de cereales», pensó Varona. De repente le vino a la mente la imagen del cartel de la clínica dental donde aparecía la sonrisa inefable del tal Rafael Ortiz. El ser oscuro y viscoso que habitaba en su interior se retorció para reclamar, de nuevo, una copa. Varona ignoró sus peticiones, aunque sabía que no podría hacerlo por mucho tiempo. Continuó revisando las imágenes del perfil de la activista. A medida que avanzaba, notaba que las fotos eran más antiguas. Le pareció curioso ver a aquella mujer rejuvenecer ante sus ojos.

Victoria en la torre Eiffel, Victoria con sus niños...

—Eh, un momento.

Al pasar el cursor por encima de la imagen, apareció el nombre de uno de los hijos de Victoria. El nombre y los dos apellidos. Gonzalo Alcahud Gálvez. Lo introdujo de nuevo en un buscador. Encontró bastantes resultados. Desechó las redes sociales, el tal Gonzalo no tenía pinta de ser uno de esos cretinos que dejaban el número de teléfono en su perfil. Pero apareció una entrada interesante. Gonzalo Alcahud Gálvez era miembro de una web de profesionales donde las empresas podían consultar sus currículums para buscar candidatos a posibles puestos de trabajo. Varona tuvo que hacerse socio *premium* y abonar la correspondiente cuota para poder acceder a los datos personales del tal Gonzalo. Allí sí estaba su teléfono. Contestó al segundo tono.

—¿Diga?

—Buenos, días. Mi nombre es Alfredo Varona, soy redactor de *El Observador Digital*. Me gustaría hacerle...

—Hombre, por fin un periodista se digna a llamar.

Las palabras del hombre desconcertaron a Varona.

—¿Por qué estaba esperando que un periodista le llamase?

—Por lo de mi madre. ¡Se lo he contado a todos! A los periódicos, las televisiones, las radios, los *youtubers*, en Twitch, y nadie ha publicado nada ni se ha puesto en contacto conmigo.

—¿Lo de su madre?

—¡Sí, esto es una injusticia! ¡No tienen sentimientos! ¡Hacerle eso a una mujer de su edad! Esto es por lo de las protestas. Quieren cerrarles la boca. A ella y a los demás, pero no voy a parar...

—Un momento, un momento. Vayamos por partes, porque no me estoy enterando de nada. Explíqueme despacio qué le ha ocurrido a su madre.

—Se la llevaron. El mismo día en que se publicó el decreto que obligaba a los mayores de setenta años a ingresar en una residencia.

—Según el texto, el ingreso era voluntario excepto para los ancianos que tuvieran alguna dolencia y siempre por prescripción médica.

—Ciática. Mi madre tiene ataques de ciática. A eso se agarraron para obligarla a internarse. Y los malnacidos la sacaron de su casa de noche, para que nadie lo viera. No permitieron siquiera que llamara a su familia. Si no llega a ser por una vecina, que nos avisó al oír los gritos, no nos hubiésemos enterado ni de adónde se la llevaban.

—¿Quiénes eran? Imagino que tuvieron que identificarse.

—Un médico y varios sanitarios. Dijeron que formaban parte de la plantilla de la residencia. Pero el documento que les permitía llevarse a mi madre tenía el membrete del Ministerio de la Verdad.

El ser oscuro y viscoso de su interior le lanzó una dentellada en el estómago, exigiendo la ofrenda de alcohol. Varona era consciente de que debía satisfacer aquellas demandas, pero no en ese momento.

—En teoría los traslados no se iban a iniciar hasta dentro de unos meses, cuando se creara la red de residencias.

—Pues le aseguro que para las personas que se manifestaban contra el sistema ya han empezado. Mira que se lo advertí, que se dejara de líos, que tarde o temprano su activismo iba a tener consecuencias...

Varona oyó en su teléfono el tono que lo avisaba de que tenía otra llamada en espera. Pero no podía atenderla.

—¿Y dónde está su madre ahora?

—En un módulo residencial, así es como lo llamó el médico que se la llevó. Está en Ojos Albos, un pueblo de Ávila. Aún no he podido verla. Ya nos han advertido de que solo dispondremos de una visita al mes. ¡Y de una hora! ¿A usted le parece esto normal? Es un atropello a los derechos fundamentales. Nos quieren calladitos y obedientes. ¿Cómo es posible que la opinión pública no sepa lo que está sucediendo? Se lo digo a usted y a todos sus compañeros: es responsabilidad suya, de los medios de comunicación, denunciar estos abusos. Porque hoy es la tercera edad, pero mañana puede ser cualquiera que proteste...

—Antes dijo que se había puesto en contacto con muchos medios de comunicación para contarles su historia. ¿Con *El Observador Digital* también?

—Claro. Pensaba que me llamaba por eso.

—¿Recuerda con quién habló cuando llamó al periódico?

—En cuanto les conté quién era me pasaron directamente con el director, un tal Sánchez no sé qué.

—Sánchez-Bravo.

En ese momento, Varona se volvió hacia el despacho del director. Lo encontró de pie tras los cristales, con las manos en los bolsillos. Parecía que supiera lo que estaba haciendo. Lo observaba fijamente con esos ojos oscuros suyos, como si le apuntara con el cañón de un revólver. Varona vio el fuego del disparo en el fondo de aquella mirada. La bala de odio se le clavó en medio de la frente. Y esta vez se sintió morir un poco. Ahora sí que necesitaba esa copa. Necesitaba encontrar esa paz que solo habita al final de una botella.

19

—Señorita, yo no me dedico a enmendarles la plana a mis compañeros de profesión. Buenas tardes.

Otro forense menos. Toda la mañana igual. Julia había aparcado el artículo que tenía que escribir para el periódico —una imbecilidad sobre un *youtuber* que aseguraba que los reptilianos habían invadido España—, para dedicarse a encontrar a algún doctor dispuesto a realizar una segunda autopsia al cuerpo de su padre. Pero no estaba teniendo ningún éxito. Incluso los había clasificado en dos tipos: los que no querían saber nada desde el primer momento, como el que acababa de colgar; y los que al principio decían «sí» y, tras oír el nombre de su padre, inmediatamente se desplazaban al «no». Lo peor era que la lista de posibles forenses se iba reduciendo y cada vez quedaba menos tiempo. Aunque no le gustaba reconocerlo, Julia comenzaba a estar desesperada. Y Varona seguía sin contestar a sus llamadas. Justo cuando más lo necesitaba.

—Pero ¿dónde narices se habrá metido?

Consultó de nuevo la pantalla de su ordenador. El siguiente nombre que aparecía en el listado era el del doctor Lizana, catedrático de Medicina Legal en la Universidad Complutense.

Un nombre que Julia ya había rechazado dando por hecho que un alto cargo de una institución pública no pondría en tela de juicio el trabajo de otra institución pública, y menos aún del Instituto Anatómico Forense. Pero la situación no estaba como para ir dando nada por supuesto, así que marcó el número del catedrático. Contestó tras el primer tono. Julia se presentó y le explicó lo que necesitaba de él.

—¿Y por qué quiere que se le haga una nueva autopsia al cuerpo de su padre?

—Un policía que estuvo presente en el lugar de los hechos vio elementos en el cadáver que no aparecen recogidos en la autopsia. Concretamente, unas abrasiones en las muñecas y otras contusiones que podrían demostrar que a mi padre le ataron las manos de algún modo. Eso descartaría el suicidio como causa de la muerte. Pasaría a ser asesinato. Entenderá por qué es tan importante para mí contar con su ayuda.

—Vaya. La cosa parece seria.

—Usted conoce mejor que yo los pasos a seguir en un caso como este y se podrá imaginar que no contamos con mucho tiempo. Mañana está previsto que el cuerpo de mi padre sea incinerado.

—Oh, no se preocupe por eso. Ahora mismo llamaré al Anatómico y verá cómo nos conceden otras veinticuatro horas. Cortesía profesional. Así dispondremos de algo más de margen. Mis obligaciones en la universidad finalizan a las cinco de la tarde. Si le parece bien, podemos reunirnos allí alrededor de las seis. Aunque, si todo es como usted me lo ha contado y lo que buscamos se aprecia a simple vista, apenas tendré que manipular el cuerpo. Mi conclusión será rápida.

Dígame el nombre de su padre para que lo tengan todo preparado cuando yo llegue.

Julia notó ese vacío en el estómago que se siente al ver la pared de hormigón acercándose mientras los frenos no responden. Cerró los ojos antes de responder:

—Gabriel Romero —indicó mientras escondía la cabeza entre los hombros esperando el impacto.

—Gabriel Romero, perfecto. Pues si no necesita más de mí, nos vemos esta tarde allí.

Apenas podía creerlo. ¡Había aceptado! Por fin alguien se ofrecía a ayudarla. Antes de despedirse, Julia quiso asegurarse de que aquel hombre lo tenía todo claro.

—¿Me ha escuchado bien? Mi padre es Gabriel Romero, el periodista. ¿Eso no le importa?

—¿Por qué debería hacerlo? Aquí de lo que se trata es de dilucidar si se ha cometido un error que podría tener graves consecuencias a la hora de impartir justicia. Ayudar a que la verdad resplandezca es mi motivación y lo único que me interesa.

—Doctor Lizana..., no puede imaginar cuánto se lo agradezco.

—Deme las gracias cuando concluya mi trabajo. Aún no he hecho nada.

Al colgar, Julia percibió con claridad que la suerte, por fin, comenzaba a esbozarle una ligera sonrisa, casi inapreciable y solo para ella.

Varona odiaba salir de la ciudad. Se sentía perdido sin estar rodeado de edificios, sin notar bajo sus pies la dureza pétrea de las aceras y la arisca rugosidad del asfalto, sin el tranquilizador anonimato que proporciona ser uno más en esa masa informe y estúpida a la que llamamos «gente». Conducía por carreteras secundarias camino de Ojos Albos, sintiendo la desolación que le provocaba la sobreexposición a los espacios abiertos. Cruzaba pequeños pueblos a toda velocidad aquejados del mal crónico del aburrimiento. Porque, además, Varona también odiaba conducir. Sobre todo, desde que le retiraron el carné por obcecarse en hacerlo borracho. Los taxis sin conductor solo funcionaban en el área metropolitana de la ciudad. Así que tuvo que pedirle prestado el coche a uno de sus imberbes compañeros. Al principio —con buen criterio, conociendo los antecedentes de Varona— este se negó. Pero después de que él le explicara de forma gráfica en qué estado queda un tabique nasal tras recibir un cabezazo, le entregó las llaves mostrando una sonrisa nerviosa.

—«No lo trates mal», me dijo antes de que me marchase. Como si el coche fuese una mascota —pensó en voz alta Varona—. La gente humaniza los objetos y hasta habla con ellos porque cada vez está más sola.

En ese momento, un cartel le informaba de que acababa de llegar a Ojos Albos. Aquel pueblo había nacido al borde de la carretera como un grupo de hongos silvestres, sin saber muy bien por qué. Las casas se apelotonaban unas contra otras, temerosas de lo que pudieran traer los coches que pasaban. A Varona le pareció que, si no tenías un familiar viviendo en ese lugar, los únicos motivos razonables para detenerte allí eran dos: sufrir una avería mecánica importante o solventar una perentoria necesidad fisiológica. Aquel pueblo era tan divertido como una cata de aguas minerales. Dio un par de vueltas por la calle principal en busca del módulo residencial del que le había hablado el hijo de Victoria Gálvez, la anciana activista. Lo único interesante que vio fue un bar de la franquicia Happy Village, la más implantada en las pequeñas localidades. Un esperanzador rayo de luz en medio de la oscuridad. Preguntó a un par de parroquianos por la residencia de mayores. Le dijeron que se encontraba a las afueras, en un camino de tierra que surgía a la izquierda de la carretera.

—Está muy escondido. Si no conoces el camino, pasas con el coche y ni lo ves.

Varona condujo despacio hasta que dio con la vía sin asfaltar. Ningún cartel o señal indicaba que por allí se iba a la residencia. Estaba flanqueada por unos árboles escuálidos que Varona no supo identificar. Después de dar unos cuantos botes dentro del coche por culpa de los baches, llegó a una explanada pelada en la que se alzaba un recinto cerrado. Tras la valla metálica se veía un antiguo edificio de cuatro plantas construido con bloques de granito, lo que le daba un aspecto inquietante. Las manchas de humedad en la piedra parecían los restos de un llanto eterno. Al acercarse a la puerta de hierro de la entrada, de una garita surgieron dos guardias jurados. Su ropa parecía una copia de los uniformes nazis del Afrika Korps comprada en una tienda china. Uno de ellos tenía el rostro cuadrado y lleno de marcas de viruela, como un adoquín. El otro era chato y con la cara angulosa de un martillo. Dos cosas llamaron la atención del periodista. La ausencia de cualquier señalización que certificara la existencia de una residencia de ancianos en aquel edificio y lo fuertemente armados que iban los vigilantes.

—¿Se ha perdido, amigo? —le espetó el Adoquín.

—No lo sé. Buscaba la residencia de ancianos de Ojos Albos. Me gustaría ver a mi madre.

—Esta es la residencia, pero no va a poder visitarla.

—¿Y eso por qué? Necesito hablar con ella sobre un asunto importante y no me coge el teléfono.

—Eso es porque aquí apenas hay cobertura. Y no va a poder verla porque las visitas comienzan el mes que viene. Así que ya puede marcharse por donde ha venido.

—Oiga, ¿le parece que esa es forma de tratar a los familiares de los residentes? Quiero hablar con el director del centro ahora mismo.

Los dos vigilantes jurados se miraron mientras desenvainaban sus afiladas sonrisas.

—Claro, bájese del coche y lo llevaremos ante él —ofreció el Adoquín.

—A lo mejor también le gustaría presentar una queja —añadió el Martillo mientras aferraba el mango de su porra.

—¿Saben qué? Mejor vuelvo otro día.

—Te lo he dicho muchas veces —fanfarroneó el Adoquín—. La amenaza de llevarse dos hostias provoca en el individuo una regeneración espontánea de las neuronas.

—El alfa y el omega de cualquiera que trabaja de cara al público —apostilló el Martillo.

—Solo una cosa más antes de marcharme —se la jugó Varona—. Lleváis porra, espray de gas pimienta, una pistola eléctrica táser… ¿Por qué tanta protección? ¿Tenéis miedo de que los ancianos se fuguen o de que la gente de fuera entre en la residencia y vea lo que hay?

—Son para contestar las preguntas de los gilipollas impertinentes —respondió el Adoquín mientras el Martillo comenzaba a golpear el coche con su porra.

Varona escapó de allí marcha atrás escuchando el retumbar de los porrazos en el interior del vehículo.

Al llegar a Ojos Albos, aparcó frente al bar. El capó estaba repleto de abolladuras. No sabía qué le iba a decir a su compañero cuando le devolviera el coche en ese estado.

«Granizo —pensó—. Una tormenta de granizo enorme, esas cosas pasan en el campo.»

La excusa le pareció buena, pero no lo suficiente como para librarse de pagar la reparación. Necesitaba una copa. Y la necesitaba ya.

En el interior del bar, los haces de luz que se filtraban por las ventanas convertían las vulgares partículas de polvo en una lluvia de pepitas de oro. El local estaba decorado al estilo de un pub inglés, lo que a Varona le pareció absurdo tratándose de un pueblo de Ávila. Paredes forradas de madera, sillas tapizadas, mesa de billar, diana para dardos y una moqueta que coleccionaba manchas como un general condecoraciones. Las franquicias y su poder unificador. El periodista se encaramó a uno de los taburetes de la barra y paseó la mirada hasta que encontró lo que buscaba: el cartel del menú del día. El camarero dejó de mirar la pantalla de su móvil para ir a atenderlo.

—Una cerveza, por favor —pidió Varona, renunciando a la copa. Al fin y al cabo estaba trabajando.

—¿Cómo le gusta la cerveza? —preguntó el camarero, mostrándole los seis grifos distintos de los que disponía el local.

—En vaso grande y muy fría.

El camarero acercó la cabeza a la de Varona en un gesto de complicidad.

—¿Sabe? Se puede saber mucho de una persona por cómo cruza la calle. Yo me paso el día aquí encerrado, mirando por esa ventana, observando cómo la gente atraviesa la carretera. Hay quienes respetan siempre el semáforo y no comienzan a andar hasta que se pone en verde. Gente de vida recta y cumplidora de las normas. Luego están los que ignoran el semáforo y miran a ambos lados de la vía para cruzar cuando no pasan coches. Piensan que son más listos que nadie y que las normas no están hechas para ellos. El caso es que, como estaba jugando con mi teléfono, no he visto cómo lo ha hecho usted.

«Pero ¿qué coño pasa en este pueblo? —pensó Varona—. Primero los dos guardias jurados psicópatas y ahora el camarero loco. Quizá se deba al agua.» Eso tranquilizó al periodista. No solía probarla.

—Una teoría muy interesante, pero, por favor, necesito mi cerveza.

—Contésteme, por favor —insistió el camarero—: ¿es usted de los que miran al semáforo o a ambos lados de la carretera?

—Yo cruzo sin mirar.

20

Estaba acabando de vestirse cuando sonó el móvil.

—Varona, por fin.

Pero el nombre que aparecía en la pantalla era el de Max. La alegría inicial que sintió al verlo se desvaneció cuando recordó dónde trabajaba. De todas maneras, lo cogió.

—Me pillas a medio vestir —respondió Julia.

—Mi instinto me decía que te hiciera una videollamada y ahora comprendo el porqué. ¿Japonés, hamburguesa o chino?

—¿Qué?

—¿Que qué te apetece cenar esta noche: japonés, hamburguesa o chino?

—Oh, creo que hoy no voy a poder. Tengo un día muy ocupado. A las seis debo estar en el Anatómico Forense. He conseguido que repitan la autopsia.

—Imagino que eso son buenas noticias. ¿Te va a acompañar alguien?

—Iba a quedar con un antiguo compañero de mi padre, pero no lo localizo.

—Yo te llevo. No creo que sea buena idea que estés sola en una situación como esta.

—Oye, de verdad que no hace falta...

—¿A qué hora te paso a buscar? Además, lo de llevarte al Anatómico se está convirtiendo en una costumbre. Yo diría que es la base de nuestra relación.

—Ah, pero ¿tenemos una relación?

—B... bueno..., yo quería..., quería decir una relación de amistad.

—¿Un amigo? ¿Eso es todo lo que quieres ser?

—Disfrutas torturándome, ¿verdad?

—Ya te gustaría que te torturara. Te espero a las cinco. Sé puntual.

El Happy Village se había animado con la llegada de la hora de comer. Todas las mesas estaban ocupadas. Según pudo deducir Varona de las conversaciones que le llegaban, se trataba de trabajadores de la residencia. Justo lo que él esperaba. Solo existía un bar en el pueblo y uno se harta de comer todos los días de táper. El camarero «analista» le puso la quinta cerveza delante. Pero seguía echando de menos una copa. Como decía un antiguo compañero del periódico: «La cerveza es la metadona del alcohólico».

Varona vigilaba las mesas a través del espejo que estaba detrás de la barra. Aún era pronto. La mayoría estaba empezando con el segundo plato. Pero alguno ya debería de haberse levantado.

«No pueden estar todos tan sanos. Sería demasiada mala suerte», pensó.

Entonces recordó que tenía una llamada perdida de Julia. Sacó su móvil y buscó el número de la joven en la agenda.

—¡Por fin! ¿Dónde narices te habías metido?

—Lo siento, Julia. Estoy en medio de una investigación para un reportaje que puede resultar un bombazo. ¿Hablaste con el forense que te recomendé?

—Sí, y en cuanto oyó el nombre de mi padre me colgó.

—Será hijo de... ¡Con la cantidad de favores que me debe!

—No te preocupes, no ha sido el único. Me he pasado la mañana pegada al teléfono escuchando todo tipo de negativas de otros forenses.

—Los cabrones del Ministerio saben hacer bien las cosas.

—O tal vez la gente no quiera complicarse la vida. El caso es que he conseguido uno. Y no uno cualquiera. La segunda autopsia la realizará el catedrático de Medicina Legal de la Complutense.

Varona soltó un silbido valorativo.

—Esa sí va a ser una opinión de peso. Nunca había oído que el catedrático se prestara para un asunto así. Pero lo importante es que tenemos forense. Vamos a demostrar que a tu padre lo asesinaron.

En el espejo de la barra pudo ver que una mujer se levantaba de la mesa, disculpándose con sus compañeras. Varona la siguió con la mirada y vio que salía a la calle en dirección a la parte de atrás del restaurante.

—Te tengo que dejar, Julia.

—¿Vendrás a la autopsia? Para mí sería importante.

—¿A qué hora dices que es?

—A las seis.

—Haré todo lo que esté en mi mano, pero no te prometo nada.

Varona colgó y activó la cámara del teléfono. Eligió la opción «grabar vídeo» y salió del bar. Es más fácil encontrar algo cuando sabes lo que estás buscando. Vio el humo ascender remoloneando en volutas detrás de un pequeño almacén. Fue hacia allí móvil en mano. Encontró a la mujer besando con pasión en la boca a un cigarrillo. Los ojos cerrados. Totalmente embelesada en el disfrute del placer prohibido.

—¿Sabe que fumar es un delito? —la sorprendió Varona mientras grababa la escena con su teléfono.

La mujer abrió los ojos asustada a la vez que arrojaba el cigarrillo lejos de ella.

—Ni se le ocurra tratar de negarlo. Está todo aquí, grabado.

—Oiga, no me haga esto —suplicó la mujer, visiblemente nerviosa—. Ha sido una pequeña recaída. Le juro que llevaba meses sin fumar... Se lo suplico, no me denuncie. Le pagaré, le daré lo que quiera. Soy reincidente y si me denuncia podrían separarme de mis hijos. La ley es muy estricta en eso...

—No se preocupe, no soy un buen ciudadano. No quiero que la castiguen ni tampoco su dinero. Soy periodista. Usted trabaja en la residencia de ancianos, ¿verdad?

El rostro de la mujer se volvió de piedra, como si hubiera mirado a los ojos de Medusa.

—No puedo contarle nada, nos lo han prohibido. Si se enteran de que estoy aquí hablando con un periodista, me echarían del trabajo. No sabe cómo son. Se encargarían de que no volviera a trabajar de enfermera en ninguna parte.

—No quiero que me cuente nada...

—No pensaba hacerlo.

—Lo que quiero es ver lo que ocurre ahí dentro con mis propios ojos. Y usted me va a ayudar a entrar.

La mujer dio dos pasos hacia atrás hasta pegar su cuerpo al muro que tenía a su espalda. Como si, de pronto, Varona fuese algo tóxico, como si apestara.

—Está usted loco si piensa que lo voy a meter en la residencia.

Varona agitó el teléfono delante del rostro de la enfermera.

—Suelo ser muy tolerante con los vicios, son de las pocas decisiones propias que aún podemos tomar. Además, me parece perniciosa esa política promovida por los cuatro ministerios de fomentar que los ciudadanos nos denunciemos los unos a los otros. Pero si no me ayuda, le prometo que este vídeo estará colgado en la red esta misma tarde.

—Es usted un hijo de puta.

—Claro, ¿no le había dicho ya que soy periodista? Por cierto, ¿me podría dar un cigarrillo?

La enfermera dedicó una amplia sonrisa a los dos vigilantes jurados desde el interior de su coche. Al reconocerla, los hombres se aprestaron a pulsar el botón de la garita que abría automáticamente la puerta de hierro de la residencia y dejaba el paso franco al vehículo. Ella les dio las gracias asomando la cabeza por la ventanilla y continuó su camino hacia el interior de las dependencias. Condujo hasta la zona del aparcamiento para empleados y estacionó en la plaza situada justo debajo de la cámara de seguridad para evitar su ángulo de visión. Al bajar del coche, la mujer abrió el maletero. Allí estaba Varona en posición fetal.

—¿Ha sido cómodo el viaje? —comentó la mujer con sorna.

—El servicio de habitaciones es francamente mejorable —contestó Varona, saliendo con torpeza del vehículo.

—Cuando entremos, no se separe de mí bajo ningún concepto. Tome —dijo la enfermera, entregándole una bata blanca—. Está manchada, me la llevaba a casa para lavarla. Aunque no creo que le importe. Porque a los periodistas como usted les gusta jugar sucio, ¿no? Con ella puesta, nadie se fijará en usted. Y menos con el caos que hay ahí dentro.

Varona notó que le quedaba un poco estrecha, pero serviría. Volvió a encender la cámara e introdujo el móvil en el bolsillo delantero de la bata, dejando sobresalir la lente.

—Prométame que nunca se sabrá que fui yo la que lo metió aquí —suplicó la enfermera.

—Jamás he revelado mis fuentes. Además, en su caso no podría hacerlo, no sé ni cómo se llama.

—Y el vídeo en el que se me ve fumando. Lo borrará, ¿verdad?

—Eso me recuerda que tengo que limpiar la memoria del teléfono porque va algo lento.

—Dos horas. Ese es el tiempo que vamos a estar dentro. Después se acaba mi turno y saldremos como hemos entrado. ¿De acuerdo?

Varona asintió con un gesto. Y los dos se encaminaron hacia la puerta de entrada.

La residencia constaba de cuatro plantas: una de ellas, la más alta, albergaba los despachos de los doctores y otras dependencias de los empleados en el centro. Las otras tres estaban dedicadas a los residentes y se ordenaban en largos pasillos con habitaciones a cada lado. Al entrar, lo primero que recibió Varona fue un puñetazo en la nariz. El olor a heces y orín pugnaba por imponerse al del desinfectante industrial. Y era evidente quién iba ganando el combate. Aparte de la peste, la otra cosa que llamó la atención del periodista fue el ruido. Gritos sobre gritos. Desesperados, histéricos, terribles. La desquiciada sinfonía del caos.

—Bienvenido al inframundo, el lugar donde habitan las almas en pena. Esto no siempre ha sido así. Antes éramos una residencia que acogía a ancianos con problemas mentales: demencias, alzhéimer, *delirium*, ya sabe. Trabajábamos bien, teníamos un número razonable de abuelos. Lográbamos que algunos mejoraran y que los otros, al menos, no empeoraran. Pero, de repente, a alguna mente preclara del maldito Ministerio de la Verdad se le ocurrió internar a todos los mayores de setenta años sin construir antes más residencias. Resultado: hemos triplicado el número de ocupantes. Las habitaciones están diseñadas para albergar dos camas y ahora las hay de cuatro y hasta de cinco personas. La sala de juegos, la de rehabilitación... hemos tenido que reconvertirlas todas en dormitorios.

El pasillo por el que caminaban estaba atestado de ancianos. Algunos de ellos dejaban claro con sus chillidos y sus muecas que la demencia regía sus mentes. Pero otros, sin embargo, a lo único que se dedicaban era a deambular solos, sin destino, ajenos a lo que los rodeaba. Encerrados en sí mismos para escapar del sufrimiento. Como animales enjaulados. Vencidos por la decepción y la vejez.

—¿Cuándo comenzaron a llegar? —preguntó Varona.

—Los primeros, la semana pasada. El grueso de los nuevos, hace dos días.

—¿Y están todos juntos? ¿Los enfermos mentales y a los que no les pasa nada?

—No hay otra forma de que todos tengan cama. La dirección ya ha protestado porque esto, a la larga, va a suponer que los trastornos mentales se multipliquen. ¿Cuánto tiempo se puede aguantar cuerdo durmiendo con dos o tres compañeros que no paran de gritar en toda la noche? Ya estamos empezando a notar los primeros síntomas de depresión en algunos de ellos. Y esto es solo el principio.

—¿Y qué solución le han dado a la dirección?

—Pues que los inflemos a pastillas. Así los tenemos idiotas todo el día y no se enteran de nada. No sé, pero a veces me da la impresión de que a los del Ministerio no les importa lo que le pase a esta gente, como si prefirieran que se volvieran todos locos. Porque esto no es una jubilación, es una condena.

Al pasar a su lado, una mujer, con una bata rosa llena de lamparones y el pelo erizado como un gato delante de un ectoplasma, sacó la lengua a Varona. Luego le mostró la sonrisa sonrosada de sus encías sin dientes. Un anciano diminuto lo cogió por el brazo con sus manos quebradizas mientras musitaba súplicas que Varona no llegó a entender.

—No se pare, lo ha tomado por un médico y quiere que le dé más pastillas —explicó la enfermera.

—Yo también las querría si tuviera que vivir aquí.

Varona empezó a sentir el urticante deseo de salir de allí lo antes posible. Aquellas dos horas se le iban a hacer largas.

Entonces se fijó en una mujer sentada en el suelo, de cara a la pared, en un rincón de su habitación. La melena blanca se derramaba sobre su espalda como una cascada de leche. De pronto, la anciana lo miró. Era Victoria Gálvez. Y a la vez no lo era. Porque ya nada quedaba de la anciana orgullosa y luchadora que Varona había visto en los vídeos de las manifestaciones de los ancianos. Ahora aquellos ojos de agua, tristes y solitarios como una playa en invierno, únicamente reflejaban vacío. La nada espantosa que nos deja el tiempo cuando nos arrebata aquello que hemos sido y que ya nunca volveremos a ser.

21

Los sillones tenían un aire de soldados derrotados. La piel cuarteada y curtida, con algún descosido en los reposabrazos, a modo de cicatrices. Perdida toda su primitiva elegancia, su funcionalidad, su dignidad. Ahora se conformaban con la calderilla de ser considerados simplemente útiles, el paso previo antes de convertirse en trastos. Julia observaba los que tenía enfrente mientras esperaba a que Max regresase de la máquina de café, aunque sentía que lo que le vendría bien de verdad sería una tila. Por mucho que intentara calmarse, no lograba controlar sus nervios. Se encontraban en el Instituto Anatómico Forense, esperando a que el doctor Lizana concluyera la nueva autopsia y les comunicara el resultado. Le había causado buena impresión. Era muy alto, por encima del metro noventa. Melena grisácea pulcramente cortada a capas. Traje de tweed de tonos pardo. Maletín metálico denotando profesionalidad. Y una sonrisa dispuesta a salir de su escondite a la menor ocasión. Aunque eso no le impedía exhibir esa altivez que va aparejada con algunos cargos, como si por su condición de catedrático se considerara superior. Cuando llegó, el resto de los forenses salieron a recibirlo. Todo fueron sonrisas y palmaditas en la espalda. Como si se tratara de viejos amigos que hubieran quedado para tomar unas cañas. Fue ese alarde de colegueo pegajoso, esa impúdica muestra de camaradería, esa sensación de que todos ellos sabían algo que ella desconocía, lo que provocó que saltasen todas las alarmas de Julia. Pero no, no podía ser. Esta vez todo iba a ir bien. El destino le debía una.

—Aquí tienes —oyó a Max, que le ofrecía el pequeño vaso de plástico con el café humeante.

—Muchas gracias. No solo por el café..., sino por estar aquí conmigo. No sé qué vas a pensar de una chica que siempre se las arregla para traerte a la morgue.

—Pues que esa chica está pasando por un mal momento y necesita que la apoyen. —Max la consoló, dando a Julia un puñetazo cariñoso en el hombro.

—Te resarciré de todo esto. Lo prometo.

—¿Bromeas? Si este sitio es uno de los lugares más románticos de Madrid. Solo hay que encontrarle el punto. El problema es que yo no sé cómo hacerlo.

—¿Tal vez en esos horribles sillones?

—Chisss, no hables tan alto. Si te escuchan pueden atacarnos. ¿No has oído la leyenda de los sillones devorahombres del Anatómico Forense?

—No, y no sé si quiero escucharla —susurró Julia mientras esbozaba una sonrisa.

—Es una historia con final feliz. Resulta que...

La puerta de la calle se abrió de golpe. Un jadeante Varona apareció con aspecto apremiante. Fue directo hacia donde se encontraba Julia para abrazarla.

—Siento no haber podido llegar antes. ¿Se sabe algo ya? —preguntó con la respiración acelerada.

—No, seguimos esperando. Hace un momento que han entrado. No sabes cómo te agradezco que hayas podido venir. Mira, te presento a Max, un... amigo —respondió Julia.

Varona ofreció la mano al desconocido junto con una creciente sonrisa en el rostro. Pero, al fijarse, se dio cuenta de que Max no era ningún desconocido. Ya había visto esa cara antes. Su sonrisa se encogió hasta convertirse en un gesto severo.

—Ya nos conocemos —sentenció Varona, que, al ver la cara de extrañeza de Max, añadió—: Fue muy interesante la visita a aquella residencia de ancianos. Tenía uno de esos estúpidos nombres suyos para hacer que las cosas parezcan modernas. ¿Cómo era? Ah, sí, Proyecto 1.

Toda la simpatía huyó a la carrera del rostro de Max hasta dejar solo una expresión neutra.

—La... la verdad es que no le recuerdo. Acudió mucha gente. Además, estuve muy ocupado...

—¿Tratando de engañar a los periodistas? Os creéis muy listos en el Ministerio. Pero igual os lleváis una sorpresa pronto. Muy pronto.

Justo en ese momento, una puerta se abrió al fondo del pasillo. Hasta la sala de espera llegaron las carcajadas provenientes de la sala de autopsias. El catedrático bromeaba con otro de los forenses. Julia sintió que un puño de hierro se cerraba en torno a su corazón.

—Bueno, pues ya está —señaló el doctor Lizana ante las tres figuras expectantes que aguardaban sus novedades—.

Puede quedarse tranquila, señorita. La autopsia realizada por el doctor Lucas fue correcta, al igual que las conclusiones que se extrajeron de ella. Su padre se suicidó.

Julia sintió que el globo de sus esperanzas se deshinchaba y rebotaba enloquecido por las paredes de la sala de espera hasta caer al suelo convertido en un inútil esputo de goma.

—¿Cómo que correctas? ¿Y las marcas en las muñecas? ¿Había o no había marcas en las muñecas? —gritó Julia.

—Le ruego que se tranquilice, por favor. Aquí todo el mundo quiere ayudarla. Efectivamente, en el cuerpo, se aprecian unas laceraciones en torno a las muñecas, pero eso no invalida la muerte por precipitación. De hecho, son compatibles. Las heridas bien pudieron ser provocadas por roces al escalar la mampara antisuicidio instalada en el Viaducto, o bien ser fruto del desplazamiento del cuerpo por el asfalto. La calle Segovia está en cuesta y es razonable pensar que el cadáver pudo girar sobre sí mismo. De ahí las laceraciones en todo el perímetro de la muñeca.

—¿Me está usted diciendo que es más lógico pensar que las heridas se produjeron porque el cuerpo rodó y no porque lo ataran? ¿En serio? ¡Venga ya! —ironizó Varona alterado.

—No le aseguro que eso fuera lo que ocurrió. Solo que esa posibilidad existe y es viable. Si la policía cree que es un suicidio y los forenses también, entonces...

—¿Cuánto le ha pagado el Ministerio? —atacó Varona.

—No he venido aquí para que me insulten. Me presté a ayudarlos desinteresadamente. Si no les gustan los resultados de la autopsia, no es culpa mía...

Julia se separó del grupo. Necesitaba respuestas, así que buscó el nombre en la lista de contactos de su móvil. Necesitaba que se lo volviera a confirmar —primer tono—, comprobar que no se estaba volviendo loca —segundo tono.

—¿Diga? —dijo una voz de mujer al otro lado.

—Me gustaría hablar con el inspector Valverde, por favor.

—Lo siento, pero lo han trasladado a Melilla. Yo soy su sustituta. ¿Puedo ayudarla en algo?

—¿Cómo que lo han trasladado? ¿Cuándo? ¿Por qué?

—Fue hace unos días. Órdenes de arriba. Es lo único que puedo decirle.

—¿Me podría dar su teléfono particular?

—Lo siento, pero no estoy autorizada a proporcionar datos...

Julia colgó. Un repentino y oportuno traslado de la única persona que podía ayudarla a desmontar la versión oficial. Aquello, al menos, demostraba que no estaba perdiendo la cabeza.

El catedrático ya se había marchado, pero Varona continuaba insultando a todo el que se le ponía delante. Julia le puso una mano en el hombro.

—Déjalo ya. No merece la pena. He llamado al inspector Valverde.

—¿Qué te ha dicho? ¿Va a venir a ayudarnos? —La cara de Varona era un expectante signo de interrogación.

—No he podido hablar con él. Lo han trasladado «oportunamente» a Melilla.

El periodista se dejó caer sobre uno de los sillones, derrotado. Julia se sentó a su lado. En ese momento le hubiera gustado que la leyenda sobre los sillones devorahombres de la que le había hablado Max fuera cierta y que, de un bocado, la hicieran desaparecer de aquel lugar, de aquel instante, de aquel dolor.

—Han ganado —se lamentó Julia.

—No, solo dejaremos que lo crean —contestó Varona—. Ellos son el martillo y nosotros, los diminutos clavos. Nos golpean una y otra vez en la cabeza para clavarnos en el suelo, para que nos quedemos quietos. Pero olvidan que tenemos una punta afilada. El reportaje que estoy preparando les va a...

Varona dejó de hablar al percatarse de la presencia de Max. Esperaba de pie junto a los sillones, un poco fuera de sitio.

—Oye, tú, pollo frito. ¿Por qué no esperas fuera? Tengo que hablar con ella a solas.

Max consultó con la mirada a Julia, que asintió con la cabeza.

—Te espero en el coche. Encantado de volver a saludarlo.

El periodista hizo un gesto, algo despectivo, con la mano para indicarle que acelerara su salida. Cuando se quedaron solos, Varona le contó a Julia lo que había descubierto sobre las residencias. Que en realidad se trataba de un plan del Ministerio de la Verdad para acabar con las protestas de los ancianos y hacerlos desaparecer.

—Por cierto, tu amiguito fue uno de los que participó en el engaño que montó el Ministerio para los periodistas.

—¿Max? Pero si me dijo que trabajaba desmontando bulos.

—Pues parece que también los crea. ¿No te parece demasiada coincidencia que un tipo que trabaja en el Ministerio se interese de repente por ti?

Julia se quedó pensativa: a ella también le parecía raro, pero Max le gustaba, quizá por eso había ido posponiendo el tener que rendirse a la evidencia. Tal vez no era lo que parecía.

—Cuando se publique lo de las residencias —continuó Varona—, les va a hacer mucha pupa.

—Pero con mi padre consiguieron su objetivo —añadió Julia—. Lo asesinaron física y moralmente. Hasta borraron su trabajo.

—Tu padre debe ser tu motivación, esa es una fuerza que ellos nunca tendrán. Recuerda que lo importante no es ganar, sino que ellos pierdan.

Julia le apretó la rodilla con cariño antes de incorporarse.

—¿Vendrás mañana a la incineración? —preguntó.

—Allí estaré. Descansa, aún quedan muchas batallas y te necesito guerrera.

Al salir del Anatómico, Julia caminó deprisa hacia donde tenía aparcado el coche Max. Un mendigo pedía sentado en la acera. Llevaba un cartel de cartón en la mano donde se podía leer Tengo hambre. La joven se dio cuenta de que la observaba fijamente al pasar. Cuando sus miradas se cruzaron, el mendigo dio la vuelta al cartel. Ahora el mensaje era distinto y pudo leer No estás sola. Julia siguió caminando, algo confusa. ¿Iban dirigidas a ella esas palabras? Cuando volvió a mirar, en el cartel aparecía el primer mensaje. Y el hombre ya no le prestaba atención.

El coche se detuvo delante del bloque de apartamentos donde vivía Julia. Durante el trayecto, ni ella ni Max habían intercambiado una palabra.

—Ya hemos llegado. Imagino que estarás agotada, pero si quieres que me quede contig...

—Déjalo ya, ¿vale? —cortó Julia—. Sé lo que estás haciendo, así que puedes dejar de actuar.

—P... pero... no sé a qué te refieres.

—¡Oh, vamos! Primero matan a mi padre y allí aparece el Ministerio de la Verdad. Luego busco sus artículos y alguien consigue borrarlos justo antes de que yo llegue hasta ellos. Curiosamente, unos artículos que criticaban al Ministerio de la Verdad. Y de repente apareces tú, el puto príncipe azul con su hombro siempre dispuesto para que llore sobre él. Os lo debéis de estar pasando muy bien en el Ministerio riéndoos de mí. Pero no soy tan gilipollas como vosotros creéis.

—¿Piensas que me han enviado del Ministerio para espiarte? ¡Eso es de locos!

—Claro que sí. Y esta loca quiere que no la vuelvas a llamar nunca, ¿te ha quedado claro?

Julia salió del coche dando un portazo para dirigirse con paso decidido hacia su edificio. Sintió una mano tirando de su brazo. Max la agarraba impidiéndola avanzar.

—¡Suéltame!

—Espera un momento, solo te pido eso. Vamos a hablar, por favor. No sé cómo puedes pensar que yo te haría algo así. Julia, yo te...

—¿La está molestando, señorita?

De entre las sombras, una figura enorme surgió como una aparición. La embriaguez le hacía arrastrar las palabras.

—Oiga, amigo —dijo Max—, no se meta en lo que...

El mendigo sacó una botella de uno de los bolsillos y la blandió sujetándola por el cuello.

—He dicho que si la está molestando, señorita.

—No lo sé —respondió Julia—. ¿Me estás molestando? —preguntó, mirando desafiante a Max.

Este liberó el brazo de Julia inmediatamente y, acosado por el mendigo que se interponía entre Julia y él, comenzó a caminar en dirección al coche.

—Julia, te llamaré. Necesito hablar contigo. Yo no te estoy espiando, nadie me ha enviado. Todo eso que piensas son imaginaciones tuyas.

—¡Quítate de mi vista! Y diles a tus amiguitos que me escuchan a través del móvil que les mando recuerdos —gritó la joven desde el portal.

—No estás siendo racional, y lo entiendo. El duelo no te permite pensar con claridad.

—¡No quiero que me entiendas, maldito gilipollas, quiero que te vayas de una vez!

El mendigo golpeó con la botella el capó del coche de Max.

—Ha dicho que te largues.

Max arrancó, haciendo chirriar las ruedas sin dejar de mirar hacia el portal con ojos angustiados.

El mendigo se volvió y Julia le dio las gracias.

—No hay de qué, señorita. Me quedaré cerca por si necesita cualquier cosa.

Mientras subía la escalera de su casa, Julia tuvo la clara impresión de que el mendigo ya no parecía estar borracho.

Desde la ventana de su despacho en la última planta, el Gran hermano observaba la ciudad de una forma posesiva, igual que el águila vigila su territorio de caza.

—Seguro que has escuchado eso de que el sueño eterno del ser humano es poder volar. Lo han repetido tantas veces a lo largo de los años que es imposible no haberlo oído alguna vez. Siempre se ha interpretado como un deseo de libertad, un intento de romper los límites, incluso de tu propia naturaleza. Pero yo no estoy de acuerdo con esa explicación. Para mí, querer volar obedece a la necesidad de los individuos superiores de alzarse por encima de los demás, de separarse del vulgo y su adocenamiento. De la zafiedad y la chabacanería que les son consustanciales. Pero, claro, alguien tiene que hacer el trabajo duro y pesado. La gente es... como las funciones corporales. Repugnantes, pero necesarias.

El Gran Hermano volvió a ocupar su puesto ante la mesa-pantalla de su despacho. Sus zapatos taconeando contra el suelo. Al otro lado, sentado frente a él con las piernas cruzadas de forma elegantemente estudiada, aguardaba el Poeta. En una mano sujetaba el plato de una taza de café mientras con la otra daba vueltas a la bebida con una cucharilla de metal.

—Todo sabe mejor si se sirve en el recipiente adecuado. Taza de porcelana, cucharilla de plata...

—No olvides el azúcar —señaló el Gran Hermano.

El Poeta asintió mientras daba un sorbo largo y profundo.

—Es otro ejemplo de lo que te decía antes. Por más que explicamos en cientos de campañas los efectos perniciosos del consumo abusivo de azúcar, la gente no ha hecho ningún caso. Son como niños, no entienden lo que se les dice. Y como ellos, lo único que comprenden son las prohibiciones y los castigos. Así que nos hemos visto obligados a proscribir su uso. Pero vayamos a lo que nos ocupa. El asunto Gabriel Romero, ¿está solucionado?

—Suicidio. Corroborado incluso en la autopsia solicitada por la familia. Caso cerrado.

—¿Ese policía...? ¿Cómo se llamaba?

—Inspector Valverde.

—Valverde, eso es. ¿Por qué se inmiscuyó en nuestros asuntos? No me digas que por altruismo.

—No, por favor —dijo el Poeta, mostrando algo parecido a una sonrisa—, el altruismo se extinguió hace años, como los osos polares y las ballenas. El suyo fue un motivo mucho más prosaico: la venganza. Hace un par de años solicitó ingresar aquí, en el Ministerio. Concretamente en mi grupo de trabajo. Desafortunadamente, el ordenador lo rechazó. Al parecer tenía esa grave tara llamada escrúpulos. Comprenderás que eso resultaba del todo inaceptable para el desarrollo de las misiones que nos son encomendadas.

—Naturalmente. ¿A dónde se le ha trasladado?

—A Melilla.

—La distancia le servirá para reflexionar. En cuanto a la chica, ¿seguirá buscando?

—El dispositivo de vigilancia continúa activo.

—¿Te gusta la historia de David y Goliat? A mí me parece algo pueril, pero he de reconocer que encierra dos enseñanzas. Una verdadera y otra falsa. La falsa es que el débil puede vencer al fuerte, nos gusta creer eso aunque sabemos que es mentira porque el mundo sería un lugar mejor si fuera cierto. La enseñanza verdadera es que por muy grande y fuerte que seas no debes confiarte nunca. ¿Entiendes lo que te quiero decir?

—Esta vez Goliat sabe lo que tiene que hacer.

—Te he advertido con anterioridad de cuánto aborrezco las sorpresas.

—No las habrá. Y de haberlas serán todas agradables, te lo aseguro.

El Gran Hermano extrajo una caja de puros Majesty's Reserve, de la compañía Gurkha, y se la ofreció al Poeta. Ambos comprobaron el aroma de los gruesos cigarros antes de encenderlos.

—Fumar está prohibido por la ley —recordó el Poeta.

—Amigo mío, la ley es como las hambrunas. Solo afectan a los pobres.

Y las risas reverberaron por todo el despacho, chocando contra las paredes como pájaros ciegos.

22

Rompiendo una costumbre fuertemente arraigada en su vida, aquella mañana Varona llegó pronto a la redacción. Quería ser testigo cuanto antes del resultado de su obra. La ciudad estaría ardiendo como un trapo empapado en gasolina y él era quien había iniciado el incendio. El vídeo que grabó en la siniestra residencia de Ojos Albos ya estaría circulando por la red. Había pasado toda la noche enviándolo a todos sus contactos en los medios junto con un artículo en el que explicaba su contenido y, sobre todo, quiénes estaban detrás de aquello. Televisiones, radios, periódicos, *youtubers*, *bloggers*... Todos habían recibido una copia. Todos, menos su periódico. Sánchez-Bravo estaba bien amaestrado y nunca publicaría algo que pusiera en peligro su culo. Pero no le importaba, su objetivo era otro mucho más importante. Esta vez apuntaba a la cabeza. Esta vez quería hacer daño al Ministerio de la Verdad.

«A veces hay que morder para que se den cuenta de que tienes dientes», pensó.

Mientras se dirigía a su mesa, le sorprendió comprobar que sus jóvenes compañeros ya estaban allí, lo que dejaba en evidencia que él era, de lejos, el que más tarde llegaba al trabajo. Pero aquello no le hizo sentir mal. Al contrario, era la demostración de que la veteranía le concedía cierto grado de inmunidad. Pese a lo inusual de su presencia tan temprano, los otros periodistas no repararon en él. En ese momento discutían acaloradamente mientras tomaban bebidas energéticas.

—Sin conocer los clásicos a fondo, sin empaparte de su espíritu, de su hermosa sencillez, es imposible apreciar las obras actuales. En ellos está todo. Son la fuente de inspiración de lo que se está haciendo ahora.

—Vaya, vaya, qué madrugadores —interrumpió Varona—, y hablando de literatura para comenzar el día. ¿A qué clásicos te refieres? ¿Sófocles, Homero, Shakespeare, Cervantes...?

Si hubiera entrado desnudo con un hacha clavada en la cabeza, sus compañeros no lo habrían mirado con tanta extrañeza como lo hicieron en ese instante.

—¿Qué pasa? ¿De qué clásicos habláis entonces?

—*Space Invaders, Pac-Man, Galaxian...* Los juegos arcade clásicos. Sin ellos no se pueden entender los actuales videojuegos.

—Decepcionar a las generaciones anteriores es un privilegio que solo poseen los jóvenes. —Varona resopló resignado.

Sería mejor que se metiera en sus asuntos. Decidió ignorar a sus compañeros y encendió el ordenador. Aquella iba a ser una mañana gloriosa. Sí, señor. Varona comenzó a revisar las portadas de los principales diarios. Al principio con parsimonia;

pero, a medida que avanzaba sin encontrar ninguna noticia sobre el vídeo de la residencia en las primeras páginas, la tranquilidad dio paso a la histeria.

—No puede ser.

Siguió descendiendo por la pantalla con el cursor, sin resultado. Ni siquiera se hablaba de ello en un breve. La decepción comenzó a instalarse sobre sus hombros como un pájaro de mal agüero. Luego les llegó el turno a las webs de las cadenas de televisión y de las emisoras de radio. Ni una mísera referencia.

—Pero ¿qué está pasando?

El vídeo incluso había desaparecido de las plataformas donde él mismo lo había publicado. Sacó su teléfono móvil y llamó a la redactora jefe de *El Mercurio*, uno de los contactos a los que había mandado el vídeo.

—¿Qué narices ha pasado? —soltó Varona en cuanto la mujer descolgó.

—No sé en qué andas metido, pero te daré un consejo. Déjalo cagando leches.

—¿De qué me estás hablando? Solo tenías que publicar...

—Ayer, nada más recibir el vídeo me enviaron otro correo. Era un documento oficial por el que me retiraban la custodia de mis hijos. Estaba firmado y sellado. Con fecha de hoy, ¿comprendes? No son muy sutiles. Cosas así solo se pueden hacer si estás muy arriba, tanto que nadie pueda verte ni tocarte. Sentí miedo, porque sé de lo que son capaces. Mira, me encanta mi profesión, pero no tengo madera de heroína. No me voy a enfrentar a las cloacas del Estado por sacar a la luz una noticia. Y no soy la única que ha recibido amenazas. Cerdán vio un extracto de sus cuentas bancarias... sin fondos.

Varona empezó a notar que la araña del miedo, con sus patas erizadas de pelos urticantes, descendía por su espalda.

—Y entonces a los ancianos encerrados en la residencia que les den, ¿no?

—Si es a costa de perder a mis hijos, sí, que les den a los ancianos. Y a ti también.

La mujer colgó de forma abrupta, como si le diera un tajo en su moral. Porque Varona había perdido. Y aquella no era una derrota cualquiera. Le demostraba lo iluso que había sido pretendiendo hacer daño al Ministerio. Un alfiler en un mundo de sables.

Entonces oyó un ruido, a su izquierda. Giró la cabeza y se encontró con la figura de Sánchez-Bravo. Golpeaba con el nudillo sobre la pared de cristal del despacho para llamar su atención. Cuando sus miradas se encontraron, el nudillo se transformó en un dedo que señaló la puerta con insistencia. Varona conocía el lenguaje de signos exclusivo del director. Aquel dedo le ordenaba que dejara lo que estuviera haciendo y se reuniera con su dueño de inmediato.

Al entrar en el despacho encontró al director hablando por teléfono mientras lo miraba fijamente.

—Mi idea era despedirlo... hoy mismo, sí... Bueno, yo pensaba que... Lo que usted diga... Ningún inconveniente... Faltaría más...

Varona tuvo la extraña sensación de que el protagonista de aquella conversación era él, algo que le dio completamente igual. Sánchez-Bravo colgó.

—Pasa, Varona, pasa. Quiero que te encargues de un tema. Un grupo de tarados han contratado a un abogado para denunciar a sus asistentes virtuales por maltrato psicológico. Ya sabes, Alexa, Siri, Cortana y todos los demás artilugios. Según ellos, los aparatos les gritan cuando piden cosas que no les gustan, se ríen de sus costumbres, de su forma de vestir e incluso los insultan.

—Bastante han aguantado.

—Eso mismo pienso yo. La de tonterías que tendrán que escuchar los pobres todos los días. Aquí dice que a una de las denunciantes la llamaron «mala puta». Averigua lo que puedas.

—Claro. Me pongo con ello.

—Antes de que salgas, me gustaría preguntarte algo. —Sánchez-Bravo se reclinó sobre el respaldo de su sillón mientras mordía la patilla de sus gafas de cerca—. ¿No tienes nada que decirme?

—No, en absoluto. ¿Y tú a mí?

—Pues mira, ahora que lo dices, sí. Y llevaba tiempo con ganas de aclarártelo. ¿Sabes cuál es la diferencia entre tú y yo? Pues mira, tú crees que soy tonto. Y no lo soy. En cambio, yo sé con certeza que tú eres un imbécil.

—No te confundas, señor director. Los perros que dan la patita no son listos, sino obedientes.

—Te lo advertí y lo sigo haciendo. Estás pisando la cola de un león. ¿Por qué te complicas la vida a estas alturas?

—Quizá por algo tan estúpido como querer contarle la verdad a la gente. He empezado a darle importancia a esas cosas. Será que me estoy haciendo mayor.

—¿La verdad? Oh, venga ya. ¿En serio sales ahora con eso? La verdad es esa profesora desagradable y severa que siempre te está recordando todos tus errores. Reprochándote cada uno de tus defectos. Y te castiga por ello, sin perdonarte nunca. Las mentiras, en cambio, son atractivas y amables. Ligeras y superficiales como amores de verano. Siempre están ahí cuando las necesitamos para decirnos lo que queremos oír. Tan comprensivas con nuestras debilidades como una madre amorosa. Las comparo con la red que utilizan los trapecistas para evitar hacerse daño si cometen un error y caen desde las alturas. Porque todos nos caemos alguna vez, Varona. Y las mentiras consiguen que no nos lastimemos. Hacen que la vida sea mucho más soportable. Por eso todo el mundo las prefiere en lugar de la rígida y dura verdad.

—Bonito discurso. Cuéntaselo a los ancianos de la residencia. A ver si tus mentiras van a rescatarlos. Porque para eso también sirven las mentiras, para que no veamos las injusticias ni los abusos. Para esconder a los que sufren, para tapar las arbitrariedades y las desigualdades. Son como una droga que mantiene a la sociedad narcotizada, viviendo en un paraíso artificial imaginario, mientras por dentro todo se pudre.

—Qué intenso te pones cuando vas de periodista comprometido. Te prefiero borracho, eres mucho más ingenioso. Los ancianos pisaron la cola del león igual que tú, y ahora pagan las consecuencias. Si no quieres que te devore, deja de molestar a la bestia.

—Si has terminado con tu discurso, me pongo con el artículo. Después tengo que ir al cementerio. Hoy incineran a un hombre bueno al que le pasaron demasiadas cosas malas. Tal vez por contar la verdad.

Estaba a punto de salir del despacho cuando oyó a Sánchez-Bravo decir en voz queda:

—Otro que pisó la cola del león...

23

El cielo tenía el velo gris de la mirada de un ciego. Desgastada de tanto contemplar cómo la misma historia se repetía en el mundo año tras año, década tras década, siglo tras siglo. El dolor y la risa, la esperanza y el llanto. Danzando en el baile eterno de la vida y la muerte. Julia caminaba por la calle aferrada a la urna con las cenizas de su padre. El peso leve que dejan los muertos tras de sí. Tan liviano en los brazos y tan pesado en el alma. Acariciaba ese objeto, como si de alguna extraña forma a través de él pudiera hacer llegar su cariño al hombre que se había ido. Sentía en lo más profundo de su ser la necesidad de tocar algo físico, sus dedos tenían hambre de lo palpable ante la abrumadora ausencia eterna que convertía a su padre en algo intangible para siempre. Presente solo en efímeros recuerdos, en sueños inaprensibles. Y su amor, ya sin destinatario material, ascendía hasta perderse en la inmensidad, como un gas noble.

Sentía el terror infantil del niño perdido que no encuentra a sus padres. La creciente desesperación de verse sola, ese desamparo interno al saber que ya no era la hija de nadie. Primero su madre y ahora su padre. Demasiado pronto los dos. Dejando ese inmenso vacío que amenazaba con tragárselo todo. Mientras ella, aterrada, continuaba caminando sobre la cuerda, como un funambulista sin red. No debía mirar hacia abajo, solo hacia delante. Seguir adelante. Hasta el final.

Por eso Julia había decidido que las cenizas de su padre se quedaran en la tienda de antigüedades. Con todos los objetos que amó y que continuaban impregnados de su esencia. Levantó el cierre metálico y abrió la puerta. El quejido de las bisagras le dio la bienvenida. Encendió la luz, y allí estaban, aguardando como viejos amigos, las cosas de su padre. Alineadas en las estanterías, las máquinas de escribir, elegantes y hermosas. Recuerdos de un tiempo en el que aún se daba importancia a fabricar objetos hermosos que añadieran belleza al mundo. Al otro lado se encontraban los libros, cubiertos por una capa de olvido gris espolvoreada por el tiempo. Pero Julia sabía cómo devolverles la vida, su padre se lo había enseñado. Cogió el primero de una de las pilas. Sopló sobre la cubierta para revelar su título: *Macbeth*, de William Shakespeare. Abrió sus páginas y leyó una al azar.

> La vida es una sombra que camina, un pobre actor que en escena se arrebata y contonea y nunca más se le oye. Es un cuento que cuenta un idiota, lleno de ruido y de furia, que no significa nada.

Julia sintió que al leer aquella página, no solo revivía un poco el libro, sino que también lo hacía su padre. Buscó, entonces, el lugar idóneo para depositar la urna. No le costó mucho decidir que debía estar entre la Remington, la Olivetti, la Olympia y su preferida, la Underwood. Un impulso le hizo bajar esta última y depositarla sobre la mesa, como tantas veces le había visto hacer a su padre. Porque eso es lo que le quedaba de él: repetir sus gestos, revivir momentos, evocar instantes; migajas de una existencia perdida. Remiendos para protegerse del desgarro de la ausencia. Julia ocupó la silla de su padre y se sintió como una usurpadora del trono. Sus pies chocaron con algo bajo la mesa. Era una caja de cartón, llena de botellas de ginebra vacías. Cogió una a la que aún le quedaba un dedo y bebió con rabia. El líquido le supo amargo, como el beso del traidor. Entonces se fijó en que en la caja no solo había botellas, sino también libros. Lo curioso era que fueran distintas ediciones de la misma obra, *1984*. Su padre jamás le había hablado de ese título y, a juzgar por la cantidad de ejemplares que poseía, debía de gustarle mucho. Julia contó al menos diez.

Sus manos comenzaron a teclear sobre la Underwood. Aquel sonido trajo consigo el recuerdo de su padre escribiendo impetuosamente sobre aquella máquina. «Un artefacto mágico —como siempre le decía— que consigue capturar los etéreos pensamientos y los huidizos sueños para convertirlos en algo real dentro de una página en blanco.» Y la vieja Underwood volvió a desplegar su magia, mientras el cadencioso sonido de las teclas transportaba a Julia a otro lugar, uno donde el tiempo dejaba de correr, donde todo era posible todavía. Ese mundo, donde la muerte no existe, que llamamos infancia.

Y sobre las teclas, los dedos de Julia cedieron su lugar a las lágrimas para que fueran ellas las que escribieran la última despedida a un padre asesinado.

La burbujeante oscuridad del ron con cola, como el cielo de una noche estrellada, aliviaba el dolor de Varona. Alcohol. El epílogo de las derrotas. Vio que, frente a él, el tipo del espejo parecía más abatido, más cansado, más amargado. Alcohol. Para subrayar el fracaso. Alcohol. Para cicatrizar las heridas. El periodista inclinó el vaso de tubo para dar cuenta de la última lágrima marrón mientras giraba el dedo sobre sí mismo para pedir otra ronda. Alcohol. El analgésico contra los golpes que da la vida.

Chicho, el camarero de La Encrucijada, le preguntó si quería otra copa deseando que le respondiera que no.

—¿Te pongo la última?

—Te he dicho mil veces que nunca se dice «la última». Y no me preguntes más. Tú sigue rellenando hasta que me caiga al suelo.

—En media hora cerramos, plumilla. Recuerda el toque de queda.

—Tiempo de sobra para perder el conocimiento.

Varona notó que alguien ocupaba el taburete de al lado. Vio que se trataba de un tipo con traje azul de mediana edad. La corbata aflojada, como una bandera blanca ondeando, asumiendo la derrota después de la guerra diaria.

—Disculpe, póngale al caballero otra de lo que esté tomando y a mí un negroni, si es tan amable.

Varona se giró y alzó su copa vacía para agradecer el gesto del desconocido. Las bebidas llegaron desalojando el incómodo silencio.

—¿Sabe por qué me gusta el negroni? Porque es como la vida —señaló el tipo—. Una parte suave y perfumada por cada dos amargas.

—Tiene usted razón. Yo por eso prefiero algo dulce como el ron con cola. Bastante agria ya es la existencia.

—Un día duro, por lo que veo.

—De los peores. Aunque estés acostumbrado a los golpes que te da la vida, siempre duelen.

—¿Y no ha pensado nunca que quizá la vida nos golpea para indicarnos que vamos por el camino equivocado? Como el jinete que debe usar la fusta para guiar a su montura.

—Soy un caballo salvaje y me gusta correr libre.

—Brindo por eso. ¿A qué se dedica? Si no es indiscreción.

—Oh, no se preocupe. Soy periodista.

—Una profesión interesante. Algo desagradable, en mi opinión. Eso de meterse en la vida de los demás, husmeando en los asuntos de otros. Y total, ¿para qué? Las noticias causan revuelo unas pocas horas. Al día siguiente nadie las recuerda. Exaltan lo anecdótico, lo que se sale de lo común, lo que no tiene importancia. Hay algo de inconsciencia en su profesión. Porque no siempre es bueno conocerlo todo; existen secretos que no deberían salir a la luz. Pero a ustedes eso les da igual. Aunque a su paso dejen una estela de daño y de dolor. Una enfermera que jamás volverá a ejercer su profesión, un modelo de la tercera edad que ya nunca mostrará su sonrisa perfecta...

Varona sintió una descarga eléctrica que le recorría todo el cuerpo.

—¿Y usted a qué se dedica, amigo?

—Mi profesión es poco convencional. Veamos, cómo se lo explicaría... Para que una ciudad funcione, es fundamental que tenga un sistema de alcantarillado eficiente. Las cloacas, si lo prefiere. Pues bien, ese sistema está compuesto por una red de tuberías anchas y otras más estrechas. La ciudad genera toneladas de basura. Y gran parte de ella acaba en las cloacas para que nadie la vea, lo que provoca que las tuberías estrechas queden taponadas. Esto podría acarrear graves problemas de salubridad a la ciudad. Imagine toda esa porquería saliendo a la superficie. Nadie querría ver algo así. ¿Y por qué no sucede eso? Gracias a las ratas. Si encuentran su camino taponado roen los desperdicios y así dejan de nuevo expedita la tubería. Yo vendría a ser una de esas ratas.

—Lo siento por usted. Las ratas no le gustan a nadie.

—Cierto, solo a otras ratas. Hablando de gustos, ¿es usted aficionado a la poesía? Me encantaría recitarle algo, suelo hacerlo sobre todo en las despedidas. Aunque ya nadie aprecia lo sublime en esta época de necios que nos ha tocado vivir. El tiempo en el que los cisnes rebuscan comida entre la basura.

—¿Quién es usted y qué coño quiere de mí?

Los ojos de aquel tipo cambiaron, se volvieron negros, sin iris. Algo metálico comenzó a girar en su mano. Un remolino plateado. Como una serpiente haciendo sonar su cascabel. Hasta que la navaja mariposa se posó en el muslo de Varona.

—Quieto, estese quietecito. Un corte en la arteria femoral y se desangrará antes de que yo llegue a la puerta de la calle. ¿Lo siente? Es el miedo. El mejor motivador de nuestro tiempo. El miedo hace que la sociedad avance, que no se quede anquilosada. El miedo es lo que nos hace progresar, superarnos. Miedo a perder el empleo, miedo a que nos deje nuestra pareja, miedo al futuro, miedo a una crisis, miedo a perder lo que tenemos. El miedo es lo que mueve el mundo.

—¿Qu... qué quiere de mí?

—Usted es quien ha reclamado mi presencia. Quería contar cosas malas sobre nosotros, ¿eh? Cuchicheando con sus amigos periodistas para hacernos daño, ¿verdad? Pero no contaba con el poder del miedo. El miedo es nuestro aliado. Y sus compañeros sintieron su poder. Ahora le toca a usted. Dígame: ¿tiene miedo?

Varona asintió con la cabeza, nervioso.

—Eso es bueno. En ocasiones, el miedo es quien consigue que seamos prudentes, que no perdamos la vida. Ahora le voy a decir lo que tiene que hacer para conservar la suya. Julia, la hija de su antiguo compañero, Gabriel Romero. Sabe de quién le hablo, ¿no es cierto?

Varona volvió a asentir con un gesto. La adrenalina había acabado de golpe con su borrachera. Su nuez subía y bajaba por la garganta intentando llevar algo de saliva a la boca.

—Quiero saberlo todo de ella. Y usted me lo va a contar. Porque se va a convertir en su mejor amigo.

—Pero yo apenas la conozco. Ella solo es una estudiante, quería saber cómo murió su padre. Nada más. ¿Por qué se interesan en ella? No sé qué es lo que quiere saber...

—Ya se lo he dicho: todo. Con quién se reúne, adónde va, con quién habla, qué lee, a qué le huele el aliento, de qué color es su ropa interior, qué días tiene el periodo. ¿Comprende ya lo que me interesa de Julia Romero?

—Veré lo que puedo hacer.

Varona notó que la presión de la navaja contra su muslo aumentaba.

—Oh, vamos, tenga un poco de fe en sí mismo. Verá cómo el miedo lo ayuda a conseguirlo. Le dejo esto. —El hombre del traje azul depositó un móvil sobre la barra del bar—. Solo tiene un número grabado en la agenda. Todos los días, a las siete en punto, usted llamará a ese número para contarnos lo que ha hecho Julia en todo el día. Si se retrasa, si no llama o lo hace, pero solo para contarnos excusas, volveré. Y dejaré que sea ella —la navaja volvió a morderle en el muslo— la que hable con usted. Es muy elocuente, se lo aseguro. Ahora, sintiéndolo mucho, me tengo que marchar. No olvide guardar el teléfono. Y si me admite un consejo, búsquese algunos amigos. Parece usted un personaje de un cuadro de Hopper. No hay nada más triste que un hombre bebiendo solo acodado en la barra de un bar.

Y después de pagar la cuenta, el hombre del traje azul abandonó el local dejando al miedo allí, en el bar. Sentado junto a Varona para que no bebiera solo.

24

La melodía de *El Padrino* se oía amortiguada dentro de su bolso. Julia extrajo su móvil. En la pantalla, un nombre: Max. Volvió a colgarle. Ya era la quinta vez que lo hacía en lo que llevaba de mañana. Se sentía estúpida cuando pensaba en él. En lo fácil que le había resultado engañarla. Un par de frases amables y unas pizzas. Eso era todo lo que había necesitado para ganarse su confianza. Los del Ministerio debían de pensar que era imbécil. ¡Vaya si lo había sido! El problema era que una parte de ella aún se resistía a creer que todo hubiera sido un engaño, y le parecía que le daría una segunda oportunidad si pudiera demostrar que no tenía nada que ver con...

—¡Oh, vamos, Julia, céntrate de una vez!

Estaba sentada delante de una pantalla en la hemeroteca de la facultad de Ciencias de la Información. Buscaba los artículos de su padre sin muchas esperanzas. Sabía que los fondos de la facultad no solo eran escasos, sino que además estaban incompletos. Mucho antes de la desaparición de los diarios en papel, la digitalización y el archivo de los periódicos se habían suspendido en la universidad por falta de fondos. A nadie le importó. Hacía años que los alumnos buscaban todo lo que precisaban en la red. Julia sabía que aquello era una pérdida de tiempo, pero necesitaba demostrarse a sí misma que no se había rendido. Que aún seguía intentando averiguar el motivo por el que asesinaron a Gabriel Romero. Por él. Por su padre. Pero también por ella. No soportaba aquel sabor amargo que deja la derrota en el fondo del paladar, esa sensación de haberse dado por vencida. No, ella no era así. Y su padre tampoco. Así que continuaría buscando, aunque fuera en lugares tan inútiles como aquel.

—Pero mira quién está aquí. La reportera estrella de *El Observador Digital* gracias a sus amiguitos del Plan A. ¿Qué se te ha perdido entre las clases desfavorecidas?

—Hola, Collado. ¿No te cansas de estar siempre detrás de una pancarta?

El presidente del Sindicato de Estudiantes le dedicó una sonrisa antes de sentarse a su lado.

—Oye, me enteré de lo de tu padre. Lo siento mucho, de verdad. Si necesitas cualquier cosa, no tienes más que decirlo.

—Muchas gracias, líder revolucionario —le agradeció Julia, removiéndole el pelo de forma cariñosa—. Cuando quieres, no resultas un perfecto cretino. ¿Qué haces aquí?

—A veces vengo a estudiar. Como nunca hay nadie, se está más tranquilo que en la biblioteca. ¿Y tú?

Julia señaló la pantalla con la barbilla.

—Buscaba artículos antiguos de mi padre. Pero no he encontrado ninguno. Tampoco esperaba hacerlo en un archivo tan malo como este.

Collado miró a un lado y luego al otro, como buscando oídos indiscretos.

—Yo nunca te he dicho esto y si lo cuentas por ahí siempre lo negaré. Me juego mi reputación.

—¿Qué reputación puede tener alguien que se llama Emilio Antonio?, ¿o era Antonio Emilio? Da igual, los dos suenan a nombre de galán de telenovela.

—Ese no es el camino si quieres que te ayude.

Julia mostró la palma de sus manos en un gesto de rendición, luego cerró una cremallera imaginaria en su boca.

—Poca gente sabe que los pijos del Plan A disponen de su propia hemeroteca, a la que nuestros grasientos dedos de proletarios no tienen acceso. Y poca gente lo sabe porque buscar algo en una hemeroteca es algo tan siglo xx como ir al cine. Y ahora te pregunto algo: ¿crees que estará tan desactualizada e incompleta como la nuestra?

A Julia se le comenzó a erizar la piel solo de pensarlo.

—No, seguro que no.

—No, seguro que no. Porque ellos pagan. Y los que pagan siempre tienen lo mejor. Aunque no debería ser así; el capitalismo no debería tener sitio en la universidad...

—Y dices que los del Plan B no tenemos acceso.

—Tal vez si conocieses a alguien del Plan A que te prestase su carné te podrías colar. No se darían cuenta, ya te he dicho que nadie la utiliza.

—¡Gracias, gracias, gracias!

Julia se levantó de la silla y plantó un sonoro beso en la frente a Collado mientras agarraba su bolso y salía precipitadamente de la sala.

—Teletrabajo, clases telemáticas, telesexo. Todo es mejor si puedes hacerlo a distancia. Porque ¿cómo era eso? Ah, sí. La distancia te da otra perspectiva de las cosas. El sexo a través de una pantalla, por ejemplo, es mil veces mejor. Sin olores ni fluidos desagradables. Mucho más higiénico y mucho más seguro. Interviene más la imaginación y menos la mecánica.

Intentando que no se le notara, Julia no prestaba atención a nada de lo que le estaba diciendo Bea. Al fin y al cabo, se encontraba allí gracias a ella. Las dos jóvenes estaban sentadas delante de un potente ordenador en la blanca, impoluta y bien iluminada hemeroteca del Plan A. Bea le había pedido prestado su carné de estudiante a una compañera de clase para que Julia pudiera entrar con él. La puerta automática se abrió sin ningún problema en cuanto acercaron las tarjetas de plástico al sensor. El encargado ni reparó en ellas cuando entraron. Aparte de él, en la sala no había nadie.

—Además, se elimina esa parte animal, tan primitiva que tenía la forma tradicional del sexo y se sustituye por el elemento tecnológico. Lo que aumenta las posibilidades y el morbo. Es como estar, pero sin realmente estar. No sé si me explico.

Julia asintió con la cabeza porque le parecía que debía hacerlo, pese a no saber de qué hablaba su amiga. Estaba empezando a rellenar los campos de búsqueda. Primero el nombre del periódico, *El Tiempo*; después el año de publicación, 2023, y, tras él, las palabras clave. Respiró hondo antes de teclear el nombre de su padre.

—Las pantallas convierten lo que ves en algo irreal. Son como una frontera que te protege, una barrera mental que consigue distanciarte, evitando que te impliques. Y, por lo tanto, que las cosas te afecten. Son como un preservativo mental.

Ya solo le quedaba una cosa por hacer. A Julia le temblaba la mano cuando la acercó a la tecla intro. Cerró los ojos antes de pulsarla.

—Hablando de implicarte. Max no deja de llamarme. Primero para pedirme tu móvil y tu dirección y ahora para contarme que no le coges el teléfono. Que conste que me parece bien. El tío es un auténtico muermo...

En la pantalla apareció aquella frase informándola de que existían 375 documentos. Julia pinchó en el primero. La página del periódico se cargó al instante. Completa, sin ningún espacio en blanco ni huecos. Y allí estaba a cinco columnas: «El Ministerio de la Verdad crea un sistema para influir en el resultado de las elecciones». Por Gabriel Romero.

—¡Sí! —gritó Julia, alzando los brazos.

El encargado le lanzó una mirada admonitoria, a la que ella respondió juntando las manos en un gesto con el que quería pedir perdón.

—¿Qué pasa? —preguntó Bea.

—¡Los artículos! ¡Los he encontrado! ¡Los he encontrado! —respondió Julia mientras comprobaba que los archivos estaban completos.

—Vale, esto es una hemeroteca y has encontrado unos artículos. No sé qué tiene de extraordinario. Pero si te da ese subidón podemos venir aquí todos los días.

Julia comenzó a seleccionar solo las noticias de su padre en las que hablaba del Ministerio de la Verdad. Quería leerlas con tranquilidad. En su casa.

—¿Me puedes hacer un último favor? ¿Puedes preguntarle al encargado si aquella impresora funciona?

—¿Una impresora? Pero cómo eres tan antigua. Mándatelas a la nube o al mail, si lo prefieres, o grábalas en un *pendrive*. Ese tipo de cosas que hace todo el mundo.

—No me fío. Necesito imprimir los artículos. Necesito tocarlos, que se conviertan en algo físico, palpable, real.

Varona unía grupos de tres diamantes desplazando el dedo por la pantalla en su móvil. Tres rojos, quinientos puntos... Estaba en la redacción, acababa de terminar el estúpido artículo sobre los asistentes virtuales y el grupo de trastornados que habían presentado una denuncia contra ellos por vejaciones. Y ahora se dedicaba a hacer como que trabajaba... Tres azules, doscientos puntos... Perdiendo el tiempo con ese estúpido juego. Toda su vida había sido una enorme pérdida de tiempo. Y seguiría siendo así... Tres blancos, trescientos puntos... Aquella historia de los ancianos y las residencias había logrado que se volviera a sentir periodista. Pero luego apareció el tipo de la navaja para recordarle cuál era su verdadero sitio: el cubo marrón, con el resto de los residuos orgánicos. Tres verdes, 600 puntos... Los Rolling sonaron. Una llamada hizo desaparecer de la pantalla el juego. Era de un número desconocido. El miedo se extendió por su cuerpo como una infección dejándolo paralizado. Dudó sobre si debía contestar. Finalmente lo hizo.

—¿Sí?

—¡Varona, soy Julia! ¡Los he encontrado!

—¿Julia? Este no es tu teléfono.

—No, le he pedido prestado el móvil a una amiga. No me fío del mío. Pero ¿me has oído? ¡He dado con los artículos de mi padre!

—Sí, te he oído..., Eso es... es estupendo...

—Voy directa a casa para leerlos todos. Y me gustaría que tú lo hicieras conmigo. Igual entre los dos encontramos algo de lo que tirar.

—Oye, Julia, verás... No sé si es buena idea que continúes con esto. Tal vez se nos haya ido de las manos.

—¿Qué quieres decir?

—Solo que es posible que te estés agarrando a un clavo ardiendo. Igual todo es lo que parece y tu padre sí que se suicidó.

—¿Y lo que nos contó el inspector Valverde? ¿Y lo de borrar los artículos justo antes de que diera con ellos? ¿Y las extrañas llamadas y los mensajes que desaparecen de repente? ¿Qué? ¿Fueron casualidades?

—Pues..., puede que sí.

—¡Oh, vamos! Tú no puedes creer eso. Mira, si no quieres ayudarme, lo entiendo. Pero no me digas que son imaginaciones mías ni me trates como a una loca.

—No, no. Claro que quiero ayudarte, es solo que..., que quiero que tengas cuidado.

—¿Ha pasado algo? Estás muy raro.

—Nada grave. El reportaje del que te hablé, el que podía implicar al Ministerio. Finalmente, no había nada. Decepciones de un viejo periodista. Nada que no cure un par de copas.

—Voy a leerme los artículos y, cuando lo haya hecho, te vuelvo a llamar. Yo sola no puedo con todo esto. Necesito tu ayuda. Y para eso me hace falta que estés bien.

—Estoy bien, con un ron con cola en la mano estaría mejor, pero estoy bien. Estúdiate esos artículos. A ver qué sacas.

Cuando colgó, Varona miró la hora en el reloj del móvil: casi las cuatro. Faltaban algo más de tres horas para la llamada. Fue entonces cuando le llegó el mal olor. Primero de forma leve, pero luego fue ganando en intensidad hasta que el ambiente se hizo irrespirable. Una peste a descomposición, a algo pudriéndose. Dio vueltas por la redacción intentando dar con el foco de aquella pestilencia. Hasta que descubrió que aquel hedor emanaba de su propio cuerpo. Era el olor de la traición, que había comenzado a corromperlo por dentro.

CUARTA PARTE

No te inclines ante la adversidad; más bien oponte audazmente a ella tanto cuanto tu suerte te lo permita.

VIRGILIO

25

Caminaba deprisa, con la carpeta aferrada contra el pecho. El miedo a que alguien se la arrebatara le hacía sentir el peligro acechando detrás de cada esquina. Hasta que, por fin, Julia llegó a su portal. Tenía ganas de entrar en su casa y comenzar a leer los artículos de su padre, en concreto aquellos que trataban sobre el Ministerio de la Verdad y que fueron el principio del fin de Gabriel Romero. Confiaba en encontrar en ellos las respuestas a todas las dudas que la acosaban. Al entrar en el edificio, fue hasta el buzón y lo abrió sin pensar, en un gesto que tenía más de ritual familiar que de curiosidad por lo que contuviera. No halló nada dentro, así que alzó de nuevo la portezuela para dejar encerrado dentro al vacío. Comenzó entonces a subir los escalones de dos en dos impulsada por el ansia de alcanzar la meta. Entonces, una figura frente a la puerta de su piso la hizo detenerse.

«¡Pero es que no me van a dejar llegar a mi casa nunca!», pensó Julia una vez identificó la silueta.

—No es mi intención acosarte. —Max se puso en pie al verla llegar—. Solo me gustaría aclarar...

—Mira, no tengo tiempo para esto. Tú y yo ya nos hemos dicho todo lo que teníamos que decirnos, así que...

—Solo quiero hablar contigo cinco minutos. Nada más. Después me iré y, si es eso lo que quieres, no te molestaré más.

—¿En serio tiene que ser ahora?

—Solo te pido cinco minutos, no creo que sea tanto.

Julia resopló mientras se encogía de hombros, resignada. Esa fue la señal para que Max continuara hablando.

—Me han dejado unas cuantas veces, pero nunca porque creyeran que soy un espía.

—Para dejarte, primero tendría que haber tenido algo contigo. Y no es el caso —respondió Julia esquiva.

—Es verdad, pero la cosa iba bien hasta que se te ha metido en la cabeza ese invento...

—¿«Invento», dices? ¿No es cierto que participaste en esa farsa para la prensa orquestada por el Ministerio de la Verdad? Varona te vio allí. ¿Es a eso a lo que te dedicas? ¿A engañar a la gente?

—Vale, sí, lo reconozco. Estuve en la residencia aquel día. Me dijeron que lo único que pretendían era ganar tiempo ante la opinión pública hasta que el resto de los centros estuvieran acondicionados. No me lo creí, pero cumplí las órdenes de mis jefes. No soy el único que tiene que hacer cosas que no le gustan en su trabajo. El mundo laboral funciona así. Si dices que no, te enseñan dónde está la puerta. Además, ¿qué tiene eso que ver contigo?

—Oh, ¡claro que tiene que ver conmigo! ¡No tienes ni idea de todo lo que me ha pasado! Mi padre aparece muerto en extrañas circunstancias y, cuando trato de averiguar qué le ha ocurrido, comienzan a pasar sucesos incomprensibles a mi alrededor: el trasladado repentino del inspector que llevaba el caso al día siguiente de hablar conmigo; documentos que se borran minutos antes de que pueda leerlos; mensajes que desaparecen misteriosamente de mi teléfono... Pero, en medio de todo este lío, hay una constante que se repite. ¿Sabes cuál es? Que siempre, de manera indefectible, de una forma u otra, el nombre del Ministerio de la Verdad está ahí, en un segundo plano, como un pantocrátor intocable, dominándolo todo desde la distancia. Y, qué casualidad, de repente apareces tú salido de la nada. El chico perfecto, siempre dispuesto a ayudarme, a servirme de apoyo en los peores momentos. ¿Y dónde trabaja el chico perfecto? En el puto Ministerio de la Verdad.

—Entiendo lo que dices, pero tu teoría tiene un fallo. ¿No crees que si el Ministerio quisiera espiarte no enviaría a alguien que a las primeras de cambio admitiera que trabaja para ellos?

Julia permaneció callada. Tal vez Max estaba en lo cierto, o tal vez solo trataba de confundirla aún más, o quizá... Pero, qué demonios, ni le apetecía ni tenía tiempo para ponerse a pensar en ello. Los artículos de su padre, que llevaba en la carpeta contra el pecho, volvieron a reclamar su atención.

—Mira, Max. Te agradezco el esfuerzo y todo eso, pero ahora tengo cosas más importantes que hacer. —Julia hablaba mientras hacía girar la llave en la cerradura de su puerta.

—Solo te pido que pienses en ello. Nada más.

—Lo haré —respondió mientras pasaba a su lado y entraba en su piso.

—¿Me lo prometes? —le pidió antes de abandonar el rellano.

—Adiós, Max —zanjó Julia con un portazo.

Aquello puso el punto final a la conversación. Julia estaba, al fin, en casa. Se sorprendió a sí misma buscando excusas para creer a Max, empeñada en derribar cualquier obstáculo mental que impidiera que las palabras del joven resultaran convincentes. Deseaba encontrar la trampilla por la que permitirle volver a entrar en su vida.

—Venga, Julia, ¡céntrate de una vez! —se repitió en voz alta.

Soltó el bolso, se quitó la chaqueta y dejó la carpeta sobre la mesa. Sabía qué era lo primero que tenía que hacer. Fue hacia la repisa donde se encontraba el móvil. Ya casi nunca lo llevaba con ella, y en casa lo mantenía apagado la mayor parte del tiempo. Recordó todas las veces en que había tachado a su padre de loco por renegar de ese aparato. Ahora lo entendía. Se daba cuenta de que, desde que no estaba, cada vez lo comprendía mejor. A veces, alguien tiene que desaparecer de tu vida para que empieces a conocerlo. Cogió el teléfono y comprobó que continuaba apagado. Extrajo la batería y lo guardó todo en un cajón. Acto seguido desconectó el portátil. Y hasta desenchufó el televisor. Había leído un artículo, bastante sensacionalista, en el que advertían de los peligros de las televisiones inteligentes. Aseguraban que podían espiar a cualquiera a través de sus cámaras integradas. Tras lograr que su casa volviera a la Edad Media, decidió encerrarse en el cuarto de baño a leer los artículos. Sabía que aquel era un gesto bastante estúpido, pero la hacía sentirse más segura. Julia se dio cuenta de lo que ya era un hecho: se había convertido en una conspiranoica de manual. Pero ¿cómo no serlo después de todo lo que le había pasado?

Esparció las hojas por las baldosas del suelo y fue ordenándolas siguiendo la fecha de publicación. La primera de ellas se remontaba al 30 de septiembre de 2023.

[...] El Ministerio de la Verdad creó un logaritmo para manipular las últimas elecciones. Fuentes internas del propio Ministerio aseguran que el sistema se puso en marcha en los comicios del año pasado y continúa en funcionamiento. Una inteligencia artificial identifica —analizando las redes sociales de los usuarios, los periódicos que leen, las noticias que consultan, los perfiles que siguen— qué individuos no tienen claras sus preferencias a la hora de votar. Con todos esos datos que les proporcionan los usuarios sin saberlo, el programa selecciona a aquellas personas más susceptibles de ser manipuladas. Una vez localizadas, estas comienzan a recibir noticias a través de todos los canales posibles a favor de un determinado partido y en contra de los rivales. Un bombardeo incesante de información personalizada que consigue decantar los votos hacia el candidato que mejor se acomode a los intereses del Ministerio [...]

«¡Qué grande eras, papá!», pensó Julia mientras buscaba la siguiente noticia. Así que el Ministerio metía sus sucias manos tecnológicas en las elecciones e inoculaba ideas en los votantes sin que ellos se diesen cuenta. La siguiente noticia, publicada el 2 de octubre de 2023, ahondaba más en el tema y se centraba en las consecuencias legales de dicha manipulación.

Algunos juristas señalaban que los responsables de algo semejante tendrían que enfrentarse a penas de prisión. Además, debería impugnarse el resultado de los comicios y repetirlos. La noticia desencadenó un escándalo enorme. Pero Gabriel Romero no dejó de alimentar aquel fuego con gasolina.

5 de octubre de 2023

[...] Gran parte de las informaciones que el Ministerio de la Verdad enviaba a los indecisos eran falsas. Nuevas revelaciones obtenidas por este periódico apuntan a que el caso de la presunta manipulación de las elecciones desde el Ministerio de la Verdad sería aún más grave. Hasta ahora se creía que los sujetos a los que se pretendía manipular recibían información desfavorable de alguna candidatura. Pero fuentes próximas a altos cargos del Ministerio aseguran que la inmensa mayoría de esos mensajes eran falsos. Estos habrían sido creados por el propio Ministerio en un departamento secreto del que hasta ahora solo hemos podido conocer el nombre, la Habitación 101. Las falsas noticias o bulos lograrían así generar un clima de opinión contrario a un partido político concreto en un tiempo récord. Noticias falsas que la gente daría por ciertas cuando las recibiese. La pregunta ahora es: ¿son lícitas unas elecciones en las que los ciudadanos han sido manipulados con mentiras? ¿Hasta qué punto la tecnología puede ser utilizada para iniciar campañas electorales ocultas sin que los ciudadanos sean conscientes de que son objeto de una manipulación?

A este le seguían más artículos que destapaban los engaños que se cocinaban desde el Ministerio. Hubo algunos desmentidos en los medios más oficialistas... hasta que llegó la traca final. Una entrevista en exclusiva con el creador del sistema de manipulación, un ingeniero llamado Virgilio Sanz. En ella desvelaba cómo, mientras trabajaba para una de las compañías punteras en redes sociales de Silicon Valley, recibió una oferta de una empresa tecnológica española para desarrollar un proyecto tan innovador como secreto. No fue hasta su llegada a Madrid cuando supo que, en realidad, iba a trabajar para el Ministerio de la Verdad. Este ingeniero creó para ellos un sofisticado logaritmo diseñado, en un principio, para hacer innovadores estudios sociológicos y de mercado: qué mecanismos condicionaban los gustos de los españoles, cómo detectar sus preocupaciones, cómo predecir los hábitos de la población, anticipar nuevas necesidades de consumo y cosas así. Pero aquello degeneró en una poderosa arma para influir decisivamente en el resultado de las elecciones y, por lo tanto, decidir quién gobernaría y quién no el país. O lo que es lo mismo: el Ministerio tendría la capacidad de poner y quitar presidentes. A raíz de la entrevista, los artículos de Gabriel Romero fueron ocupando menos espacio dentro de las páginas del periódico. Una «jibarización» informativa que concluyó con una rectificación del periódico, en la que se citaba el nombre de su padre, donde se desmentía todo lo que había publicado anteriormente y que lo desacreditaba ante la profesión. En ella se señalaba al tal Virgilio Sanz como la fuente que había manipulado al periódico aportando pruebas falsas para apuntalar dicho engaño. El Ministerio de la Verdad comenzó entonces a mover sus piezas hasta ganar la partida convirtiendo a su padre en un borracho y un fracasado.

«Pero tal vez la partida aún no haya acabado —pensó Julia—. Tal vez pueda terminar lo que mi padre comenzó.»

Ahora tenía un hilo del que tirar y un nombre: Virgilio Sanz. Salió del cuarto de baño, se puso la chaqueta, agarró el bolso y salió a la calle. Necesitaba saber más sobre aquel hombre. Pero no iba a ser tan estúpida de buscar información en su propio ordenador. Tratar con el Ministerio había disparado sus niveles de cautela hasta la paranoia.

26

—Señor, hace días que el objetivo no lleva el móvil consigo. Eso hace prácticamente imposible poder predecir sus movimientos. Aunque las cámaras de reconocimiento facial distribuidas por toda la ciudad nos permiten obtener un informe detallado de los lugares por los que se desplaza, estos datos nos llegan *a posteriori*. Conseguir resultados en tiempo real resulta muy complicado, por no decir imposible.

El Poeta escuchaba las palabras del agente sentado frente al ordenador mientras sostenía su cigarrillo ente el índice y el pulgar. Esperaba a que el humo se adensara en su boca, para después entreabrirla lo mínimo y dejar que se deslizara lentamente como la lengua gris y viscosa de un reptil.

—Chica lista. ¿Algo más? —consultó sin prestar atención al agente, obnubilado con las evoluciones de las remolonas volutas en su ascensión hacia la nada.

—Cuando está en casa mantiene el teléfono apagado. Solo lo enciende para realizar llamadas intrascendentes. En cuanto al ordenador, hace tiempo que no interactúa en sus redes sociales y sus búsquedas en navegadores se limitan a temas relacionados con su trabajo en el periódico. Sabemos que visita un cibercafé próximo a su lugar de residencia y estamos tratando de hackear todos los equipos del local. Parece evidente que ha descubierto que la estamos vigilando.

—La tecnología..., ese nuevo dios. —Suspiró con desgana—. Omnisciente y todopoderoso, exige a sus fieles una devoción ciega. Personalmente, me declaro agnóstico: observo sus milagros sabiendo que tienen truco. Por eso no confío demasiado en los dioses. Nunca he visto que hayan hecho nada bueno por los hombres salvo enfrentarlos. Sin embargo, tú eres un fiel devoto. Por eso te sientes perdido cuando tu dios te abandona. Crees que la tuya es la fe verdadera. Pero para eso estoy yo aquí, para sacarte del error y mostrarte un camino nuevo: el de la herejía analógica. Hay otras formas de vigilar a alguien sin la intervención de la tecnología. Unos métodos que nacieron en los tiempos oscuros —continuó con sorna—, cuando el hombre era algo más que una unidad de consumo y las máquinas no decidían lo que teníamos que pensar —señaló el Poeta como un chamán.

—¿Está sugiriendo la intervención de agentes, señor? Su ineficacia ha quedado demostrada en numerosos estudios. Por eso su utilización es prácticamente marginal. El factor humano hace que las misiones se conviertan en un juego de azar sin... ¡Ahhh, me quemo! —gritó.

El Poeta acababa de usar la cabeza del hombre de cenicero para apagar su cigarro.

—Vivimos una época indolente —dijo, dándole la espalda—. Se protege al individuo del dolor a toda costa, obviando que las rosas tienen espinas, como si fuera un niño inocente. Solo el sufrimiento nos convierte en adultos, en seres humanos completos. Tienes que conocer el dolor para poder enfrentarte a él, para alcanzar tus límites, para saber quién eres en realidad. Así que, tranquilo, no hace falta que me des las gracias por ayudarte a madurar un poco, pero no vuelvas a poner en duda nada de lo que yo diga, ¿entendido?

El hombre asintió con la mano en la cabeza, cubriéndose la quemadura.

—Al parecer, a nuestra chica favorita, de repente, le asustan los móviles. Vamos a descubrir qué otras cosas le dan miedo.

El cibercafé olía a una mezcla de sudor, curri y plástico nuevo. No había muchos ordenadores ocupados a aquellas horas, solo un par de estudiantes de instituto saltándose las clases para jugar en red a la última novedad del mercado. Julia se sentó en el cubículo más alejado de la puerta. En cuanto tuvo acceso a internet, tecleó el nombre en el buscador: «Virgilio Sanz». Al instante apareció un listado. Había miles de entradas que contenían ese nombre. Comenzó a leer una por una todas las noticias sobre el ingeniero. Tardó más de una hora en hacerse una idea más completa de lo que había sucedido. Era evidente que el tal Virgilio Sanz era la fuente que informó a su padre de todos los tejemanejes que se estaban produciendo en el Ministerio de la Verdad.

Como era de esperar, no se lo tomaron nada bien. Primero organizaron una campaña para desmentir las informaciones de su padre. Después sacaron a la luz los supuestos registros que demostraban de dónde habían partido los bulos. Todos ellos provenían de servidores extranjeros. Aquello probaba, según ellos, que el Ministerio no tenía nada que ver con la manipulación. Localizaron a varios de los autores de los vídeos falsos, quienes aseguraron que los crearon de forma altruista: buscaban lo mejor para el país, como buenos patriotas. Y lo mejor era que ganara su candidato, aunque para ello tuvieran que mentir sobre su rival. Incluso dejaron entrar a los periodistas a las instalaciones del Ministerio de la Verdad para mostrarles la misteriosa Habitación 101. Resultó ser una aburrida oficina más del edificio, donde un grupo de funcionarios grises malgastaban el tiempo de sus vidas.

Aquella fue la primera fase de la estrategia de defensa. La segunda consistió en desmembrar profesional y moralmente a Virgilio Sanz. Primero, se lo acusó de no aportar pruebas. Luego, de llevarse dinero del Ministerio. Más tarde, de comerciar con secretos de Estado. Incluso circulaba un vídeo de muy mala calidad en el que parecía verse a dos personas manteniendo relaciones sexuales. Algunos medios aseguraron que se trataba de Virgilio Sanz abusando de una menor. A partir de ese momento, en todos los artículos que encontró Julia se repetía la misma pregunta: ¿dónde está Virgilio Sanz? Al parecer, el tipo se había esfumado.

«Con muy buen criterio», pensó Julia.

Un juez dictó el auto donde decretaba una orden de busca y captura sobre él. Las semanas dieron paso a los meses sin que nadie tuviera noticias del ingeniero. El ministro de la Verdad llegó a ofrecer una recompensa a quien proporcionara una pista que condujese a su paradero. Pero tampoco dio resultado. Julia descubrió, para su sorpresa, que una de las personas que se mostró más beligerante contra Virgilio Sanz fue su propia esposa, Gloria de la Serna. En una entrevista concedida a *El Tiempo* llegó a calificar a su marido como «un monstruo con solo dos cosas en la cabeza: el dinero y la mentira». Julia anotó su nombre, consciente de que encontrar a Virgilio Sanz no resultaría una tarea fácil. Su mujer podía ser un punto de partida interesante. Continuó deslizando el cursor por el resto de las entradas y observó que, con el tiempo, las menciones a Virgilio en las noticias se iban espaciando hasta ser engullidas por la actualidad.

Julia sintió que la lectura de aquellos artículos, sumada a la de los escritos por su padre, le habían servido de mucho. En primer lugar, para conocer qué clase de periodista y de persona era este antes de caer en desgracia; después, para entender mejor por qué el Ministerio seguía interesado en Gabriel Romero y en ella misma. Y, por último, para localizar los nombres de Virgilio y Gloria, con los que podría seguir investigando. Y eso fue lo que hizo. Inició una nueva búsqueda: esta vez el nombre que tecleó fue el de Gloria de la Serna. Aparecieron muy pocas entradas y la mayoría hacían referencia a eventos relacionados con la alta sociedad. Cócteles, presentaciones, fiestas. Al parecer, le gustaba el lujo y aparentar. No basta con el dinero; también hay que demostrar que lo tienes.

—Muy bien, ¿y cómo te localizo, Gloria de la Serna? —dijo Julia, mirando la foto de la elegante mujer que ocupaba la pantalla.

Entonces, una idea prendió en su mente. Apagó el ordenador, subió a su casa, volvió a encender el móvil y apuntó en un papel uno de los números que tenía grabados en su agenda. Luego regresó al cibercafé, pero esta vez para hacer una llamada. Solicitó al pakistaní sentado tras el mostrador que le diera línea. Se metió en la cabina de contrachapado y marcó el número en cuestión.

—Si quieres venderme algo, olvídate. Estoy muy contenta con mi compañía telefónica.

—Bea, soy Julia. Te llamo desde un locutorio.

—¿Y eso? Te estás volviendo muy misteriosa desde que trabajas en el periódico. Parece emocionante. Igual le digo a mi padre que me dé un puesto a mí también.

—Necesito que me ayudes, tengo que localizar a una persona. Se llama Gloria de la Serna.

—No me suena de nada.

—Contaba con ello, pero puede que tu madre la conozca. Por lo que sé de ella, sospecho que se mueven en los mismos círculos.

—¿Quieres que se lo pregunte a la reina madre? Vaya, eso va a ser toda una novedad. Hace tanto tiempo que no hablo con ella... La verdad es que cualquier cosa que tenga que ver con la Bruja del Norte no me interesa. En cambio, ella no para de hacerme preguntas continuamente. ¿Adónde vas?, ¿de dónde vienes?, ¿con quién vas?... Se cree que soy Alexa.

—Si se conocieran, sería muy importante para mí poder ponerme en contacto con esa mujer. Muy muy importante, Bea.

—Valeee, lo entiendo. Ahora mismo le doy un toque y te vuelvo a llamar con lo que me diga. Si es que no la pillo en la peluquería.

—No llames a mi móvil. Espera, ahora te doy otro número.

Julia salió del cubículo y se dirigió al mostrador.

—¿Me podría decir el número del teléfono que estoy usando? Necesito recibir una llamada.

El hombre la miró de arriba abajo con cara de desconcierto.

—No sé si me entiende. Es una emergencia. Necesito...

—La entiendo perfectamente —respondió el hombre—. Son diez euros.

—¡¿Qué?! ¿Diez euros por recibir una llamada? Pero si a usted no le supone ningún gasto.

—Es lo que me aconsejan mis dos grandes amigas, la oferta y la demanda. ¿Has oído hablar de ellas? Tú necesitas un teléfono y yo tengo uno. Diez euros.

Julia sacó el billete a regañadientes mientras el tipo le apuntaba el número de su móvil en un papel. Con él en la mano, regresó a la cabina.

—Bea, toma nota.

27

Cuando estuvo frente a la puerta de la mansión, Julia sintió que se encontraba ante una enorme bestia durmiente. No se atrevía a tocar el timbre por miedo a despertarla. Imaginaba que las ventanas se transformarían en dos enormes ojos de reptil, con sus pupilas elípticas, y la puerta tomaría la forma de unas gigantescas fauces para devorarla. Era consciente de lo que suponía dar ese paso. Estaba a punto de montarse en una destartalada montaña rusa de la que no podría bajarse hasta llegar al final, le gustase o no el recorrido. Respiró profundamente y pensó en sus padres. Supo que, en ese momento, se enorgullecerían de ella. Y fue entonces cuando dejó de sentirse huérfana, sola y perdida. Notó que ellos estaban allí, a su lado. Alzó el brazo hasta que el dedo pulsó el timbre. Acto seguido, una mujer vestida de uniforme apareció tras la puerta.

—Buenos días, soy Julia Romero. Vengo de parte de la señora de Sánchez-Bravo. Tengo una cita con Gloria de la Serna. Llamé esta mañana para confirmar mi visita.

—Pase, la señora la está esperando.

La doncella la condujo al interior de la vivienda. A Julia le llamó la atención la abigarrada decoración, donde no había sitio para un solo objeto que no estuviera bañado en oro. Por todas partes aparecían cómodas, cuadros, alfombras, espejos, jarrones, lámparas, tresillos... Estaba claro que los espacios vacíos estaban proscritos en aquella casa. Una demostración de opulencia que rayaba en el mal gusto. La suela de goma de los zapatos de Julia rechinaba contra el mármol pulido del suelo como si estos se resistieran a entrar, hasta que la doncella la hizo pasar al salón. Entonces la vio, reclinada en un sofá de pulido cuero negro; así la esperaba Gloria de la Serna, con un martini en la mano. La aceituna flotando en la copa como un planeta verde en un universo de alcohol.

—Señora, la señorita Julia Romero.

—Oh, encantada de conocerte. Pero no te quedes ahí, siéntate. ¿Te apetece tomar algo?

—No, muchas gracias —respondió Julia, ocupando un sillón situado frente a la anfitriona.

Los años no habían sido benévolos con Gloria de la Serna. El rostro de la mujer que Julia había visto en las fotografías del periódico no se correspondía con el que tenía ante sí; un muestrario de arrugas que varias capas de maquillaje trataban de ocultar sin éxito. Con los años, su rostro se había convertido en una máscara grotesca. Su cuerpo también se veía afectado por la sobredosis de dorado que invadía la casa. En el cuello, las orejas, las manos... Julia no podía dejar de mirar aquellas manos. Subían y bajaban constantemente por las piernas, por el rostro, por el sofá... Como dos inquietas arañas albinas con las puntas de las patas mojadas en gotas de sangre.

—Así que conoces a la cotorra de Elvira, ¿no? —dijo refiriéndose a la madre de Bea.

—En realidad, es a su hija a quien conozco. Estudiamos en la misma facultad.

—Ah, querida, espero por tu bien que no haya salido tan charlatana como su madre. Aún me duele la cabeza al recordar la última fiesta en la que caí en sus garras. ¿Te has fijado en que la gente que más habla es la que menos cosas tiene que decir? Dios, cómo la detesto.

—Tenía entendido que eran ustedes amigas.

—¿Amigas? No, por favor. Ella me detesta y yo la detesto a ella. Y las dos nos lo pasamos muy bien detestándonos. Los ricos preferimos detestar a todo el mundo. La amistad es cosa de pobres. Esa necesidad de proximidad, de contacto, lo vuelve todo vulgar, tosco. Detestar es mucho más distinguido, más elegante, más... higiénico. Y, mucho, muchísimo más cómodo. Dónde va a parar. Para detestar a alguien no se precisa nada más que encontrar un motivo, y a veces ni eso. Siempre hay una razón para detestar. La amistad, en cambio, exige ciertas obligaciones, ciertas «renuncias». Espero que no te sientas ofendida por lo que estoy diciendo. Apenas te conozco y ya comienzo a detestarte.

Julia no salía de su asombro. Aquella mujer la fascinaba y le repugnaba a partes iguales.

—Espero poder detestarla algún día.

—Bien dicho. Una señorita solo puede alcanzar la distinción si empieza a detestar al prójimo a una edad muy temprana. Pero, dime: ¿para qué querías verme? Por cierto, ¿te he preguntado ya si querías tomar algo?

—Sí, no me apetece nada, muchas gracias. Necesito saber más sobre lo que pasó entre su marido, Virgilio Sanz, y mi padre.

—Oh, pero ¡claro! Julia Romero. ¿Cómo no he caído antes? Tú debes de ser la hija de Gabriel, ¿no? Uno de los mayores cretinos que he conocido en mi vida. Claro que no me extraña que se dejara embaucar por el farsante de mi marido. Virgilio es un ser detestable, bueno en la cama, todo hay que decirlo, pero, por lo demás, completamente detestable.

El rostro de Julia se tensó al apretar la mandíbula presa de la rabia. Notó cómo le crecían colmillos en el estómago. Era la primera vez que oía a alguien insultar a su padre. Pero no debía dejarse arrastrar por ese sentimiento. ¿Cómo era aquello que siempre le decía Varona? Tenía que actuar como una periodista y sacarle toda la información posible a aquella arpía.

—¿Por qué dice que su marido es un farsante? —preguntó Julia, fingiendo una tranquilidad que no sentía.

—¡Por inventarse todas aquellas acusaciones ridículas contra el Ministerio! Supongo que ese es el motivo de tu visita, ¿no? Esas sandeces sobre que manipulaban a la gente para que votaran lo que ellos querían. Tonterías. Puras y simples tonterías.

—Entonces, ¿por qué lo hizo? He leído la entrevista que le concedió a mi padre...

—Pues mira, querida, te lo voy a contar. Antes del escándalo, mi marido y yo vivíamos en Silicon Valley. Un sitio aburridísimo si tienes sangre en las venas. Virgilio siempre decía que aquello era tan divertido como quedarte encerrado en el cajón de los calcetines. Así que cuando le propusieron regresar a España para desarrollar un nuevo proyecto, no nos lo pensamos. Aquí vivíamos felices. Pero cuando el trabajo concluyó no nos quedaba otra que regresar a nuestra antigua vida. Mi esposo propuso a los del Ministerio que lo contrataran, que les sería de mucha utilidad tener cerca al que había creado un logaritmo tan útil durante un tiempo. Pero le ignoraron y no pudo soportarlo. Así que decidió vengarse montando toda esa locura sobre la manipulación y el control de la gente. Yo me desentendí de todo aquello en cuanto me di cuenta de que sus mentiras podían arrastrarme a mí también. Una ya no tiene edad para jugar a los fugitivos. El suelo te parece mucho más duro cuando ya has dormido en una cama.

—¿Y mi padre? ¿Cómo se metió en todo esto?

—Muy fácil, querida, tu padre fue el tonto útil. Siempre hay alguno rondando por ahí, sobre todo entre los periodistas. Esperando a que les llegue la «gran historia» que les cambiará la vida. Tu padre tenía tantas ganas de que lo que le contaba mi marido fuese verdad que no vio las señales de advertencia. Como los peces, se tragó el cebo fascinado por el brillo del anzuelo. Por cierto, alguien me comentó que falleció recientemente. Te acompaño en el sentimiento. Fue un suicidio, ¿verdad? Supongo que prefirió tomar el camino de los cobardes, si me permites el comentario.

Aquello sí que no lo iba a aguantar. Julia notaba como el fuego crecía en su interior y se le escapaba por los ojos. Cuando estaba a punto de levantarse para soltar su réplica, aquella mujer se le adelantó. Posó la araña albina de su mano sobre el hombro de la joven.

—Por favor, no me lo tengas en cuenta. Siempre me pongo muy desagradable antes del segundo martini. ¡Imelda! ¿Se puede saber dónde está mi segunda dosis? —gritó al vacío—.

No sé cómo hay gente que puede enfrentarse al mundo sin estar vacunado. —Julia permaneció inmóvil, esperando a que aquella horrible mujer dejara de tocarla—. Ahora, querida, es mejor que salgamos al jardín. A ver si con un poco de suerte nos libramos de la presencia de la loca de mi vecina.

Y, agarrando por el brazo a una desconcertada Julia, cruzaron unas puertas correderas de cristal que daban a un jardín de cuidado césped, rodeado por un seto de arizónicas. Nada más plantar el pie fuera, Gloria de la Serna extrajo de su bolsillo un paquete de tabaco y posó un fino cigarrillo blanco sobre sus labios.

—¿Quieres? —le ofreció.

—No, no fumo. Es ilegal.

—Admito que las leyes fueron creadas para protegernos a los unos de los otros, para que aprendamos a respetar el espacio de los demás. Pero no entiendo por qué alguien se arroga el derecho a decidir sobre mis propios vicios. Los vicios son sagrados. Evitan que nos volvamos locos. ¿Por qué no tengo derecho a elegir cómo quiero envenenarme? Fumo en mi jardín, sin molestar a nadie. Sin embargo, según parece, soy una delincuente. Dicen que lo hacen por mi salud, pero si tanto les importara prohibirían los automóviles. Hay más muertos por accidentes al año que por cáncer de pulmón. Lo que pasa es que alguien del Gobierno se puso a hacer números y llegó a la conclusión de que el tratamiento del enfisema pulmonar le salía más caro al Estado. ¿Solución? Prohibimos el tabaco y eso que nos ahorramos. ¿Y la libertad personal, en qué ha quedado el libre albedrío? Palabras, solo palabras que van perdiendo su significado cuanto más se repiten.

—¡Asesina! ¡Nos quieres matar a todos! —gritó una mujer desde la ventana más alta de la mansión que se alzaba a su derecha.

—Y eso es lo peor. El Estado dicta las leyes, pero son los propios ciudadanos los que se obligan entre ellos a cumplirlas. Un ejército de inquisidores voluntarios deseosos de señalarte con su dedo acusador. Procustos aficionados afilando sus cuchillas para igualarnos a todos. Lo importante es que la ley se cumpla, no que sea justa. Ya no hay reflexión, solo obediencia.

—¡Te estoy grabando, asesina! ¡Que sepas que voy a denunciarte a la policía! —continuaba gritando furiosa la mujer desde la ventana.

—No sé qué opinas tú, querida, pero yo creo que un poco de subversión siempre es muy saludable. —Gloria de la Serna pronunciaba estas palabras al tiempo que alzaba su dedo corazón en dirección a la mujer y le dedicaba la enorme nube de humo que salía de su boca.

Julia tuvo la sensación de que la mujer que estaba a su lado había cambiado desde que habían salido de la casa, no sabía explicar muy bien por qué. Cuando llegaron hasta el límite del jardín, Gloria volvió la mirada hacia su casa y comenzó a hablar a Julia de forma atropellada bajando la voz. Su tono distante había desaparecido por completo.

—No has traído móvil, ¿verdad?

—No, ¿por qué lo preg...?

—Escúchame, escúchame bien, no tenemos mucho tiempo. No podía hablarte en mi casa porque me vigilan. Escuchan mis conversaciones, graban todo lo que hago.

—Pero ¿qué...?

—¡Calla y escucha! Tu padre era un gran hombre. El único que se atrevió a sacar a la luz la verdad. Todo lo que le contó mi marido y todo lo que publicó él es cierto.

—Entonces, ¿por qué denunció a su esposo?

—Fue idea suya. Pensó que así evitaría convertirme en una fugitiva. No quería que yo pasara por eso. Lo que no imaginaba es lo que tendría que hacer a cambio. Interpretar el papel que has visto ahí dentro todos los días de mi vida. Sé que no acaban de fiarse de mí, aunque denunciara a mi marido. Para el Ministerio represento un cabo suelto. Y a ellos les gusta tenerlo todo atado. Pero eso ahora es lo de menos, lo importante es que sepas que se pondrán en contacto contigo. Debes estar atenta a las señales.

—¿Quiénes? ¿Qué señales?

—Virgilio, mi marido, y los demás.

—¿Sabe dónde está Virgilio?

—No, nunca lo sé, por la seguridad de ambos. Aunque nos comunicamos a través de terceros. Soy consciente de que no volveremos a estar juntos en lo que nos resta de vida. Ese es el precio que tenemos que pagar si queremos seguir vivos. Hace ya tiempo que lo asumimos. Ahora, escúchame bien. Las cosas se han puesto muy feas. El Ministerio es más poderoso que nunca. Pero tu padre debió de descubrir algo, un punto débil, un secreto. Por eso lo mataron. Y no solo a él. Debes tener mucho cuidado. Si has llegado hasta aquí, ya te estarán vigilando. No confíes en nadie, no des nada por sentado. Y cuídate de los hombres del Ministerio, sobre todo de uno al que llaman el Poeta. Ese es el peor de todos.

—Pero ¿qué se supone que tengo que hacer? —Julia trataba de procesar toda la información, aunque con cada nuevo dato le asaltaban más preguntas.

—No tenemos tiempo; si tardamos en volver a la casa, sospecharán. Ahora quiero que me grites, que me insultes, que te vuelvas loca y que abandones lo antes posible este lugar. Y ni se te ocurra volver o nos matarían a las dos. Ahora grita. ¡Grita!

28

El timbre de la puerta gritaba desesperado.

—¡Ya va, ya va! —protestó Varona mientras acudía a la carrera.

Al abrir se encontró con Julia en el umbral, que entró en su casa en tromba, sin esperar a ser invitada.

—Pero ¿dónde narices te metes? Llevo horas buscándote.

—¿Cómo que dónde me meto? Por si no te has dado cuenta, acabas de entrar en mi casa —repuso Varona desconcertado.

—Era el último sitio en el que pensaba encontrarte. Siempre dices que este apartamento es tu segundo hogar, después del bar.

Le sorprendió comprobar el orden y la limpieza que reinaban en la vivienda. Julia esperaba encontrar el característico gurruño formado por la mezcla de platos con restos de comida, ropa usada sobre los muebles, cajas de pizza por el suelo y polvo, propio de los pisos de soltero, acumulado en las esquinas. Sin embargo, el suelo, los muebles, las ventanas..., todo brillaba. La decoración proyectaba una elegante armonía y en el ambiente se respiraba un artificial aroma a flores, seguramente salido de algún ambientador. Al ver la cara de desconcierto de Julia, Varona se sintió en la obligación de darle una explicación.

—Seguro que pensabas que vivía dentro del cesto de la ropa sucia. Pues no, señorita. Soy un vago al que le gusta la limpieza, algo que no casaba bien hasta que la tecnología vino a salvar a este pequeño burgués. Me gasto la mitad de mi sueldo en robots de limpieza. Los tengo todos.

—Nunca dejas de sorprenderme, Varona.

—Se quedan encendidos mientras estoy en el bar. Cada uno hace lo que mejor se le da: ellos limpian la casa y yo ensucio los vasos. Por cierto, ¿cómo has sabido dónde vivo?

—Primero fui a la redacción. No te relacionas mucho con tus compañeros, ¿verdad? Porque allí, aparte de tu nombre, no saben mucho más...

—Lo intento, de verdad que lo intento. Pero en cuanto oigo hablar a esos cretinos no puedo evitar pensar qué ha pasado con la selección natural. ¿Por qué algunos padres continúan instalando protectores de goma en los cantos de las mesas y cierres de seguridad en el armario de la lejía? Es algo contra natura. Así es imposible evitar que el número de idiotas deje de crecer.

—Luego estuve en La Encrucijada. —Julia retomó su explicación—. Allí conseguí tu dirección. El camarero me contó que en varias ocasiones habías acabado tan perjudicado que te había tenido que meter en un taxi para asegurarse de que regresaras a casa. Por eso sabía dónde vivías.

—Y luego te preguntas por qué me gusta tanto ese bar. Bueno, ¿a qué viene esa urgencia por verme?

—Han pasado muchas cosas en las últimas horas.

Julia contó a Varona lo que había descubierto, lo del sistema para manipular las elecciones que denunció Virgilio en los artículos de su padre y su entrevista con Gloria.

—Me dijo que «ellos» se pondrían en contacto conmigo —aseguró Julia.

—Ellos, ¿quiénes?

—El tal Virgilio y los otros.

—Pero ¿qué otros?

—Pronto lo sabré. Parece que no somos los únicos a los que no les gusta el Ministerio de la Verdad.

—Mira, Julia —comenzó Varona, rascándose nervioso la cabeza—, todo esto que me cuentas huele mal. Muy mal. Deberías dejar las cosas tal como están y no meterte en más líos.

—Pero ¿qué dices? Ahora que estoy a punto de descubrir lo que pasa en el Ministerio y de demostrar que fueron los responsables del asesinato de mi padre, ¿quieres que lo deje?

—Precisamente por eso. Si mataron a tu padre, esa gente es capaz de todo. En cuanto averigüen lo que sabes soltarán a los perros. Y te aseguro que se enterarán. El Ministerio lo sabe todo. Solo digo que tienes toda la vida por delante. No merece la pena que te embarques en una guerra que no es la tuya, sino la de tu padre. Y él la perdió. Si sigues por ese camino acabarás como él, y no quiero eso para ti.

—¿De mi padre? ¡Esta guerra es de todos! No sé qué te pasa. No te reconozco. Hace unos días estabas como loco por sacar ese reportaje que dañaría al Ministerio y hoy me pides que mire para otro lado. Que lo deje correr. Que viva en una mentira feliz como el resto. Ovejas obedientes y satisfechas.

Pues ¿sabes lo que te digo? Que no. Voy a llegar hasta el final y asumiré todas las consecuencias. Y no te creas que lo hago solo por mi padre. Ahora que he visto los hilos que nos mueven a todos, quiero saber de quién es la mano que los maneja. Pero yo sola no puedo con esto. Necesito tu ayuda. Necesito a alguien en quien poder confiar.

Varona sintió un zarpazo arañando su estómago. Tuvo que agachar la cabeza. No podía mirar a Julia a los ojos.

—¿Cuento contigo? —preguntó la joven.

—Claro que sí, ya lo sabes. —Esta vez el zarpazo fue mucho más profundo, más doloroso.

—Bueno, entonces te dejo. Me toca esperar a que el tal Virgilio se ponga en contacto conmigo.

—Julia, antes de que te marches, me gustaría darte algo.

Varona abrió uno de los cajones de la cómoda y regresó a su lado. Cogió la mano de Julia y le entregó un manojo de llaves.

—Son las de esta casa. Me gustaría que las tuvieras, por lo que pueda pasar. Si necesitas un lugar tranquilo donde esconderte, puedes venir cuando quieras.

La joven abrazó a Varona dándole un beso en la mejilla y le susurró al oído:

—Todo va a salir bien, formamos un gran equipo.

Cuando Julia abandonó el piso, Varona fue hasta la cocina y puso en marcha, uno tras otro, todos sus «robots de limpieza». Sentía la presencia de la suciedad. Avanzando. Invadiendo toda su casa. Aquel hedor, de nuevo, lo impregnaba todo. No pudo soportarlo más, así que se metió en la ducha. Bajo el chorro de agua hirviendo, se frotó la piel hasta que enrojeció.

Hasta hacerse daño. Pero aquella peste seguía supurando por todos sus poros. Entonces sintió cómo sus lágrimas, lo único limpio que quedaba en su interior, abandonaban su cuerpo para convertirse en agua y jabón. Solo vulgar agua y jabón.

Echaba de menos el rugido animal de los motores de explosión. Esa sensación de poder que la recorría cuanto pisaba el acelerador, el rugido de la bestia escondida bajo el capó al hacer girar la llave. Gloria de la Serna había tenido que resignarse a la silenciosa pasividad de los coches eléctricos. Menos contaminantes, más prácticos, más funcionales... y todo ese rollo ecologista. Pero para ella suponían una prueba más de que, al contrario de lo que creía la mayoría de la gente, la tecnología lo volvía todo mucho más aburrido. Tenía la sensación de estar conduciendo un vehículo de juguete, no un coche de verdad. Un pensamiento que se hacía extensivo a todo lo que la rodeaba. La sociedad, la vida, el mundo. Todo le parecía más pueril, más superficial, más previsible, tan... «detestable».

Detuvo el Mercedes en la puerta del club de campo y entregó las llaves al aparcacoches. En la entrada, frente a un historiado atril, la esperaba el metre escondido detrás de una enorme y profesional sonrisa.

—Qué alegría volver a verte, Alfredo.

—Siempre es un placer tenerla entre nosotros, señora De la Serna.

—Me gustaría cenar, pero no tengo reserva. Seguro que puedes hacer algo por mí, ¿verdad, querido?

—Aún es pronto, así que sin duda encontraremos una mesa para usted —anunció el metre a la vez que consultaba la lista de reservas. Mientras buscaba, Gloria observó cómo el sol dejaba este mundo, como un enorme párpado que se cierra, cansado de ver las miserias y mezquindades de los hombres, y daba paso a la oscuridad, el tiempo en el que todo está permitido, lejos de la mirada escrutadora de la mañana.

—Con los años le he cogido gusto a cenar pronto. Ay, Alfredo, cuando alguien te pregunta «¿Qué has hecho últimamente?» y lo único que puedes responder es «Acostarme temprano», sabes que te estás haciendo vieja.

—No diga eso. Está usted fantástica, señora De la Serna.

—Eres muy amable, querido. Para ser una persona educada uno debe saber decir mentiras agradables.

—No es ninguna...

—No, no lo estropees intentando ponerle otro piso a la tarta. Las mentiras, cuanto más sencillas y menos elaboradas, mejor funcionan. Es todo un misterio, ¿no te parece? ¿Por qué nos cautivan tanto las mentiras? Yo creo que son como el tabaco: sabemos que es malo, pero nos gusta.

—Como usted sabrá, la gente ya no soporta el tabaco, señora De la Serna.

—No puedo imaginarme a alguien menos interesante que una persona sin vicios.

—Siempre tengo presente una frase que me dijo hace tiempo: «La vida sería mucho más agradable si todo el mundo se tomara, al menos, dos martinis al día». Por cierto, he encontrado una mesa perfecta para usted. Si es tan amable de acompañarme...

Entonces, Gloria de la Serna reparó en el sin techo que pedía limosna sentado en el suelo, a unos metros de la entrada.

—Aguarde un momento, Alfredo. Hay que ayudar a quien lo necesita.

La mujer se acercó al mendigo siendo consciente de que las cámaras de seguridad, tanto de la calle como del club de campo, la seguían con sus miradas inquisidoras.

«Aún siguen ahí —pensó Gloria—, aún desconfían. Sigo siendo la mujer del mayor enemigo del Ministerio. Sigo siendo un peligro para ellos.»

Una sonrisa orgullosa brotó en su rostro, divertida y maligna.

—Toma —dijo, arrojando un billete de diez euros doblado en la caja de cartón—. Pero prométeme que te lo gastarás en vino.

El hombre asintió con la cabeza, divertido. Mientras la mujer se alejaba, comprobó que las cámaras de seguridad acompañaban sus pasos. Solo entonces se decidió a desdoblar el billete. Dentro encontró una nota en la que había escrito: «La chica me ha localizado. Virgilio debe contactar con ella ya».

El mendigo se metió el papel en la boca y lo masticó hasta convertirlo en una pasta que pudiera tragar. Mientras movía la mandíbula, alzó la vista para cruzar la mirada con Gloria de la Serna. Asintió con un gesto casi imperceptible y la mujer se perdió en el interior del exclusivo club. Esperó un rato antes de ponerse en pie y abandonar aquel lugar permitiendo que la oscuridad lo envolviera en su abrazo de sombras.

29

Al llegar a su casa, Julia se quitó los zapatos arrojándolos lejos de una patada. Estaba agotada pero feliz. Se deshizo de la cazadora de cuero y del bolso con la misma divertida displicencia. Vio que su teléfono continuaba sobre la repisa, con la batería a su lado, desconectado. Luego se dejó caer en la cama. No le apetecía cenar. Aquel había sido un día tan lleno de emociones que quería volver a revivirlas una a una. Los artículos de su padre, el descubrimiento del tal Virgilio, la entrevista con Gloria de la Serna, aquella mujer tan singular que le había advertido sobre el peligro del individuo apodado el Poeta... Ahora solo le restaba esperar a que aquel misterioso grupo de resistencia contra el Ministerio se pusiera en contacto con ella. ¿Cómo lo harían? El teléfono quedaba descartado. Y dudaba que se presentaran de repente en su casa. No, no sería algo tan evidente. Ellos, mejor que nadie, debían saber cómo actuaba el Ministerio. Estaba dándole vueltas a todo esto cuando, sin apenas darse cuenta, se quedó dormida.

En el silencio de la noche la despertó el chirrido de unas bisagras. Era el sonido del portal de su edificio al abrirse.

Se levantó de la cama atraída por una extraña luz. Era su móvil. Iluminado en la repisa donde lo había dejado. Y junto a él estaba la batería desconectada.

«No puede ser —pensó Julia—, es imposible.»

Entonces escuchó pasos en la escalera.

Y tuvo el presentimiento de que no pertenecían a un vecino. Alguien venía a por ella, alguien subía a su casa. Su mente emitía órdenes que su cuerpo se negaba a cumplir. La viscosa serpiente del miedo descendía despacio por su espalda, rodeando su cuerpo con sus gélidos anillos, hasta dejarla paralizada. La luz fluorescente de la escalera se coló por la ranura bajo la puerta de entrada a su casa. El sonido de las pisadas cada vez sonaban más rotundos, subiendo despacio cada peldaño. No eran imaginaciones suyas. Había alguien allí fuera.

Julia notó que su cuerpo tiritaba de forma descontrolada, era el pánico agitándola como un sonajero. De pronto, los pasos cesaron y alguien ocultó la luz que entraba por debajo de la puerta. Alguien que esperaba inmóvil al otro lado. Alguien que comenzó a tamborilear sus dedos contra la madera.

Como si estuviera aprendiendo a caminar de nuevo, Julia levantó un pie y lo deslizó titubeante hacia atrás. Después el otro. Tenía que alejarse de la entrada, tenía que salir de allí. Poco a poco llegó hasta su habitación, mientras el sonido de los dedos contra la madera se hacía cada vez más intenso. Quien estuviera fuera se estaba impacientando. De pronto se oyó un golpe seco. Brutal. Trataban de echar la puerta abajo. Julia corrió a su cuarto y lo único que pudo hacer fue subirse a la cama y cubrirse con las sábanas. El avestruz escondiendo la cabeza bajo la arena.

De pronto, los golpes cesaron. Julia asomó la cabeza. Parecía que la extraña presencia al otro lado de la puerta se había marchado escaleras abajo. Al menos ya no se oía nada. Estaba a punto de poner el pie en el suelo cuando notó que algo se agitaba bajo su cama. Fue solo durante unos segundos. Luego aquel barullo se transformó en multitud de sonidos leves que comenzaron a extenderse por toda la habitación, como si un ejército de duendes hubiera invadido su casa. Sus pequeñas botas chasqueaban al chocar con el suelo. Extendió el brazo hasta el interruptor para encender la luz. Entonces las vio.

Ratas. Grises y negras. Decenas de ellas. Saliendo de debajo de su cama. Sus hocicos eternamente inquietos. Los ojos rojos. Las colas lampiñas y rosadas. Sus pequeñas uñas arañando la madera del parqué. Y Julia rompió a gritar. Como si se partiera en dos. Como si tuviese los pulmones en llamas. El grito eterno del miedo. El sonido atrajo a algunas de ellas, que intentaron subirse a la cama enganchándose con las garras a las sábanas. Histérica, Julia no dejaba de patalear mientras con la lámpara de la mesilla de noche descargaba golpes contra aquellas formas grises. Los animales lanzaban agudos chillidos de protesta al recibir los impactos. Julia pensó que debían de estar hambrientas, porque cada vez eran más las que intentaban trepar hasta ella. Se puso de pie e, impulsándose en el colchón, de un salto, alcanzó el armario. Rápidamente se encerró en él. En medio de aquella oscuridad se sintió a salvo. Pero esa sensación de seguridad no duró mucho. En cuanto las ratas localizaron su rastro, empezaron a acumularse fuera. Primero oyó cómo arañaban las hojas del armario.

El insufrible chirrido de las uñas contra la madera. Acto seguido, comenzaron a roer la superficie. El ruido de decenas de pequeños dientes horadando las puertas resonaba en el interior del armario. Julia supo que no podría permanecer mucho tiempo allí. A tientas, encontró unas botas. Rápidamente se las puso junto con la primera prenda de abrigo que encontró. Tomó aire y contó hasta tres. Abrió la puerta del armario y salió corriendo mientras pateaba a todo lo que se movía bajo sus pies. A la carrera alcanzó la salida, y al tratar de cerrar la puerta algo se quedó trabado. Algo que gritaba y se revolvía con violencia. Tomó impulso y volvió a tirar del pomo con más fuerza: lo consiguió al segundo intento. Los gritos cesaron y Julia corrió escaleras abajo hasta llegar a la calle. Solo quería alejarse de allí lo más deprisa que pudiera. Sin mirar atrás. Y corrió. Con el pánico mordiéndole los talones. Corrió. Sintiendo las frías manos de la noche acariciándole el rostro. Corrió. Con la desesperación del que sabe que no tiene ningún lugar donde esconderse.

30

Sonó el timbre y, al abrir la puerta, Max se asustó al verla. Julia estaba frente a él, empapada en sudor, con el pelo encrespado de una demente y respirando tan agitada que apenas le salían las palabras. Vestía una chaqueta de hombre que le venía grande y unas botas de montaña que tampoco eran de su talla. Nada más verlo se lanzó sobre él para abrazarlo, como si fuera el último salvavidas en medio del océano. Max sintió cómo el cuerpo de Julia temblaba descontrolado.

—Pero ¿qué te ha pasad...?

Los labios de Julia se fundieron con los de Max para impedir que pronunciara nuevas palabras inútiles. No quería oír más preguntas ni reproches, ni recibir más consejos. Porque, esa noche, lo que Julia necesitaba de verdad era sentir más y pensar menos. Olvidarse de todo y de todos. Perder el control. Que la inconsciencia y el deseo la tomaran de la mano para llevarla adonde quisieran. Esa noche los labios solo servirían para besar. Las manos recorrerían sus cuerpos sirviéndose del idioma más antiguo del mundo: el del roce y las caricias, ese en el que no caben las mentiras. Porque sería una noche huérfana de su mañana, porque la Tierra dejaría de girar en el mismo instante en que se abrazaran. Max entendió que Julia buscaba esa noche un refugio entre sus brazos, como si formaran una suerte de paréntesis protector. Enredados el uno con el otro, beso a beso, Max condujo a Julia hasta su habitación. La ropa abandonada a los pies de la cama, convertida en una molestia, una piel muerta de la que despojarse, como la muda de dos serpientes. Los cuerpos desnudos acariciándose por primera vez, imantados por el deseo. La piel brillante por el sudor, gotas de cristal iluminadas por las luces de la noche, como luciérnagas. Ella, sobre la cama, como una ofrenda, reclamando sus caricias. Los dedos de Max, como los de un ciego, interpretando con sus yemas las cicatrices de su alma, comenzaron a trazar la orografía de su cuerpo, el mapa de su piel. Recorriendo con los labios cada sendero, cada curva de nivel. A medida que iba descendiendo, despacio, muy despacio, su lengua se aventuró por nuevas rutas, caminos inexplorados. Los gemidos de Julia, la agitación de su cuerpo guiaba sus movimientos. La saliva convertida en un líquido inflamable que quemaba la piel. La mezcla de sabor acre del sudor y del aroma del deseo. Julia sintió que su respiración se entrecortaba, que su espalda se curvaba como un arco. Y dejó que la oleada de placer la arrastrara con ella, arrasando todo a su paso: deberes, obligaciones, responsabilidades, futuro, pasado, sueños, ambiciones... Todo consumiéndose en una gran pira ardiente. Porque el sexo, como el fuego, purifica y destruye. Y Julia se sintió renacer de entre las llamas.

El sol se coló por la ventana como un ladrón de lencería. Julia abrió los ojos a la mañana, que descargó sobre ella todo el peso de la realidad. Los problemas le preparaban el desayuno en la cocina mientras las obligaciones tiraban de las sábanas para que se levantara. Y echó de menos la noche, cuando, borracha de deseo, había estado fuera del mundo. Cuando lo único importante eran sus deseos. Cuando agarró el cielo con sus manos. Se giró en la cama para encontrarse con el rostro de Max, que la observaba con un codo apoyado en el colchón.

—Buenos días.

—Buenos días —respondió Julia mientras se estiraba de forma felina—. ¿Llevas mucho tiempo mirándome?

—Toda la vida.

«Maldita sea, qué he hecho», pensó Julia.

—¿Tienes prisa? Podríamos desayunar juntos.

A Julia le hubiera encantado jugar a ser solo una pareja normal que acababa de pasar su primera noche juntos. Pero no fue así. En un instante, todo su mundo le sobrevino. Los artículos, Virgilio, las ratas... y ahora ella metida en la cama con alguien que trabajaba para el Ministerio de la Verdad. De un salto salió de la cama, como si de repente le hubieran salido púas al colchón.

—¿Adónde vas? —preguntó Max desconcertado.

—Me tengo que ir —contestó mientras comenzaba a vestirse—. Mira, ayer estaba desesperada. Me pasaron cosas..., cosas horribles. Tuve que salir corriendo de mi casa y no sé por qué acabé llamando a tu puerta.

—Yo creo que sí lo sabes. Lo que pasa es que no quieres reconocerlo. ¿De qué tienes miedo?

—Oye, Max, no montemos una escena de telenovela, ¿quieres? No sé qué conclusiones has sacado sobre lo que pasó anoche. Pero yo no tengo ni tiempo ni ganas de pensar en ello —sentenció Julia mientras acababa de vestirse.

—¿Eso es lo que quieres? ¿Venir aquí cada vez que tengas un problema y acostarte conmigo?

—Muchos hombres estarían encantados con la propuesta. Sexo sin complicaciones.

—Pero yo no. Yo quiero complicarme contigo.

—Oh, vamos, Max, ahora no. Por favor.

—¿Sigues sin confiar en mí? ¡No me lo puedo creer! ¡Después de lo de anoche sigues pensando que solo quiero espiarte!

—Mira, Max, yo ya no sé lo que creo o lo que dejo de creer. Ayer alguien llenó de ratas mi casa.

—Pero ¡por qué no me lo contaste!

—Porque estaba cansada de..., de todo.

—¿Y qué vas a hacer ahora?

—Pues si me dejas tu teléfono, llamar a un exterminador de plagas para que acabe con aquellos seres espantosos antes de volver a entrar.

—Voy contigo.

—Para, campeón, que no necesito superhéroes que me rescaten.

—Lo sé, a lo mejor soy yo el que necesito que me rescates de mi vida gris y aburrida.

—No sabes cuánto echo de menos tener un día aburrido.

—Venga, dame un minuto y te acerco en coche.

—Vale, pero antes haré la llamada.

Al bajar la escalera, camino de la calle, la mano de Max se encontró inopinadamente con la de Julia. Los dedos se entrelazaron como la sutura de una herida. Ninguno de los dos dijo nada. Mejor así.

—Ahora que lo pienso, ¿tú no tendrías que estar en el trabajo? —preguntó Julia cuando estaban junto al coche.

—Acabo de mandar un mensaje a mi jefe avisándolo de que llegaré un poco tarde.

—No te habrá puesto problemas, ¿verdad? Si llevas el móvil encima habrá escuchado todas nuestras conversaciones. Eso es lo que hacéis en el Ministerio, ¿no? Vigilarme. Igual hasta trabajas en la Habitación 101.

Max se quedó parado, con la puerta del vehículo abierta, mirando fijamente a Julia.

—¿Todavía sigues con eso? ¿Qué tengo que hacer para que confíes en mí? No estoy contigo para vigilarte.

—Rompe tu móvil delante de mí. Así demostrarías que no crees que estoy loca.

—¿Hablas en serio? ¿Sabes cuánto me ha costado?

—¿Así es como quieres que confíe en ti?

—Julia, de verdad, pídeme otra cosa, lo que quieras. Pero el móvil no.

—Nos vigilan a través de él, Max.

—Aún no me creo lo que voy a hacer.

Max golpeó el teléfono contra el suelo hasta romperlo. Los dos jóvenes se miraron sin saber muy bien cómo reaccionar hasta que, casi a la vez, se echaron a reír. Después de lo cual, ambos entraron en el coche.

—Antes has dicho algo de la Habitación 101. ¿Tiene alguna relación con el Ministerio? —preguntó Max.

—Eso creo.

—¿Quieres que pregunte a mis compañeros? Quizá ellos sepan algo.

—Creo que con lo del teléfono me conformo. No hagas nada más, no sea que te llenen el piso de ratas.

—Venga ya, a mí no me...

La mano de Julia se posó en el muslo de Max. De repente, el tono tenso de la conversación desapareció. En los ojos de la joven había anidado el miedo.

—Max, de verdad, no hagas nada. No sabes de lo que son capaces, esa gente podría... Prométeme que no harás nada.

—Te lo prometo —respondió Max, feliz al notar que Julia se preocupaba por él. Que le importaba.

El exterminador los esperaba frente al portal apoyado en una furgoneta con una enorme rata dibujada en el capó. Al verla, Julia se estremeció.

—Es el primer piso. Aquí tiene las llaves. Y le advierto de que son muchas —previno Julia al exterminador, que cruzó la calle con la desgana del que está harto de su trabajo.

Los jóvenes decidieron esperar en la calle a que terminara su labor.

—Por cierto, ¿cómo conseguiste la dirección de mi casa? —preguntó Max.

—No eres el único que le saca información del otro a Bea.

Unos diez minutos después, el hombre volvió a aparecer. El enfado se adivinaba en su cara.

—Mire, señorita, no sé a qué juega, pero no estoy aquí para perder el tiempo.

—¿A qué se refiere? —preguntó Julia, mirando a Max, desconcertada.

—En su casa no hay ninguna rata, ni signos de que haya habido alguna. No hay arañazos ni excrementos. Nada.

—Pero eso no puede ser. ¡Yo las vi! ¡Anoche había cientos! ¡No han podido desaparecer como si nada!

Julia fue directa hacia su casa, seguida por los dos hombres. Al llegar, abrió muy despacio la puerta. Esperaba encontrarse con un repugnante barullo gris y negro moviéndose histérico por el suelo. Pero no vio nada. Todo estaba quieto y en silencio. Poco a poco fue ampliando el espacio de apertura sin que nada cambiase en el piso.

—No puede ser —se dijo Julia a sí misma.

Tras ella entró Max, que miró la casa con desconcierto, y el exterminador.

—No parece que haya nada.

—Pueden estar escondidas.

—Ya le he dicho que aquí no hay ratas, señorita.

Una por una, recorrieron todas las habitaciones de la casa. Julia delante. Max y el exterminador detrás, ambos cada vez más escépticos...

—Es imposible que se hayan ido todas —aseguró Julia, que, al ver la cara de los dos hombres, añadió—: Oh, vamos. Sé lo que vi, no lo imaginé. Vayamos al dormitorio. Quiero enseñaros el armario con las marcas de dientes y uñas...

Pero el armario presentaba un aspecto perfecto, sin marcas ni señales de ningún tipo.

—No es posible. ¡Yo las vi! Escuché desde dentro cómo roían la madera.

—Quizá lo soñaste: hay sueños que parecen muy reales.

—¡No me trates como si estuviera loca! Eso es lo que ellos quieren. Que pierda la cabeza, pero no lo van a conseguir.

—Bueno, yo tengo que irme. Hay emergencias reales que debo atender.

Mientras Max pagaba al exterminador, Julia, frenética, se tiró al suelo buscando cualquier señal que demostrara la presencia de las ratas. Palpó los listones de la tarima debajo de su cama: la superficie estaba lisa y sin ningún rasguño.

—Estaban aquí, ¡sé que estaban aquí! No lo imaginé.

Max la seguía por toda la vivienda en su desesperada búsqueda.

—Déjalo ya. Estas cosas pasan. Has estado sometida a mucho estrés. Quizá deberías consultar con un profesional.

Pero la joven ignoró sus palabras.

—¡La puerta de la entrada! Allí se quedó atrapada una.

Pero tampoco encontró nada. Ni restos de sangre ni marcas de ningún tipo. Ver a Julia así, tirada en el suelo y desesperada, pasando los dedos por todas las superficies, como un toxicómano al que se le ha caído la última dosis, le produjo a Max una profunda tristeza.

—Levántate, por favor. Necesitas descansar, te han sucedido muchas cosas en muy poco tiempo...

Entonces, los dedos de la joven palparon algo: una pequeña protuberancia en el marco de la puerta. Casi pegada al suelo.

—La muerte de tu padre ha hecho que tu mundo se vuelva del revés...

Era casi imperceptible porque la madera no se había astillado. Por eso seguía allí, por eso no lo habían podido hacer desaparecer. Julia se puso en pie y, apartando de un empujón a Max, entró en el cuarto de baño. Al poco apareció con unas pinzas de depilar en la mano y volvió a tumbarse en el suelo.

—No sé si te das cuenta de la imagen que das así, tirada como una demente. Seguir con esto no te va a hacer ningún bien, deberías...

Entonces la joven se lo mostró.

—¿Quién es la loca ahora? Fue solo un sueño, ¿no? ¿Imaginaciones mías producto del estrés?

Delante del rostro de Max, sujeto con las pinzas, Julia le mostraba algo. El amarillento y repugnante incisivo de una rata.

Julia acompañó a Max hasta su coche. No le apetecía estar sola en su casa. Menos ahora, cuando había quedado claro que la invasión de ratas había sido real. Le molestaba tener que admitirlo, pero no le apetecía despedirse de Max.

—¿Piensas pasar la noche aquí? —preguntó el joven.

—No lo sé. Necesito aclararme las ideas.

—Sabes que puedes venir a mi piso cuando quieras.

—Creo que no es una buena idea.

—No, escucha, yo lo decía por... Solo quería...

—Ya sé lo que quieres...

—¿Ese tipo vuelve a molestarla, señorita? —De repente un hombre surgió de la nada.

Max retrocedió al ver de nuevo al enorme mendigo plantado en la acera.

—Sí, me está molestando, pero me gusta que lo haga —señaló Julia, quitándole hierro a la escena.

El hombre asintió con un gesto y volvió a rebuscar entre los repletos contenedores de libros. Debía de ser jueves, el día en el que los servicios de limpieza recogían los volúmenes para su destrucción.

—Bueno, pues me marcho. Ya que veo que tienes quien te defienda. ¿Has pensado en cómo vamos a estar en contacto si ninguno de los dos tiene móvil ahora?

—Ya se nos ocurrirá algo.

Max dio un apresurado beso en los labios a Julia y se montó en su coche. Ella estaba a punto de entrar en su portal cuando volvió a oír la voz del mendigo a su espalda.

—De lo que se desprende la gente. Qué pena. Mire este ejemplar.

Por educación, Julia se dio la vuelta y, al ver lo que aquel hombre sostenía entre las manos, sintió que el suelo donde pisaba se había transformado en arenas movedizas que comenzaban a engullirla.

—Este libro podría interesarle.

Era una edición antigua de la *Eneida*, la obra más importante de Virgilio.

—Tome, cójalo. Es un regalo para usted.

Julia agarró el libro con cuidado, sin dejar de mirar fijamente a aquel hombre.

—Virgilio siempre es una ayuda. Está de suerte, las partes más interesantes están subrayadas.

—Lo tendré en cuenta —dijo la joven mientras cogía el volumen.

Julia se giró para entrar en el portal cuando el sin techo volvió a hablar:

—Hace un día estupendo para leer en la calle. Sería una pena quedarse encerrado en casa. A los libros también les sienta bien airearse.

En la terraza del bar, Julia pidió un bolígrafo al camarero. En una servilleta, fue anotando las palabras y las letras subrayadas del libro. También encontró algunos números. Cuando terminó, parecía que tenía un puño encerrado en el pecho en lugar de un corazón. Y golpeaba y golpeaba, emocionado. Porque ante ella estaba el mensaje de Virgilio: «Mañana. 19. Plaza O-l-a-v-i-d-e».

Al día siguiente se encontraría con él. A las siete de la tarde en la plaza de Olavide. La emoción no le permitía quedarse quieta. Se levantó de la terraza para dirigirse al locutorio. Tenía que compartirlo con alguien. Tenía que contárselo a Varona.

—¡Dios bendiga al alcohol, que acaba con la fealdad en el mundo! —Varona gritaba solo en la barra de La Encrucijada mientras alzaba su copa en brindis imaginarios.

El resto de la clientela le ignoraba. Otro borracho dando la nota.

—¡Convierte en risueño al aburrido, hace del tímido un osado, infunde valor al...!

Fijó su mirada en el fondo del vaso. El ron con cola le pareció un abismo oscuro y tentador en el que desaparecer. Porque, en realidad, ¿quién estaba engullendo a quién?

—Al cobarde —dijo antes de apurar su copa de un trago.

Dejó el vaso en la barra con un sonoro golpe con el que reclamó la atención del camarero.

—¿Te pongo la última? —preguntó, acercándose a Varona.

—Nunca se dice la última, trae mala suerte.

—Es verdad, plumilla, siempre lo olvido —se disculpó mientras se alejaba para preparar el combinado.

Cuando tuvo el ron con cola delante, Varona le robó media alma de un trago. Era la sexta copa que tomaba. Y el valor no aparecía por ninguna parte. Seguía sin poder aguantarle la mirada al tipo del espejo que tenía frente a él. Sobre la barra, como un pequeño demonio tentador, aguardaba el teléfono que le había entregado el hombre del Ministerio. Sabía lo que debería hacer. Arrojarlo al suelo y no parar de pisotearlo hasta que no quedara nada. Eso es lo que habría hecho el antiguo Varona. Y, sin embargo, allí estaba. Bebiendo con la esperanza de que el alcohol le infundiera valor, sin conseguirlo. Era como si otra persona estuviera invadiendo su cuerpo, un ser sucio que contaminaba sus órganos y lo pudría por dentro, hasta sentir la roña bajo su piel. Hasta convertirlo en un ser despreciable. En otro Varona, en uno con el que no le gustaba vivir. Uno al que no podía soportar. Y la idea de perderse en la oscuridad del fondo del vaso le pareció cada vez más atrayente. Entonces recordó la visita de Julia, la emoción juvenil en sus palabras. El entusiasmo desbordante con el que se cuenta un logro a un amigo. Un amigo... Otro trago, y la copa quedó vacía. Alzó el vaso en dirección al camarero, que se materializó al instante.

—El alcohol no es la solución, plumilla.

—Cierto. Pero consigue que deje de importarte el problema.

Consultó la hora en el móvil. Un minuto para las siete. Sentía cómo el alquitrán espeso avanzaba despacio por sus venas volviéndolo todo negro a su paso. Y fue el otro, el tipo sucio que crecía en su interior, quien marcó el número. El mismo que comenzó a hablar. El mismo que se lo contó todo al Poeta.

31

Gris. Una enorme y creciente mancha gris. Ocupando todo su campo de visión. Eso es lo que era para Max su oficina. Un omnipresente e inapelable borrón que absorbía todo lo que tenía color. La moqueta, dura y áspera como la barba de un pordiosero. Los ordenadores, al igual que las mesas y las sillas. La pintura de la pared. Incluso el rostro de los que llevaban tiempo trabajando allí se había vuelto gris. Algunos de sus compañeros intentaban luchar contra aquella dictadura monocromática decorando sus mesas con pequeñas plantas, fotos de la familia, o coloridos dibujos de sus hijos pequeños. Ridículos brotes verdes surgiendo en medio de cientos de kilómetros de asfalto. Inapreciables. Insignificantes. Inútiles.

En la oficina nadie despegaba la vista de las pantallas, como moscas golpeando el cristal de una ventana atraídas por la luz. Pertenecían al Departamento de Desintoxicación Informativa, el DDI, dentro de la Sección Nacional del Ministerio de la Verdad. Aquel día, Max tenía que desmentir un bulo, aunque allí preferían llamarlos *hoax*, sonaba más «profesional». En él se aseguraba que en realidad nadie ganaba los premios de la lotería. Según los autores, todo se trataba de un montaje del Gobierno para recaudar fondos entre los ciudadanos haciéndolos creer que participaban en un sorteo. Incluso contrataban a actores para hacerse pasar por los premiados y que aparecieran en los medios. Así habían logrado mantener la farsa durante años. Y como único argumento aportaban la siguiente pregunta: «¿Conoces a alguien a quien le haya tocado la lotería?». Simple y eficaz. Porque el «no» era la respuesta en la inmensa mayoría de los casos. Ese tipo de bulos resultaban muy fáciles de desmontar, por eso Max se aburría. Loterías y Apuestas del Estado ya había emitido un comunicado desmintiendo esa información, que Max llevaba toda la mañana distribuyendo por las redes, además de varias entrevistas con los últimos ganadores del Gordo de Navidad, donde estos se ofrecían para que los siguieran en las redes y que el público comprobara cómo había cambiado su vida después de que la suerte los señalara con el dedo.

Lobato, uno de sus compañeros, le puso la mano en el hombro.

—Vamos a la máquina de café, Max. ¿Te vienes?

—Pensaba que nadie iba a rescatarme.

Reunidos en círculo, con sus vasitos de cartón en la mano, los trabajadores parecían una secta adorando aquel dolmen metálico que los proveía de café. Sus conversaciones eran inútiles y efímeras, como pompas de jabón. Saltaban de un tema a otro sin que hubiera ninguna relación aparente entre ellos. La serie que estaban viendo, un nuevo modelo de teléfono, el lanzamiento de un videojuego... Fue entonces cuando Max dejó caer la pregunta.

—¿Alguno de vosotros sabe qué es la Habitación 101?

Todos se miraron entre sí, extrañados.

—Ni idea. ¿No nos das más pistas? —preguntó Lobato.

—Se supone que es algún tipo de organismo o departamento que estaría ubicado aquí, en este edificio.

Más caras de desconcierto acompañadas por encogimientos de hombros.

—«Habitación 101»: es la primera vez que lo oigo —respondió Melisa, otra compañera de Max.

—El único lugar donde puede estar es en la zona noble del edificio. Y allí, amigo, los simples mortales tenemos vetado el acceso.

En el Ministerio de la Verdad, los trabajadores se catalogaban por colores, dependiendo de su función y responsabilidad. Era obligatorio llevar la tarjeta identificativa prendida en un lugar visible para el resto de los empleados. En ella, además de recogerse los datos personales y la foto, cada color indicaba la categoría que ocupaban. El naranja era el de los empleados básicos, como Max y sus compañeros. Luego estaba el verde, adjudicado a los mandos intermedios; el azul, para los altos funcionarios y cargos políticos; y el negro, solo para el consejero general y sus hombres de confianza. Curiosamente, el propio ministro de la Verdad tenía asignada una tarjeta de color azul. Los colores también definían el acceso a las diferentes partes del edificio. Así, los naranjas apenas podían moverse por las dos primeras plantas, donde se ubicaban las oficinas y la atención al público. El resto de plantas les estaban vedadas. Solo la tarjeta negra concedía acceso total.

—¿Conocéis a algún verde o azul al que pudiera preguntarle por esa habitación? Tal vez a Rivera, le han ascendido hace poco, ¿no? —consultó Max.

—¿A Maica? No te lo aconsejo, sufre el «mal de altura». Es algo muy común entre los que trabajan arriba. Lo causa la falta de oxígeno, no les llega suficiente al cerebro y se vuelven todos gilipollas.

El grupo se disponía a regresar a sus puestos cuando una mano agarró el brazo de Max para retenerlo.

—Yo en su lugar dejaría de hacer ese tipo de preguntas.

La mujer hablaba a Max sin mirarlo a la cara, pendiente de la máquina de café. Su maquillaje resaltaba una belleza que se resistía a sucumbir a pesar del paso de los años. Vestía un traje de chaqueta elegante, caro. En su pecho colgaba una tarjeta azul.

—No creo que intentar tener más información sobre el lugar donde trabajo sea algo malo —respondió con ingenuidad Max.

—Hay cosas que es mejor no saber, se lo aseguro. La ignorancia es uno de los componentes básicos de la felicidad. Además de uno de los mejores sedantes.

—No estoy de acuerdo. Cuantos más conocimientos tengas...

—¿Está seguro de lo que dice? —lo interrumpió la mujer—. ¿Le gustaría saber cómo se vive cuando te amputan los brazos? ¿O qué se siente si te apuntan con un arma a la cabeza? ¿O cómo se desmorona la vida cuando asesinan a toda tu familia? ¿Quiere saber eso? No, verdad. Pues deje de hacer preguntas.

La plaza de Olavide era un hervidero de gente. El viernes devolvía la libertad perdida a la población, encerrada durante la semana entre los férreos barrotes de las obligaciones, los horarios y las responsabilidades. En las terrazas, grupos de jóvenes ruidosos celebraban la vuelta a la irresponsabilidad, aunque fuese por unas horas, mientras agotados oficinistas se aflojaban el nudo de la correa que les apretaba el cuello.

Julia miró su reloj. Faltaban cinco minutos para las siete. Llevaba subida la capucha de la sudadera y unas gafas de sol. Había pasado la última media hora dando vueltas en el metro. Intentando evitar que la siguieran y cambiando de recorrido y de aspecto. Quitándose y poniéndose las gafas, la capucha, una gorra, recogiéndose el pelo. Además, su cazadora era reversible. Estaba prácticamente segura de que nadie la seguía. Decidió dar una vuelta por la plaza intentando localizar al hombre con el que había quedado. Estaba repleta. No hay mejor sitio para esconder un coche que en un atasco. Caminaba entre parejas que empujaban carritos de bebé, jóvenes *skaters* que daban saltos en el aire y algún que otro barrendero que esperara a que acabara su turno. Entonces lo vio. Un mendigo. Sentado en un banco. El pelo blanco pegado al cráneo, apelmazado como nieve sucia. Y en su mano un libro: la *Eneida*, de Virgilio.

La joven se acercó al hombre con temor, sin dejar de mirar a todas partes como un mal espía.

—Soy Julia. Recibí su mensaje. Imagino que usted es Virgilio.

El mendigo alzó la cabeza y la joven se asustó al contemplar aquellos ojos. Dos psicópatas encerrados en celdas de cristal. Su boca se abrió para formar una espantosa sonrisa, como la de un balón rajado, en la que asomaba un único y amarillento diente, un náufrago a punto de ser devorado por la oscura tempestad.

—*Tres tetas, marimbas hijo de pai que mataron.*

Las palabras salieron atropelladamente de la boca del hombre como si quisieran abandonarla cuanto antes. Aquel tipo no podía ser Virgilio, solo se trataba de un demente más de los que vivían en la calle. Entonces, Julia se percató de que algo había crecido a su alrededor. El silencio. La plaza se había sumergido en un completo y ensordecedor silencio. Alzó la mirada y vio que todo el mundo la observaba. Jóvenes, oficinistas, parejas, *skaters*, barrenderos. Todos los que ocupaban la plaza de Olavide en aquel momento tenían sus ojos clavados en Julia. Y habían comenzado a acercarse a ella. Como un animal herido, fue consciente de haber caído en la trampa demasiado tarde. Giró sobre sí misma intentando encontrar una vía de escape. Pero la multitud que se cernía sobre ella estaba cada vez más cerca, abortando cualquier posibilidad de fuga. Hasta que se le echaron encima. Decenas de brazos la sujetaron contra el suelo, inmovilizándola. Notaba la rugosidad lacerante del pavimento en la mejilla. Los gritos y las órdenes la golpeaban en la cabeza. Querían que permaneciera tumbada en el suelo, quieta y en silencio.

—*Tres tetas, marimbas hijo de pai que mataron.*

A su lado, se encontró con el rostro del mendigo. También aplastado contra el suelo. Aunque, por su expresión ida, no parecía darse cuenta de lo que estaba pasando. Solo repetía esas extrañas palabras como un mantra. Esperando que aquel conjuro lo librase de sus problemas.

—*Tres tetas, marimbas hijo de pai que mataron.*

Unos brillantes zapatos negros se detuvieron junto a la cabeza del sin techo, sobre ellos ascendían las sobrias perneras azules de un traje.

—Este no es el hombre que buscamos. Soltadlo.

La voz de aquel tipo era suave y peligrosa, como meter la mano en la jaula para acariciar a una fiera.

—¿Y qué hacemos con ella? —preguntó una segunda voz.

Entonces, el hombre de los zapatos azabache se puso en cuclillas para que su rostro quedara más cerca del de la joven.

—Hola, Julia. Por fin nos conocemos —dijo mientras espiraba el humo de un cigarro en su rostro—. Llevárosla al bar, yo iré en un momento.

El establecimiento estaba completamente vacío. Julia permanecía sentada en uno de los reservados. Un hombre y una mujer de aspecto amenazante la vigilaban en todo momento. Había intentado hablar con ellos mientras esperaban la llegada del tipo de los zapatos negros, pero lo único que obtuvo fueron gruñidos y expresiones de desdén. Julia estaba segura de que trabajaban para el Ministerio.

—No sabéis hablar, de acuerdo. Pero tendréis otras habilidades. Lo digo por no aburrirnos. La patita, ¿sabéis dar la patita?

El hombre dio un paso hacia Julia, pero la mujer lo retuvo lanzándole una mirada admonitoria.

La puerta del bar se abrió dejando paso al tipo de los zapatos negros. Hizo un gesto con la cabeza y la pareja de vigilantes desapareció.

—Bueno, bueno, querida Julia. Ardía en deseos de conocerte en persona. —Mientras hablaba, el hombre se subió a una silla para manipular el detector de humos del local—. ¿Con quién habías quedado ahí fuera? ¿A quién esperabas ver?

—No sé de qué me habla. Solo quería ayudar a ese pobre sin techo cuando toda la plaza se me ha echado encima. ¿Son ustedes policías? ¿Estoy detenida? Porque si no es así...

—Te voy a contar algo sobre mí. La gente miente, miente constantemente. Por eso no suelo hacer preguntas si no conozco antes las respuestas. Eso me evita innecesarias pérdidas de tiempo. Virgilio es un tipo muy listo, lo conozco bien. Llevo años detrás de él. No acudió a la cita contigo porque supuso que te estábamos siguiendo. Y, en su lugar, envió a ese pobre perturbado.

El hombre se puso un largo cigarrillo blanco en los labios y extrajo una caja de cerillas del bolsillo. La cabeza de un fósforo ardió entre sus dedos.

—Hacía mucho tiempo que no veía a nadie utilizar cerillas.

—Son difíciles de encontrar. Como tu amigo Virgilio. Pero al final siempre doy con lo que busco.

Fue entonces cuando, por primera vez, el tipo clavó sus ojos en los de Julia, con esa mezcla de deseo y desprecio con la que los depredadores acechan a su presa antes de atacar. Dos brocas hambrientas agujereando una pared. Y Julia supo sin ningún género de dudas que se encontraba ante el Poeta.

—Estás jugando con fuego...

El hombre lanzó la cerilla encendida sobre el regazo de Julia como un esputo ardiente. La joven, rápidamente, consiguió apagarla golpeando los muslos con ambas manos.

—Pero ¿qué...?

—... y eso es muy peligroso...

El Poeta siguió arrojando fósforos en llamas al cuerpo de Julia. Uno tras otro. Sin parar.

—... porque el fuego no retrocede jamás...

Frenética, la joven trataba de parar con las manos aquella lluvia de pequeñas llamas, pero no daba abasto. Notaba calor en su regazo y un desagradable olor de pelo quemado la envolvía.

—... y las quemaduras quedan impresas en la piel para siempre...

—¡Basta, por favor!

De repente, las pequeñas lenguas de fuego dejaron de caer. En la cara del Poeta se dibujó una sonrisa desafiante.

—Lástima, se me han terminado las cerillas —anunció mientras arrugaba la caja en uno de sus puños—. Tal vez nos veamos en otra ocasión. Me muero por recitarte algún poema. Ahora márchate, Julia. Aléjate del fuego, pequeña polilla, o te quemarás las alas.

Julia se levantó del reservado y salió del bar deprisa, con el miedo dándole empujones por la espalda para que acelerase. Dobló por la primera esquina que encontró y echó a correr. Quizá Varona tenía razón. Quizá debería dejar las cosas como estaban. Quizá aquello le viniera grande. Demasiado. Entonces notó cómo un par de siluetas la sujetaban por los brazos con tanta fuerza que comenzó a levitar, sin dejar de avanzar entre la gente.

32

A esas horas ya debía de quedar poca gente trabajando en el Ministerio de la Verdad. La impaciencia, como un perro rabioso mordiéndole los talones, no permitía a Max estarse quieto. Caminaba dos o tres pasos y se daba la vuelta. Una y otra vez. Preguntándose qué estaba haciendo allí. Llevaba casi una hora en la puerta, viendo salir a sus compañeros camino de sus casas. Comenzaba a dudar de que la persona a la que esperaba aún permaneciera dentro. Tal vez había salido antes que él, tal vez... Entonces apareció. Traje de chaqueta para transmitir discreción y profesionalidad. Perlas rodeando su cuello, como una constelación de planetas muertos. Y el rítmico repiqueteo de los tacones contra el suelo de quien sabe por dónde pisa. La mujer se detuvo al verlo. Apoyó uno de sus brazos en la cadera, formando con su cuerpo un signo de interrogación.

—Me preguntaba si le apetecería tomar una copa conmigo —propuso Max.

El bisturí del cirujano abrió una sonrisa descarnada en el rostro de la mujer.

—Me iré ahora mismo si continúas hablándome de usted.

—Disculpe, perdón, disculpa.

—Soy demasiado mayor para seguir creyendo en los flechazos. Y esa sería la única explicación inteligente para que quisieras invitarme a una copa. Porque la otra alternativa es una solemne estupidez que nos pondría en peligro a ti y a mí.

—¿Vuelves a amenazarme solo por querer saber lo que pasa en la Habitación 101?

—No es una amenaza, sino un consejo. Y no uno cualquiera. Es un consejo mesías. ¿Sabes por qué? Porque, pase lo que pase, deberías seguirlo.

—Quiero que me hables de la Habitación 101. Solo te pido que me cuentes hasta donde puedas, nada más.

La mujer resopló y continuó andando. Max aceleró el paso hasta ponerse a su altura.

—No es mi intención comprometerte. Tómate una copa conmigo, solo eso. Y si no quieres decirme nada, lo entenderé.

La mujer se detuvo para mirarlo a los ojos.

—No sabes nada, ¿verdad? Ni siquiera puedes imaginarte dónde te estás metiendo. Quieres colarte en la jaula de los tigres para jugar con ellos. Pero los tigres solo juegan con otros tigres. Y tú, para ellos, solo eres comida. En fin, hace demasiado tiempo que un chico guapo de ojos ingenuos no me invita a una copa. Las oportunidades son como la juventud: una vez que desaparecen ya no regresan más. Pero te vas a llevar una decepción porque no pienso contarte nada.

La oscuridad del local invitaba a la intimidad y al contacto físico. De fondo sonaba una anticuada canción de jazz y las copas iban llegando a su mesa con una regularidad preocupante. Max había decidido pasar del gin-tonic a la cerveza antes de que el alcohol trajera consigo las malas ideas. Ella, en cambio, bebía whisky, decidida a reflotar la economía de Escocia. Una seca y solitaria planta a la que por fin alguien riega. Se llamaba Brianda Zumaeta.

—El chico de los ojos ingenuos está enfadado. —La mujer apenas pronunciaba las palabras, como si las masticase antes de expulsarlas—. ¿Por qué estás enfadado, chico de los ojos ingenuos? ¿Porque esta vieja no te cuenta nada de lo que quieres saber?

—Esperaba que me aclararas por qué es tan peligroso tan solo preguntar por la Habitación 101. No lo entiendo.

—Si no te cuento nada es por tu bien. Lo mejor es que pienses que no existe. Es lo que hacemos todos. Ni te imaginas lo que nos harían si se enteraran de que te he contado algo.

—¿Quiénes? ¿Quiénes no quieren que se sepa lo que pasa en esa habitación?

Brianda se llevó el dedo índice a los labios, pidiendo silencio. Luego cerró los ojos y dejó que el whisky tomara posesión de su cuerpo y de su alma, como un viejo amante largo tiempo esperado. Max se convenció de que invitar a aquella mujer había sido una pérdida de tiempo.

—Oh, no pongas cara de perrito de calendario. Está bien, te diré algo. No es lo que esperas, pero no te contaré nada más. A cambio quiero repetir esta cita, pero sin preguntas incómodas. ¿Trato hecho, chico de los ojos ingenuos?

—Trato hecho.

—¿Conoces la frase de Lincoln que dice eso de que puedes engañar a todo el mundo algún tiempo, puedes engañar a algunos todo el tiempo, pero no puedes engañar a todo el mundo todo el tiempo?

—Claro.

—Pues, a lo mejor ya se puede.

—¿Ya se puede qué?

—Engañar a todo el mundo todo el tiempo.

Los pies de Julia apenas tocaban el suelo. Dejaba atrás una calle tras otra sin saber cómo. Levantó la mirada y se encontró con dos mendigos, uno a cada lado que la llevaban prácticamente en vilo.

—Tenemos que darnos prisa, señorita, o no llegaremos a tiempo —le advirtió el más joven de los dos, que desprendía un olor agrio, a sudor viejo.

Las pobladas barbas se arremolinaban en torno a sus rostros como las nubes de tormenta al pico de una montaña. La gente se apartaba a su paso.

—¿Adónde me llevan? —preguntó Julia.

—Pronto lo verá.

Descendieron a toda prisa la escalera de una estación de metro. Ni se plantearon pagar el billete. Primero lanzaron a Julia por encima de los tornos de la entrada y después saltaron ellos. Un sensor los detectó y la alarma comenzó a aullar como una bestia herida. Los mendigos no le prestaron la menor atención y continuaron su carrera llevando a Julia en volandas.

—Esto no es necesario. Puedo caminar.

—No nos queda tiempo. El metro está a punto de llegar.

El trío alcanzó el andén junto cuando el convoy hacía su aparición por la negra boca del túnel. Siguieron corriendo hacia el fondo de la estación. Cuando las puertas se abrieron, entraron en el último vagón y depositaron a Julia en uno de los asientos. La joven miró desconcertada a su alrededor. Todos los que viajaban en él eran mendigos.

—Siento haber tenido que traerte hasta aquí de una forma tan poco civilizada. La urbanidad y la educación están en vías de extinción en nuestros días, como todo lo que no posee un valor económico.

El hombre que hablaba estaba sentado en la misma fila que Julia, a dos asientos de distancia. Era mayor, pero su cuerpo conservaba esa robustez atlética de los que han practicado algún deporte en su juventud. Lucía ese moreno oscuro fruto de vivir en la intemperie, y el blanco de su pelo aún no había conquistado varias vetas pelirrojas que refulgían entre las canas como llamas en medio de la nieve.

—Bienvenida al ejército de los juguetes rotos. Te pido disculpas por ser tan desconsiderado. Permíteme que me presente, mi nombre es Virgilio.

—¡Oh, yo creía...! En la plaza, ellos creían que había quedado con usted... Bueno, yo también lo pensé..., el libro...

—Tranquila, sabíamos que los hombres del Ministerio te estaban siguiendo. Por eso pusimos un señuelo en la plaza. Y funcionó. Después del espectáculo que han montado, nunca imaginarán que, en realidad, son ellos quienes han picado el anzuelo.

Con cada palabra, las manos de aquel hombre se movían despacio y giraban hipnóticamente, como la tinta en el agua.

—¿Y el hombre de la plaza, al que detuvieron, qué le pasará?

—Nada, Aurelio es muy bueno interpretando a un esquizoide. Seguramente porque, en realidad, lo es.

En el vagón, los otros mendigos comenzaron a reírse. Un catálogo de bocas vacías y sonrisas melladas que inquietó aún más a Julia.

—Imagino que tendrás muchas cosas que preguntarme —volvió a hablar Virgilio—. Vamos a ver si soy capaz de dar respuesta a todas.

—Usted conoció a mi padre...

—Tuve ese privilegio. Uno de los hombres más íntegros y valientes que he conocido.

—¿Cree que se suicidó o...?

—Me parece que ya conoces la respuesta. Lo asesinó el Ministerio. Como a tu madre, aunque aquello fue un error de cálculo, una consecuencia inesperada, pero que ofreció un resultado favorable.

Julia sintió que el golpe la hacía tambalearse; un *crochet* al corazón, un gancho en el alma. En su cabeza se formó un torbellino de imágenes con todos los recuerdos que conservaba de ella. Aunque ya le resultaba imposible distinguir entre la realidad y la ensoñación. La muerte es un tamiz que deja pasar la arena de los defectos y los errores para quedarse solo con el oro de las bondades del fallecido, aunque, a veces, el oro sea falso.

—Mi..., mi madre murió en un accidente.

—Un accidente provocado por los hombres del Ministerio. Un pequeño artefacto hace explotar una rueda y el vehículo se sale de la carretera. ¿Resultado? Una mujer muerta. El objetivo era tu padre, no ella. No contaban con que tu madre estuviera en el coche ese día. Fue un error que supieron aprovechar. Hubiera sido muy sospechoso que Gabriel Romero muriera solo unos días después que su esposa. Así que decidieron vendérselo a tu padre como un aviso, una amenaza para que lo abandonara todo, para que dejara de investigar.

—¿Amenazarlo con qué? Acaba de decir que no podían asesinarlo...

—A él no, pero a ti sí.

Un escalofrío recorrió su cuerpo como si un carámbano le atravesase el pecho de parte a parte.

—Por eso dejó el periodismo y se convirtió en ese hombre mustio y gris, para protegerte. Para que no te hicieran daño. Y trató de paliar la amargura de esa vida con la dulce inconsciencia del alcohol.

—¿Por qué no me lo dijo? Yo le habría ayudado.

—Cuanto menos supieras, más segura estarías. Él hubiera hecho todo lo que estuviera en su mano con tal de que no te ocurriese nada. Incluso renunciar a sí mismo.

—Dios mío, todas aquellas cosas horribles que le dije.

—Le dolían, pero sabía que era parte del sacrificio que debía hacer. Permitir que tu hija te desprecie para que pueda seguir con vida. Hasta ese punto te quería tu padre. Todos hemos tenido que hacer sacrificios. Creo que ya has conocido a mi esposa. Yo nunca podré volver con ella, levantarme a su lado, susurrarle que la quiero al oído... A lo más que puedo aspirar es a observarla de lejos. El Ministerio es un ladrón vengativo, siempre se lleva lo que más quieres. Como hizo con tus padres.

Julia sintió el latigazo de la rabia en su espalda.

—¿Y por qué quería hablar conmigo?

—Mira a tu alrededor. ¿Qué ves? Yo te lo diré. Un montón de sonámbulos siempre con una pantalla delante para que no se den cuenta de lo que pasa a su alrededor. Del móvil al ordenador, de la televisión a la *tablet*, buscando su dosis de entretenimiento. Autómatas descerebrados que creen que la felicidad se vende en los supermercados. La zanahoria tecnológica para que el burro siga caminando. Hemos renunciado a nuestra condición de seres humanos para convertirnos en consumidores, cambiando el libre albedrío por unos cuantos cachivaches de última generación. Somos manipulables y crédulos como niños a los que no se deja decidir las cosas importantes, niños obedientes a los que hay que decir lo que tienen que hacer, qué tienen que comer, cómo deben vestir, cuándo pueden hablar y cuándo callarse. Y si alguno desobedece, se lo amenaza con el castigo. El miedo a perder nuestras ridículas posesiones materiales nos convierte en esclavos. El miedo es el mejor educador de todos los tiempos. Han castrado la grandeza del ser humano para que solo aspiremos a ser mediocres. Confundimos éxito con felicidad, capacidad adquisitiva con capacidad intelectual. Han logrado que la máxima aspiración del ser que creó el Partenón, que pintó *Las Meninas*, que esculpió *El Pensador*, que escribió el *Libro del desasosiego* sea tener un trabajo estable. Esclavos felices, que abrazan las cadenas porque se han convertido en un privilegio. Ya nada eleva nuestra alma, ya nada nos conmueve ni nos emociona. Solo queremos distraernos, no alterar nuestro encefalograma plano intelectual. Y detrás de toda esta degeneración está el Ministerio de la Verdad. Con la tecnología como aliada, nos dominan. Lo saben todo de nosotros gracias a ella. Les ofrecemos toda nuestra información a cambio de un nuevo juego, un programa, una aplicación... Cada vez que le damos al botón de «Aceptar», estamos firmando un pacto con el diablo. Nunca, en toda la historia de la humanidad, hemos estado tan controlados, tan condicionados, tan manipulados. Oímos el sonido de un mensaje entrante en nuestro móvil y lo dejamos todo para leerlo. Si ya no puedes distinguir entre la verdad y la mentira, es que los mentirosos han ganado. Vivimos una ficción, una libertad de cartón piedra.

Cada vez que el metro entraba en una estación, los sin techo pegaban su cara al cristal de las ventanillas, deformándola de forma grotesca. Nadie se atrevía a subir al vagón. Una forma simple de mantener la intimidad de la conversación entre Julia y Virgilio.

—¿Por eso son mendigos?

—Si no usas tecnología no te pueden controlar. Además, cuando dejas de ser un consumidor, ya no tienes valor para la sociedad. Te vuelves invisible, prescindible, inútil. Y se olvidan de que existes. Así nos hemos mantenido fuera de su alcance. Ahora mismo, es la única forma de ser libre. Somos los dueños de nuestro propio tiempo, liberados de esa obligación social consistente en alcanzar el éxito material, tan falso como las promesas de un amor de verano. Practicamos la vida contemplativa al estilo de los clásicos. Leemos las obras maestras que ellos arrojan a la basura, disfrutamos de la conversación, de contemplar lo que ocurre a nuestro alrededor. Somos dandis intelectuales, inmunes a la vulgaridad de este tiempo. Su mensaje no nos afecta. No tenemos miedo a perder nada, porque no tenemos nada. Te sorprendería saber la cantidad de personas que renuncian a todo por volver a sentirse dueños de su propia vida. Somos un ejército de Diógenes modernos buscando un ser humano honesto entre tanta falsedad e impostura. Y creemos que ese alguien eres tú. Te necesitamos, Julia. Necesitamos que concluyas lo que empezó tu padre.

—¿Yo? Pero ¿qué puedo hacer yo?

—Tu padre fue el único que se atrevió a escribir todo lo que yo le conté. Mucha gente no lo ha olvidado. Una periodista no lo hizo. ¿Sabes de quién te hablo? Trabajaba en el mismo periódico en el que estás haciendo prácticas.

—¿Se refiere a Marta Alonso? Me dijeron que murió de un paro cardiaco.

—Pues te mintieron. Fui yo quien le advirtió que algo raro pasaba en la Habitación 101 del edificio del Ministerio. Pero mantuve al margen a tu padre. No quería causarle más problemas. Debí imaginar que ella daría con los artículos y contactaría con Gabriel. Tu padre no le contó mucho, pero sí lo suficiente para que siguiera indagando. Fue un error, un pecado de orgullo, comprensible después de pasar tantos años agachando la cabeza. Alguien llega y te hacer sentir importante de nuevo. Eso les costó la vida a ambos.

—¿Usted sabe qué es la Habitación 101?

—Yo la creé. Lo contó tu padre en los artículos. Pero ahora ya no sé en qué ha podido derivar. Sospecho que lo de manipular las elecciones se les habrá quedado corto. El Ministerio quería más. Eso es lo que necesitamos que averigües. El apellido Romero aún abre muchas puertas. Hay gente que solo hablará contigo porque confiaban en tu padre.

—Entonces, ¿qué se supone que tengo que hacer?

—Poco después de que se publicaran los artículos de Gabriel, el entonces ministro de la Verdad dimitió por sorpresa. En la única rueda de prensa que le permitieron conceder, insinuó que abandonaba su cargo porque en el Ministerio estaban ocurriendo cosas que no le gustaban y que le impedían desarrollar su labor. Una forma de decir que ya no era él quien mandaba. Tras esa declaración, se inició una campaña contra él. Lo acusaron de fraude, cohecho, soborno y, lo más importante de todo, de apropiación de documentos con información clasificada. Después de aquello desapareció. Pero sabemos que no está muerto. La mejor prueba de ello es que el Ministerio no ha dejado de buscarlo durante todos estos años. El tipo se llamaba Daniel Consalvo. Y, por una vez, contamos con un dato que ellos, a pesar de toda su tecnología, desconocen. Puede ser nuestra última oportunidad para herir de muerte al Ministerio. Para lograr que todo el mundo sepa, por fin, la verdad.

—¿Y cuál es ese dato?

Virgilio dirigió su mirada hacia uno de los mendigos, un hombre grande con ojos de iluminado y manos de estrangulador.

—Se llama Moya. Antes formaba parte de la seguridad del

hotel Villamagna. Una noche llamaron desde una de las suites. Al llegar, se encontró con el ministro Consalvo sin ropa, llorando, fuera de sí. En el suelo había un hombre desnudo inconsciente. No sabía qué hacer. Quería ayudar a su amante, que parecía sufrir un ataque al corazón, pero si los sanitarios lo encontraban allí, su carrera política estaría acabada. Él era un hombre casado y, de saberse que su vida era una mentira, sus enemigos lo habrían destrozado. Moya lo llevó al garaje a escondidas y lo dejó en su casa. Antes llamó a los servicios de emergencia, que consiguieron reanimar a Javier Cano, que es como se llama el amante. Pensamos que el tal Cano podría saber algo sobre el paradero del exministro.

—¿Y no han intentado hablar con él ustedes?

—Ser mendigo tiene sus ventajas, pero también sus inconvenientes. La gente solo ve la suciedad y la ropa usada, no al hombre que hay debajo. He intentado hablar con Javier Cano varias veces, diciéndole que conocía a Consalvo, que trabajé con él en el Ministerio. Pero me ignora, como todos los demás. Por eso te necesito. Porque te apellidas Romero, porque Consalvo también conocía a tu padre y se fiaba de él. Antes de que me respondas, debo hacerte entrega de algo.

Virgilio sacó un papel doblado con esmero de uno de sus bolsillos y se lo tendió. Nada más abrir aquella hoja, reconoció la letra de la máquina de escribir de su padre.

Julia, hija mía:

Con todo el dolor de mi corazón, me veo obligado a dejarte
sola, espero que sea por un breve periodo, aunque la realidad

me hace pensar lo contrario. No quiero que te preocupes por mí, estaré bien. El hombre que te ha hecho entrega de esta carta se llama Virgilio. Es un buen amigo en quien puedes confiar. Le he pedido que cuide de ti y que te ayude en todo lo que necesites. Es posible que desde el Ministerio de la Verdad quieran hacerte unas preguntas sobre mi paradero y mis actividades. Debes colaborar con ellos en todo lo que te soliciten, diles la verdad, que tú no sabes nada. Es la única forma de que no te molesten y permitan que continúes con tu vida. Siento causarte tantos trastornos, pero son por un buen motivo. Solo quiero decirte que nunca dudes de tu padre y que todo lo he hecho pensando en tu bien. No sé cuánto tiempo tendré que mantenerme oculto. Desde aquella primera vez que te sostuve en brazos, nada más nacer, me arrebataste un pedazo del corazón. Ese que aún sigue latiendo en ti. Llegará un día en el que sepas la verdad. Entonces podré recuperar tu amor y volverás a sentirte orgullosa de mí...

Las palabras comenzaron a desaparecer, diluidas en las lágrimas que caían sobre la carta. Como si la tinta volviera a licuarse al no soportar el dolor que contenían aquellas líneas.

—No pudimos llegar a tiempo para protegerlo. Los hombres del Ministerio se nos adelantaron. Lo que me recuerda algo.

Virgilio volvió a rebuscar entre los bolsillos de la desgastada ropa.

—Aquí está.

Entre sus manos sostenía una edición de bolsillo de *1984*, la obra de George Orwell.

—Nosotros estaremos pendientes de ti todo el tiempo, como hasta ahora. Este libro será un aviso, un mensaje que no debes pasar por alto. Cuando te lo hagamos llegar o veas a alguien con él en la calle, significará que el peligro acecha. Debes dejar lo que estés haciendo en ese momento, sea lo que sea, y esconderte en un lugar seguro. Es un método que creamos con tu padre. Gabriel intentó cambiar las cosas. Y, juntos, casi lo logramos. No permitas que la muerte de tus padres sea en vano. Ha llegado la hora de la venganza.

Julia asintió con la cabeza, enjugándose las lágrimas.

—Dígame qué tengo que hacer.

QUINTA PARTE

No pueden penetrar en nuestra alma. Si podemos sentir que merece la pena seguir siendo humanos, aunque esto no tenga ningún resultado positivo, los habremos derrotado.

GEORGE ORWELL, *1984*

33

El dedo apretaba el botón con la desesperada insistencia del psicópata apuñalando a su víctima. Pero nadie contestaba a través del portero automático. Eran más de la diez de la noche y, sin embargo, Max no estaba en casa. Julia se arrepintió de haberlo obligado a romper su móvil y sintió la angustia lacerante de no poder hablar con él. ¿Cómo se podía vivir antes de que existieran los teléfonos móviles? Después de todas las emociones que le habían sucedido ese día, se moría de ganas de compartirlas con Max. Pero no sabía cómo localizarlo.

—¿Dónde narices te has metido?

Durante un instante, un pensamiento negro le nubló la mente. ¿Y si le hubiera ocurrido algo? Ella le pidió que la ayudara a averiguar algo sobre la Habitación 101, aunque luego le dijo que lo dejara. Max era muy prudente, no se metería en líos. Estaría en el trabajo, haciendo horas extra, o tomando algo con los compañeros.

«Empiezas a estar paranoica. Algo muy normal si se tiene en cuenta lo que te ha pasado últimamente.»

Lo único que podía hacer era sentarse en el portal y esperar a que Max volviese a casa. No, no podía quedarse quieta.

No después de todas las emociones que había vivido en las últimas horas. Regresar a su casa no era una opción, por más que el exterminador le hubiera garantizado que no quedaba ni una rata. Además, no quería estar sola. Esa noche no. Necesitaba hablar con alguien. Más que nunca agradeció que Bea le hubiera facilitado la dirección de Max sin hacer preguntas. A pesar de sus excentricidades había demostrado ser una buena amiga. Pero, entonces, sacó de su bolsillo las llaves que le había entregado Varona. Brillaban en su mano como pequeños trozos de esperanza.

Al entrar en el piso, Julia se encontró al periodista boca abajo, tirado en el suelo. A su lado, montando guardia en posición de firmes, se hallaba una botella de ron con dos dedos de vida. Era una escena que Julia ya había vivido con su padre. Se ponía furiosa cuando lo encontraba así. Ese día, en cambio, al ver a Varona en ese estado, la invadió una inmensa sensación de ternura. Gabriel Romero había renunciado a todo por protegerla y el alcohol era lo único que le había ayudado a soportar esa renuncia. Fue a la cocina y preparó una cafetera. Después regresó al salón y zarandeó el cuerpo del periodista. Al principio con delicadeza, pero al ver que no obtenía resultado alguno, decidió emplearse a fondo.

—Vamos, tengo mucho que contarte y te necesito sereno.

Por fin, Varona regresó del trance alcohólico. Las venas rojas agrietando la porcelana blanca de sus ojos. La expresión de desconcierto desapareciendo a medida que su mente encajaba las piezas.

—Puedes abducirme si quieres, maldito alienígena, pero deja de empujarme. ¿Qué hora es? —preguntó.

—Casi las once. Vamos, te ayudo a levantarte. Ahora ve a darte una ducha y luego nos tomaremos el café que estoy preparando. Ha habido novedades. Importantes novedades.

Poco después, Varona soplaba el humeante líquido marrón enfundado en un albornoz con el emblema de un hotel en el pecho. Trofeo de algún viaje. Ya no recordaba adónde.

—Mi padre se ocultaba detrás del alcohol para poder soportar el desprecio de su hija, cuando en realidad le estaba salvando la vida —evocó Julia.

—Solo los genios se esconden dentro de una botella.

—¿Y tú? ¿De qué necesitas esconderte?

Varona desvió la mirada y acercó titubeante el labio superior al café como quien mete un pie en la piscina para probar la temperatura del agua.

—Bebo para dejar de ser yo mismo, al menos mientras me dura la borrachera. Cada vez soporto peor vivir en mi piel. No me gusta en lo que me he convertido. El alcohol me recuerda quién era antes y también quién debería ser. Pero no me hagas mucho caso, la filosófica es una de las escalas en el regreso a la sobriedad. Cuéntame esas novedades.

Antes de que comenzara a hablar, Julia lo obligó a extraer la batería de su móvil y a dejarlo metido en un cajón de la habitación más alejada del salón. Luego desenchufó el ordenador y desconectó la batería. La televisión ni siquiera era un modelo inteligente, de los que vienen con cámara incorporada. Aun así, también la desconectaron. Solo entonces, Julia le relató los sucesos del día. La extraña emboscada en la plaza de

Olavide, el posterior secuestro de los mendigos y, finalmente, la reveladora conversación con Virgilio.

—¿Y qué vas a hacer ahora? No, no hace falta que me lo digas. Lo leo en tu cara. En contra de lo que aconsejan la prudencia y la razón, harás caso a un iluminado que lidera una banda de pordioseros.

—Hace tiempo que dejé de seguir los consejos de esas dos. Además, Virgilio no está loco, es un ingeniero que trabajó en el Ministerio de la Verdad.

—Al que se le ha ido la cabeza de pasar tanto tiempo en espacios abiertos hablándole al cartón de vino.

—No creo que te convenga introducir el tema del vino en esta conversación. Piensa un poco. Si solo fuese un pobre mendigo con aires de grandeza, el Ministerio no tomaría una plaza entera para dar con él. Porque te recuerdo que todo el mundo se me echó encima.

—Pero ¿es que no te das cuenta de lo que pretende? ¡Te está manipulando, por el amor de Dios! Utiliza la muerte de tus padres para que seas tú la que asuma el riesgo. ¿Acaso no lo ves? Si él mismo se ha delatado. ¿Quién habló con Marta Alonso?

—Virgilio.

—¿Y qué le ocurrió a la chica?

—Que murió.

—La mataron, Julia. La mataron. Como a tu madre y a tu padre. ¿Y me dices que vas a hacer lo que te pide ese descerebrado? ¡Que se la juegue él y su ejército de miserables!

—¿Y yo? ¿Qué hago yo, entonces? ¿Sigo con mi vida como si nada hubiera pasado? El Ministerio me ha dejado huérfana, pero finjo que no me importa porque prefiero irme de compras. Podría hacer algo para intentar cambiar las cosas, para que los responsables paguen por sus actos, aunque, según tú, mejor cuelgo una foto de mi cena en Instagram. ¿Es eso lo que quieres que haga?

—Lo que quiero es que vivas.

—¿Crees que podría vivir sabiendo que asesinaron a mis padres y me crucé de brazos? ¿Tú podrías?

Varona bajó la mirada. Sabía lo que debía responder, aunque no fuese verdad. Las mentiras son como el sexo sin amor: placentero pero vacío.

—No, yo tampoco podría vivir con esa carga sobre los hombros. Apenas puedo hacerlo sin ella...

Julia le acarició el rostro.

—A veces, la victoria no consiste en ganar. Si no te rindes, jamás te sientes derrotado. Gracias por ayudarme tanto.

Varona apretó con cariño la mano de Julia. Y entonces recordó el hombre que un día fue. Y el hombre que le hubiera gustado ser.

El sol cubría su rostro con la neblina como un asesino decimonónico horrorizado ante la visión de sus actos. Julia aguardaba con el cuerpo apoyado en la pared. A aquellas horas de la mañana, se entretenía contando los drones que surcaban el cielo, cargados de paquetes para entregar, sin perder de vista el portal. Esperando que apareciera Javier Cano, el amante del exministro Consalvo. Virgilio le había proporcionado los datos que necesitaba sobre él. Los mendigos disponían de todo el tiempo del mundo para vigilar a quien les diera la gana. Julia conocía la dirección de su casa y de la empresa donde trabajaba como publicista. Situada justo en el edificio frente al que estaba esperando en ese momento. Y también sabía que todos los días, a las once, Cano salía de las oficinas para almorzar en un bar de la zona. Y ya casi era la hora. Antes, en un locutorio, la joven había tecleado el nombre del amante en un buscador para ver alguna foto de él. En ese instante vio que un hombre salía del portal. Lo reconoció al momento. Uno de esos tipos que se niega a admitir que sopló la tarta con cincuenta velas hace años. Amplia chaqueta con capucha, bandolera informal y zapatillas deportivas con las que jamás había hecho ejercicio. Un Peter Pan urbano siempre a la última moda. A Julia le pareció un perfecto gilipollas. Sacó el cuaderno y el bolígrafo antes de abordarlo.

—Hola, usted es Javier Cano, el publicista, ¿verdad?

—¿Quién lo pregunta? —respondió el hombre con desconfianza.

—Oh, soy Julia Romero, trabajo como becaria para *El Observador Digital*. Estoy realizando un reportaje sobre el mundo de la publicidad.

A la vez que hablaba, Julia le mostró lo que había escrito en una de las hojas del cuaderno: «Necesito hablar con usted sobre Daniel Consalvo».

Javier Cano abrió los ojos como platos al leerlo y dio un paso atrás. La joven escribió otro mensaje en el cuaderno a toda prisa sin abandonar su perorata.

—Me gustaría saber cómo es el proceso que se sigue desde en la creación de un anuncio...

El nuevo mensaje decía: «Mi padre era amigo del ministro. Pueden estar escuchando a través de su móvil. Solo serán unos minutos. Es cuestión de vida o muerte».

Javier Cano asintió con la cabeza de mala gana, mientras seguía el juego a Julia.

—Me alegra que su periódico se interese por nuestro trabajo. ¿Por qué no hablamos en aquel bar? Estaremos mucho más tranquilos.

El publicista colgó la bandolera en el perchero más alejado a la mesa que ocupaba Julia. Dentro estaba guardado su móvil. Cruzó el bar a grandes zancadas para reunirse con la joven.

—Oye, niñata, no sé quién crees que soy ni lo que pretendes, pero que te quede claro que ni he tenido ni tengo relación alguna con el señor Consalvo.

—Me consta que era su amante.

El silencio ocupó una silla en su mesa sin que nadie lo invitara.

—Has hablado con el loco ese, el pelirrojo, ¿verdad? Virgilio y su corte de pordioseros. Con sus cerebros repletos de grotescas teorías, como chinches en un colchón viejo. Eres otra descerebrada igual que ellos.

—Lo único que le pido es que haga llegar un mensaje al señor Consalvo. Nada más. Necesito hablar con él y ver los documentos que se llevó. Pueden contener las pruebas que logren parar los pies al Ministerio de la Verdad. Hay que sacarlas a la luz a toda costa. Quizá él sepa qué es la Habitación 101, qué es lo que ocurre allí dentro. Todos los que intentan destapar los trapos sucios del Ministerio mueren en extrañas circunstancias. Mi madre y mi padre, entre ellos.

—Oye, mira, lo siento mucho y todo eso. Pero te repito que no sé de qué me hablas. No tengo nada que ver con ministerios ni ministros. Así que déjame en paz y vete con tus paranoias a otra parte. A pedir en el metro con tus amiguitos los mendigos, por ejemplo.

—Si no me ayuda, los hombres del Ministerio recibirán una llamada anónima contándoles que Javier Cano, el publicista, fue amante del ministro Consalvo. Seguro que se presentan en su casa para hablar con usted, son muy meticulosos con estas cosas.

El tipo sonrió, desafiante, mientras se levantaba de la mesa.

—No te atreverás. ¿Vas a llamar a los asesinos de tus padres? Es un farol. No amenaces con morder si aún tienes los dientes de leche. Además, ya te lo he dicho: si quieren investigarme, que lo hagan. No tengo nada que ocultar.

—Si no tiene ninguna relación con el ministro Consalvo ni nada que esconder, ¿por qué ha guardado su móvil tan lejos?

La sonrisa desapareció como un ninja tras lanzar una bomba de humo.

—No quiero volver a verte, ¿lo entiendes, hija de...? Si te acercas otra vez a mí, seré yo quien llame al Ministerio.

34

Varona observaba las manillas del reloj, las hojas de unas tijeras recortando retazos de tiempo. Dejándolo cada vez con una fracción más y más pequeña. El vaso de ron con cola se dejó besar en la boca como una perdularia. Era el quinto al que seducía aquella noche.

—¿Qué celebramos hoy, plumilla? —preguntó Chicho, el camarero.

—Que estamos vivos... y que me vas a poner otra copa.

La sonrisa de Chicho era un muro blanco infranqueable para el mal humor. Varona volvió a mirar el reloj de la pared: las siete menos cuarto. Extrajo el teléfono de su bolsillo. Estaba a punto de marcar el número cuando algo lo detuvo. Una pareja de mediana edad acababa de entrar en el bar. Llevaban a un niño de apenas un año en una sillita. El bebé gritaba y se reía reclamando la atención de sus padres, que mantenían una animada conversación, seguramente intrascendente. Entonces, el padre le entregó un móvil al crío, que, de inmediato, se quedó absorto observando la pantalla, anulado por completo. Acto seguido, Varona miró el aparato con desprecio y supo lo que tenía que hacer. Al segundo siguiente, lo lanzó con tal determinación contra el suelo del local que el móvil quedó hecho trizas.

—¿Qué pasa? —preguntó el camarero, alarmado por el ruido.

—La vida es muy aburrida si uno siempre hace lo que debe, lo inteligente, lo práctico... De vez en cuando, lo más saludable es mandarlo todo a la mierda —explicó Varona, guiñándole un ojo.

—Claro que sí, plumilla. Las normas son para los normales. Y ni tú ni yo somos de esos. Toma, aquí tienes tu copa.

—Cuánta hermosura encierran esas cuatro palabras: «Aquí tienes tu copa».

Solo entonces, Varona se sintió ligero, feliz. Como si, de pronto, todo encajara y los problemas hubieran dejado de tener importancia. El ron le supo mejor que nunca y pensó en cómo la embriaguez nos transporta a un estado próximo a la divinidad y hace desaparecer los problemas mundanos, las preocupaciones estériles. Volvió a mirar el reloj: las siete y cuarto. Besó de nuevo su copa.

Una mano pesada se posó sobre su hombro, pero Varona no se inmutó: sabía a quién pertenecía.

—Intuyo que su teléfono ha sufrido un accidente.

Reconoció el tono sardónico del Poeta.

—No ha sido ningún accidente.

—¿Significa eso que no tiene nada que contarme sobre nuestra amiga común?

—Exacto.

—La imbecilidad solo es tolerable en la juventud. En alguien de su edad, Varona, resulta grotesca.

—¿Sabe qué? Cuando era pequeño mi padre me llevó al circo. En aquella época, todavía estaban permitidas las actuaciones con animales amaestrados. Recuerdo una en particular, la de un tipo con una casaca roja y armado con un látigo que hacía bailar a un oso vestido con un tutú rosa y un sombrero minúsculo. Todo el público se reía; en cambio, yo me puse a llorar. Habían destruido la esencia de ese animal tan bello para vejarlo, sometido por el miedo. Eso sí que es grotesco. Obedecer una orden cada vez que restalla el látigo, olvidándote de quién eres, de todo en lo que crees. Pero se acabó. He dejado de tener miedo. Ahora soy libre.

El Poeta asintió ligeramente con la cabeza y dio un par de palmadas en el hombro a Varona.

—Nos marchamos en cuanto estés listo.

Y mientras le daba la espalda, camino de la salida, comenzó a recitar «Soneto críptico», de Luis García Arés.

> *La cola del dragón, enhiesta y dura,*
> *osciló del oriente hasta el ocaso,*
> *y a las estrellas que encontró a su paso*
> *redujo a polvo; polvo y amargura.*

Varona apuró la copa de un trago.

—Beber va a ser de las cosas que más eche de menos.

—¿Te pongo la penúltima, plumilla?

—Esta vez sí es la última, amigo. Esta vez sí, es la última.

El silencio salió a recibir a Javier Cano cuando abrió la puerta de su casa. Como todos los días. Se trataba de un chalé en la colonia del Viso, herencia de sus padres: una casa grande, de dos pisos, fría y hueca como un baúl vacío. Pero pronto llegaría la noche con los ojos cerrados. La aterciopelada oscuridad en la que nada se ve, en la que nada importa. Donde habitan los secretos. Donde solo es real lo que se toca. Javier Cano dejó que la rutina guiara sus movimientos. Colgó la bandolera en el perchero junto con la chaqueta, subió la escalera que conducía a su habitación, se desvistió y se dio una ducha. Vio la televisión para hacer tiempo antes de la cena. Un capítulo de una serie nueva que acababan de estrenar esa semana en una plataforma y que no terminaba de convencerlo. Después preparó la cena. Cuando terminó, depositó la bandeja sobre la cómoda del pasillo. El plato protegido por una tapadera para que conservara la comida que no había tocado. Era la única zona de la casa en la que no tenía instalados aparatos electrónicos. Luego subió a la planta de arriba. Dejó el móvil cargándose en el cuarto de baño, lejos del dormitorio, se metió en la cama y apagó la luz. La oscuridad, con su enorme boca, se lo tragó todo. Ahora solo tenía que esperar. Una hora más tarde comenzó a intuir un sonido que le era familiar pero apenas perceptible, tan leve como el aleteo de una mariposa. Estuvo esperando hasta que cesó por completo. Fue entonces cuando salió de la cama y descendió la escalera. No debían caminar a la vez por la casa. El sonido de las pisadas de ambos podían ponerlos en peligro, hacer saltar las alarmas. Porque ellos los escuchaban a través de sus oídos electrónicos, vigilaban con sus ojos de metal. Estaba seguro. Y así sería para siempre.

Caminaba por el pasillo a ciegas, las manos extendidas palpando el vacío. Hasta que, por fin, los dedos acariciaron algo. Una forma conocida. La geografía del rostro amado, del cuerpo deseado. La esperanza a la que aferrarse en medio de la desolación. Otros labios que le daban la bienvenida. Permanecieron abrazados en aquella negrura, como si un enorme puño los hubiera agarrado, obligándolos a permanecer juntos. Susurrándose palabras de amor, que sanaban y escocían, como el alcohol en la herida.

—Hoy me ha abordado una chica preguntándome si sabía dónde estabas —confesó Javier Cano en un susurro.

—¿Te dio su nombre? —preguntó Daniel Consalvo, el exministro de la Verdad.

—Dijo que era la hija de un tal Gabriel Romero y que tú conociste a su padre.

—Y es cierto, era un buen hombre.

—Seguro que la enviaba el loco de Virgilio. Ese imbécil sigue pensando que puede acabar con el Ministerio. No te preocupes, no creo que volvamos a saber nada de ella. Le he dejado las cosas claras.

—Le envidio, ¿sabes? A Virgilio. Él, al menos, intenta hacer algo. Pero nosotros... Solo nos ocultamos, como ratones aterrorizados cuando ven sobrevolar a las águilas. No podemos seguir así. Esto no es vida.

—¿Y qué quieres que hagamos? El Ministerio aún te busca. Sabes lo que pasará si te atrapan. Lo que nos harán a los dos.

—Lo sé mejor que nadie. Pero la vida no es esto. Nos obligan a conformarnos con migajas, a vivir a medias. No sé si merece la pena...

—Esto no va a durar siempre. Las cosas van a cambiar.

—¿Sí? ¿Cómo? Y, sobre todo, ¿cuándo?

—No tenemos otra opción que seguir como hasta ahora.

—Sí, hay una alternativa. Si quieres derribar un muro no basta con sentarse y esperar. Hay que hacerlo saltar por los aires.

35

Enormes fantasmas de humo les salían por la boca. Como si eso fuera todo lo que contenían sus cuerpos. Seres huecos que expulsaban su alma de nicotina con desdén. En el despacho, el Gran Hermano hacía girar el puro entre los dedos, mientras el Poeta pinzaba la boquilla del cigarrillo entre el índice y el pulgar.

—Otro periodista que fallece, el tal Varona.

—Otro borracho. Todo el mundo sabe que los borrachos son más propensos a sufrir accidentes.

—¿Le pudiste sacar algo antes? —preguntó como si nada.

—No, creíamos que sería más resistente, pero se quebró enseguida.

—Marta Alonso, Gabriel Romero y Alfredo Varona. Tres periodistas muertos en un breve espacio de tiempo. Alguien podría sospechar.

—Muerte natural, suicidio y accidente. Esas serán las respuestas.

Los extremos de los cigarros se volvían rojos, como ojos diabólicos, con cada calada. Las almas grises giraban en torno a ellos, desdibujándose, intentando volver a sus cuerpos antes de disolverse. Antes de desvanecerse por completo.

—Entiendo entonces que, con la muerte de Varona, hemos perdido a la chica. No sabemos dónde está ni lo que hace.

—Sospechamos que, finalmente, logró reunirse con Virgilio.

—Deberíamos haberlo evitado. Ha sido un error. Y no hay sitio para los errores en el Ministerio de la Verdad. Ni para quienes los cometen.

—Ya advertí en su momento que dependemos demasiado de la eficacia de la tecnología. Cuando el objetivo nos descubrió, dejó de utilizar todos sus dispositivos... Deberíamos haber apostado por el factor humano desde el principio. Pero no me hicieron caso.

—El factor humano era Varona y tú lo has eliminado. Eso me ha obligado a tener que implicarme en esto personalmente. Menos mal que aún recuerdo las técnicas de mis tiempos como agente.

—¿Conseguiremos atraer con él a Julia?

—Descuida, tengo al elemento comiendo de mi mano.

Y el turbio hálito volvió a escaparse de entre los dientes de sus dos deslumbrantes y aterradoras sonrisas.

36

Max jugaba a sostener en equilibrio un bolígrafo entre su labio superior y la nariz, uno de esos desafíos físicos que solo se te pueden ocurrir en el lugar de trabajo. Entonces sonó el teléfono que tenía en su mesa y el bolígrafo cayó al suelo.

—¿Sí?

—Qué tono tan profesional pones cuando estás en el trabajo.

—¡Julia! ¿Cómo has conseguido este teléfono?

—Soy una chica con recursos. Llamé a la centralita del Ministerio de la Verdad y dije que necesitaba hablar con mi novio, Max. Sé que suena anticuado, pero funcionó. Les expliqué que llevábamos poco tiempo juntos y que por eso no sabía con exactitud en qué departamento trabajas, solo que te dedicabas a desmentir bulos. No han tardado ni un minuto en pasarme contigo. ¿Sabías que eres el único Max del Departamento de Desintoxicación Informativa?

—Aquí lo llamamos DDI, para ganar tiempo. Espera un momento, ¿has dicho que eras «mi novia»?

—Un término absolutamente desfasado, lo sé. Solo quería que me pasaran contigo, ¿te molesta?

—Al contrario, me encanta. Lo clásico, a veces, tiene su punto. Esto de no tener móvil al final va a resultar muy divertido. Entonces, ¿puedo decir que tengo novia?

—En la centralita del Ministerio de la Verdad están convencidos de ello. Pero mejor nos vemos cuando salgas y seguimos con esta discusión semántica. Tengo mucho que contarte, pero no por teléfono. Y menos aún desde este. Se podría decir que he empezado a encontrar lo que andaba buscando.

—Yo también tengo novedades. El problema de los unos y ceros que te preocupaba... Creo que estabas en lo cierto.

«¿Unos y ceros? —pensó Julia—. Pero ¿qué está dicien...?» Y entonces lo comprendió: Max se refería a la Habitación 101.

—No hagas nada más con ese tema, ¿comprendes? No quiero que te involucres tú también. ¿A qué hora sales?

—A las cinco, si la cosa está tranquila.

—Pues quedamos en casa de Varona, el compañero del periódico al que conociste en el tanatorio, y hablamos. Tendrás su dirección en vuestra base de datos. Ventajas de tu departamento.

—¿Y por qué no en tu casa?

—Todavía no he vuelto a pasar por allí, me da miedo.

—¿Estás viviendo con tu compañero del periódico? —preguntó Max, sin poder ocultar del todo su enfado.

—¿No me digas que te has puesto celoso? Oh, pero qué rápido se te ha subido a la cabeza lo de ser mi novio —respondió Julia entre risas.

—No es eso, es solo que... —lo había descubierto—, que en vez de quedarte en su casa podrías haber elegido la mía.

—Mire, señor funcionario del Ministerio de la Verdad, si voy a casa de Varona es para dormir, algo que estoy segura de que no pasaría si fuera a la suya. ¿Comprendes? Ahora continúa desmintiendo bulos y pensando en «tu novia».

—En mi..., entonces ¿somos...?

Pero ya no había nadie al otro lado de la línea.

Los dígitos cambiaban a medida que el ascensor subía: tercera planta, cuarta... El habitáculo estaba ocupado por cuatro personas. Dos mujeres y dos hombres. Uno de ellos era Max. Estaba nervioso: a medida que ascendía sentía más miedo, como si sufriera vértigo. Quinta planta, sexta... Todos llevaban bien visible su tarjeta azul, la que les daba acceso a las plantas superiores del Ministerio de la Verdad. No le había costado mucho falsificar una. Solo había tenido que escanear su propia tarjeta, cambiar el color con ayuda de una app de retoque fotográfico, imprimirla, pegarle una foto, plastificarla y listo. Séptima planta, octava... El problema vendría cuando saliera del ascensor y se enfrentara a los tornos. Por eso, para subir a la novena planta, había esperado a hacerlo con más gente.

Las puertas metálicas se abrieron y Max fue el primero en salir, adelantándose al resto. Tenía la desagradable sensación de que le sudaban las manos y no paraba de frotárselas.

«No pueden notar que dudas. Actúa como si supieras adónde vas y todos creerán que trabajas en esta planta», se repitió mentalmente.

Al llegar al torno, puso su tarjeta en el sensor y un desagradable sonido le indicó que no podía pasar. Tal y como esperaba.

—¡Otra vez error! ¡Estas tarjetas no paran de dar problemas! ¿A ti no te pasa? —preguntó a la mujer que esperaba detrás de él.

—Alguna que otra vez. Habla con los de seguridad para que te la cambien.

—Eso haré. ¿Te importa que pase contigo? Es que no sabes la mañana que me espera.

—¿En qué sección trabajas? —preguntó la mujer con desconfianza.

Llevaba la tarjeta azul en la mano y esperaba la respuesta de Max para desbloquear los brazos metálicos del torno.

—Oh, tengo una reunión con Brianda Zumaeta. Y creo que ya llego tarde.

—El nombre no me suena, pero es que aquí somos tantos...

La mujer sonrió y colocó su tarjeta en el sensor. Un pitido continuo indicó que el paso quedaba desbloqueado.

Las paredes estaban forradas con moqueta, como el interior de un ataúd. Avanzaba por los pasillos con paso decidido buscando el despacho de Brianda. Estaba seguro de que la mujer entraría en cólera en cuanto lo viera allí. Pero tenía que saber más sobre la Habitación 101. Por Julia, dijera lo que le dijera esta. Pero también por él mismo. Quería saber para quién estaba trabajando en realidad. Aún guardaba en su interior una pequeña esperanza de que todo tuviera una explicación, que solo se tratara de un malentendido. Aunque cuanto más averiguaba sobre la 101, más menguaba su esperanza.

El nombre de Brianda Zumaeta no aparecía grabado en la puerta de ninguno de los despachos, así que Max decidió preguntar a la primera persona con la que se cruzó, uno de esos funcionarios anodinos que siempre habitan los ministerios, como parásitos sobreviviendo a la sombra de la gran bestia.

—Disculpa, ¿sabes dónde puedo encontrar a Brianda?

— ¿A quién? —preguntó extrañado el parásito.

—Brianda Zumaeta, trabaja en esta planta.

—No me suena de nada.

—¿Buscas a Brianda?

Un tipo se acercó a Max y se coló en la conversación. Nada más verlo, el parásito desapareció mimetizándose con la decoración del pasillo.

—Yo te llevaré con ella. Sígueme.

Aquel hombre vestía el sempiterno traje azul, el uniforme no oficial del Ministerio. Pero no tenía aspecto de funcionario. Sus ademanes elegantes y pausados, el desafío constante que transmitían sus ojos, incluso la cadencia en su forma de caminar, no se correspondían con los del resto de los empleados públicos.

—Si está ocupada, puedo volver en otro momento —señaló Max algo inquieto.

—Al contrario, ahora es el mejor momento para verla.

El hombre guio a Max hasta los ascensores, que los llevaron hasta la décima planta, donde solo las tarjetas negras permitían el acceso. Sin mediar palabra, aquel tipo se detuvo frente a una puerta de distinto color que las demás. Todas eran azules, menos aquella, que era roja.

—Bueno, tú primero. Seguro que la señora Zumaeta se alegra de verte.

Abrió la puerta para dejar paso a Max. Ante él, en medio de un despacho inmenso, se encontró con Brianda, que, al verlo llegar, hizo una mueca dejando ver su dentadura. Max no supo interpretar si aquello era una sonrisa o un gesto antes de atacar.

—Vaya, vaya, mira quién está aquí.

El hombre del traje azul cerró la puerta del despacho y, acto seguido, se encendió un cigarrillo mientras hacía bailar una navaja mariposa entre las manos. Las señales de alarma empezaron a dispararse en la cabeza de Max.

—Pero siéntate, no te quedes ahí parado. Déjame que lo adivine. Has venido a que te cuente más cosas de la Habitación 101, ¿me equivoco? Seguro que has pensado: «Tengo a la vieja en el bote, hará todo lo que yo le pida». ¿No es así?

Max oyó una carcajada a su espalda. Al parecer, aquel comentario le había hecho mucha gracia al tipo de la navaja.

—¿Sabes por qué estás aquí? —continuó la mujer—. Yo te lo diré. Eres como esos niños que no pueden resistirse a la curiosidad de saber cómo funcionan sus juguetes por dentro y los destripan para terminar por descubrir que, en su interior, solo hay un montón de aburridos tornillos, engranajes y cables. Pero para entonces el daño ya está hecho. El juguete no funcionará nunca más. Eso es lo que quieres hacer tú con el Ministerio. Descubrir cómo es por dentro para destruir algo que funciona. Tú y tu amiguita Julia.

—¡Ella no tiene nada que ver con...!

La mujer se llevó un dedo a los labios exigiendo silencio.

—Chis. ¿Te he dado permiso para dirigirme la palabra? Creo que no —le advirtió—. Hay gente a la que la ingenuidad le despierta ternura. No es mi caso. Creo que la candidez es una forma condescendiente de nombrar la estupidez. Porque tú, Max, creyendo que podías seducirme con tu juventud y tu caída de ojos, solo has demostrado lo imbécil que eres. Te presentas aquí con una tarjeta falsa y con tu maliciosa curiosidad. Has traicionado al Ministerio, has intentado joder a los tuyos. Quien hace eso tiene un nombre: gusano. Eres un puto y repugnante gusano. ¿Y sabes para qué sirven los gusanos? Yo te lo diré: son un buen cebo.

37

Tras haber hablado con Max, Julia decidió ir al periódico. Quería contarle a Varona su encuentro con el amante del exministro. Era evidente que aquel hombre mentía. Tal vez solo pretendía mantener en secreto la naturaleza de su relación con Daniel Consalvo. O quizá hubiese algo más. Puede que incluso conociera su paradero. De ser así, Julia lo descubriría. Costase lo que costase.

Al entrar en la redacción fue directa hacia la mesa de Varona, pero la encontró vacía. Aquello le pareció extraño. Demasiado pronto para que estuviera tomando la primera en La Encrucijada. Incluso para él.

—¿Sabéis dónde se ha metido Varona? —preguntó a los imberbes compañeros de mesa del periodista.

Todos se quedaron estupefactos al verla. Y luego comenzaron a mirarse unos a otros, buscando a alguien que asumiera la responsabilidad de darle una respuesta. Hasta que, por fin, uno de ellos habló:

—¿No te has enterado? Varona ha muerto. Lo atropelló un camión de la basura anoche. La policía cree que estaba borracho.

Un enorme puño surgió del cielo para golpearla en pleno corazón.

—No, no puede ser. Varona no. Otra vez… no.

Aturdida, Julia se giró hacia el despacho de Sánchez-Bravo. El director del periódico clavaba sus ojos en ella como dos afilados arpones. Tenía el móvil pegado a la boca mientras apoyaba una de sus manos en la pared de cristal, una enorme araña contemplando como la mosca acaba de caer en su red. Julia comenzó a dirigirse hacia la salida dando pequeños pasos. Al percatarse, Sánchez-Bravo salió de su despacho y fue a su encuentro. La joven le oyó decir «está aquí» a la persona al otro lado del teléfono. Estaba a punto de echar a correr cuando la mano del director la agarró por el brazo y la retuvo.

—¿Ya te has enterado de lo de Varona? Una lástima. Una verdadera lástima. Supongo que estarás muy afectada. ¿Por qué no pasas a mi despacho y te tomas un café conmigo?

—De verdad que no puedo, tengo una cita urgente.

—¿Qué es más urgente que recordar a un compañero? —La mano de Sánchez-Bravo se había convertido en un cepo de hierro que no soltaba su presa.

—¡Déjeme, no me toque! ¡Tiene las manos manchadas de sangre! ¡Usted es tan culpable como el Ministerio de lo que le ha pasado!

—Varona era un pobre diablo, como tú. Buscáis la verdad, pero no sabéis que la verdad no existe. Murió hace años. La asesinamos entre todos. Ahora solo quedan las mentiras. La vida se ha convertido en un gran supermercado de falsedades donde puedes elegir la que más te guste. Y si para mantener la mía tengo que deshacerme de una zorra como tú, lo haré.

La patada de Julia lo alcanzó en plena entrepierna. El director se dobló sobre sí mismo por el dolor y liberó el brazo de la joven. Fue el momento en el que ella aprovechó para escapar. Salió corriendo y bajó los escalones de dos en dos. Las carcajadas de Sánchez-Bravo la persiguieron hasta la calle, acompañadas por sus gritos.

—¡No puedes esconderte! ¡Te estamos vigilando, siempre! —oyó que decía a lo lejos.

En el vagón del metro la gente no despegaba los ojos de las pantallas de sus móviles. Todos salvo Julia. Y pensó que la vida se había reducido a eso: a dar vueltas y más vueltas, entretenidos, sin llegar nunca a ninguna parte. Como un tiovivo en el que olvidamos que los caballos son de madera. Había decidido esperar allí a que dieran las cinco para acudir a su cita con Max. Pero la herida en el alma por la muerte de Varona aún sangraba. Primero había sido su madre, luego su padre y ahora su compañero. El miedo hizo que sintiera un vacío en las entrañas, el mismo que se experimenta al mirar al suelo desde una gran altura y notar que, desde allá abajo, la muerte te anima a saltar. Tenía que ponerse en marcha o el pánico la paralizaría.

Aún era pronto para su encuentro con Max. Se armó de valor y decidió pasarse por su casa. Necesitaba hacer una maleta y llevarse algunas cosas. Los hombres del Ministerio la estaban buscando. Tenía que permanecer oculta y no sabía adónde ir. Quizá vigilaban su edificio. Quizá no sabían que tenía la llave del apartamento de Varona. Quizá podría quedarse en el piso de Max. Había demasiados quizás en su vida y ella se alimentaba de certezas. Con la capucha y las gafas de sol puestas, observaba el portal. Volver a su casa constituía una estupidez mayúscula. Era evidente. Pero tal vez por eso no contaban con que lo hiciera. En el tiempo que llevaba vigilando no había visto a nadie, sin embargo eso no significaba que no estuvieran allí. Debía arriesgarse. Cruzó la calle despacio, atenta a cualquier movimiento sospechoso a su alrededor. No sucedió nada. Entró en el portal, esperando que unos brazos se le echaran encima, algo que tampoco ocurrió. Estaba a punto de subir la escalera, cuando se acordó de revisar el buzón. El pequeño homenaje diario a la memoria de su padre. Abrió la portezuela y allí estaba: una hoja blanca, como una perla en un mar negro de alquitrán. Era de Max. Le decía que había conseguido salir antes del trabajo y le daba la dirección de la terraza en la que la esperaba, situada en el barrio de La Latina. La nota terminaba con un «Te quiero». Era la primera vez que Max se lo decía. Y en su interior sintió estallar un millón de fuegos artificiales.

El sonido de sus botas al chocar con el pavimento retumbaba en su cabeza como un martillo clavando la tapa de un ataúd. El miedo iba dos pasos por detrás, acariciando su pelo con la yema de los dedos, sin que llegara a alcanzarla pero sin lograr zafarse de él. Julia se dirigía al encuentro de Max. La capucha y las gafas siempre puestas. Caminaba entre la gente para confundirse con la multitud. Mimetizada con el paisaje humano. Mientras avanzaba, vio a un mendigo sentado en el suelo. Estaba leyendo aparentemente ajeno a todo cuanto le rodeaba. Julia se fijó entonces en la cubierta del libro que sostenía entre las manos. Era *1984*. Y todo su cuerpo se puso en tensión. Como una gacela que acaba de detectar a la manada de leones. No podía tratarse de una coincidencia. Aquello era un aviso. Virgilio quería que supiera que estaba en peligro. Disimuladamente, se aproximó a un grupo de jóvenes ruidosos y en estado de embriaguez para mezclarse con ellos. Observó con atención a su alrededor en busca de cualquier elemento extraño. Pero no encontró nada. ¿Qué debía hacer? ¿Largarse de allí sin ver a Max? Tal vez él también estaba en peligro. Con precaución y pasando de un grupo de personas a otro, siguió avanzando hacia el lugar donde habían quedado. La nota que le escribió, guardada en el bolsillo para darle fuerzas. El bar se hallaba en la plaza de la Paja. Julia vio a Max sentado en la terraza, tomando el sol mientras bebía una cerveza. Sus ojos se encontraron un momento, pero Max los apartó al instante. Quizá no la había reconocido con la capucha y las gafas. Estaba a punto de desprenderse de ambas cuando vio que la mano de él comenzaba a hacer un gesto extraño. Recorría el brazo de su silla adelante y atrás. Una y otra vez. Debía estar nervioso. Julia no le dio importancia y siguió avanzando en su dirección. Entonces, sus ojos se volvieron a encontrar. Y Max le señaló con ellos su mano, que continuaba moviéndose adelante y atrás. Entonces Julia lo comprendió todo. Primero el libro y ahora eso. Tenía que marcharse cuanto antes, tenía que salir de allí. Volvió a ajustarse las gafas y, para disimular, preguntó por una calle al primer tipo que se encontró. Entonces se giró para mirar a Max por última vez. Y mientras se alejaba de la plaza, un puño dentro del bolsillo aferró la nota que él le había escrito. Aquel «Te quiero» quemándole la piel, el mismo que ahora sabía que nunca llegaría a escuchar de sus labios. Y las lágrimas rodaron por su rostro como esquirlas de cristal, causando heridas invisibles que nunca podrían cicatrizar.

Había pasado cerca de media hora cuando Max notó que alguien se sentaba a su mesa. Era el Poeta, con aquella media sonrisa perpetua, como si nada en el mundo pudiera hacerle reír... ni llorar.

—Ella no va a venir —anunció apenas tomó asiento.

—Es más lista de lo que piensan —respondió Max.

—O tal vez no eres un cebo lo suficientemente atractivo para ella. Quizá vio el brillo del anzuelo y decidió que no merecía la pena sacrificarse por ti.

—Va a matarme, ¿verdad? —Max hablaba con una extraña serenidad.

—¿Qué haces con un gusano cuando no te sirve para pescar? Lo aplastas. ¿Nunca has pensado que el asesinato es el acto humano que más nos asemeja a los dioses? Adelantarse al tiempo, decidir el destino, infringir las leyes de la naturaleza. No está al alcance de cualquiera. Solo unos pocos elegidos nos atrevemos a cruzar esa línea roja. Cuando apunto a alguien con un arma, siento que estoy tocando el cielo con los dedos.

Max sintió el pinchazo en la pierna. Sabía lo que significaba. En lugar de mirar bajo la mesa prefirió alzar la vista aquellos breves instantes que le quedaban de vida. Y en esa última fracción de tiempo todo le pareció hermoso. El universo en todo su esplendor se despidió de él. El cielo se perpetuó en sus ojos. El tiempo dejó de existir. El pasado y el futuro fueron desenmascarados como un par de impostores. Y en sus labios quedaron para siempre las últimas palabras esculpidas en el aire.

—Julia, mi novia.

—Los débiles de espíritu como tú nunca lo comprenderéis.

Y mientras le cerraba los ojos, el Poeta recitó «Canción de cuna para dormir a un preso», de José Hierro:

> *No es verdad que tú seas hombre;*
> *eres un niño que no sueña.*
> *No es verdad que tú hayas sufrido:*
> *son cuentos tristes que te cuentan.*
> *Duerme. La sombra toda es tuya,*
> *mi amigo, ea...*
> *Eres un niño que está serio.*

38

La urgencia llamaba al timbre con la insistencia de un demente. El ansia golpeaba frenéticamente la puerta. Ambas arrancaron del sueño a Javier Cano. Bajó por la escalera hasta la planta baja de su chalé mientras se ataba el cinturón de un albornoz. En la entrada, alguien seguía llamando sin descanso. Le pareció oír el sonido de las patadas contra la madera.

—¿Quién está ahí? —gritó Javier Cano.

—¡Abra, abra esta maldita puerta o la echo abajo!

El publicista no reconoció la voz de Julia.

—Si no se marcha ahora mismo, voy a llamar a la policía.

—Hágalo y les contaré que usted es el amante del exministro Consalvo, que lleva años en busca y captura. Verá que pronto son los hombres del Ministerio de la Verdad los que están llamando a su puerta.

«¿Es esa periodista, la que me abordó en la calle?», pensó Cano. No recordaba su nombre, solo que era amiga del perturbado de Virgilio. Lo cierto era que parecía muy alterada y la gente alterada es muy propensa a cometer estupideces. Sería mejor que abriera la puerta.

Julia entró en la casa como una fiera a la que acabaran de abrir la jaula.

—No sé qué pretende montando este escándalo. Viniendo a mi casa a estas horas —le recriminó el publicista.

—Lo he perdido todo, ¿sabe? Me han arrebatado todo lo que amaba. Han hecho trizas mi vida. Pero no me voy a quedar de brazos cruzados. Quiero vengarme, quiero darles donde más les duela. Y para eso necesito saber dónde está su amante. ¿Dónde se esconde Daniel Consalvo?

—Ya le dije el otro día que no sé de qué me habla.

Julia agarró una pesada estatuilla de metal que encontró sobre la cómoda del pasillo y la alzó en actitud amenazante.

—Estoy cansada de tantas mentiras. Están por todas partes, se pegan a mí como chicles masticados a una suela, y no puedo desprenderme de ellos. Hasta que, al final, lo cubren todo. Me está mintiendo, igual que el otro día. Y no me voy a ir de aquí hasta que me diga la verdad. ¿Dónde está Daniel Consalvo?

El publicista no apartaba la mirada de la mano de Julia, que sostenía la estatuilla. Temía que, en cualquier momento, le asestara un golpe fatal.

—Tranquila, no nos pongamos nerviosos. Le prometo que desconozco el paradero de...

—¡Miente! Por última vez, ¿dónde está Daniel Consalvo?
—Aquí.

Al girarse, Julia se encontró con un hombre de unos sesenta años, vestido con un absurdo chándal, que le daba una imagen patética de dignidad perdida. Tras él una puerta abierta, oculta en la pared, que dejaba a la vista un pequeño habitáculo en el que se vislumbraba una cama junto a una pequeña mesa con restos de comida.

—Pero ¡¿qué estás haciendo?! ¡Vuelve a esconderte! ¡El móvil, la televisión, te van a oír, nos van a descubrir! —gritó Javier Cano mientras se lanzaba a los brazos del recién llegado.

—Ya estoy cansado de llevar esta existencia. No, mi amor, la vida no es esto. Llevo demasiado tiempo escondido. Siendo una sombra abrazando en la oscuridad a la persona que amo, sin poder verle la cara, sin poder besarlo a la luz del día. Si volviera a la habitación, ellos habrían ganado. ¿No lo comprendes? Es como si me hubieran encerrado y mi carcelero fuera yo mismo. Se acabó. No voy a meterme en una celda por voluntad propia. Que vengan a por mí, si quieren.

Los dos hombres se besaron, abrazados en medio del salón.

—Pero las cosas no van a ser siempre así, cambiarán, ya lo verás. Solo tenemos que esperar —argumentó Javier Cano con los ojos empañados en lágrimas.

—Las cosas no cambian solas, hay que hacer algo por cambiarlas. Y aquí es donde entras tú —dijo aquel hombre dirigiéndose a Julia—. Creo que me estabas buscando, soy Daniel Consalvo. Llevo escondido en esa habitación del pánico desde que abandoné mi cargo en el Ministerio. Sé que estoy en busca y captura desde entonces. He podido permanecer oculto porque nadie, o casi nadie, tú eres la mejor prueba de ello, sabía de mi relación con Javier. También porque la habitación del pánico no figuraba en los planos de la casa. Sus padres la construyeron sin pedir los engorrosos permisos de obra. Y eso me ha salvado la vida. O eso creía yo, porque lo que he tenido desde entonces no puede considerarse una vida. Yo conocí a tu padre. Un hombre extraordinario. Y veo que su hija también lo es. No contamos con mucho tiempo, toma.

El exministro entró en la habitación para coger una carpeta marrón con el membrete del Ministerio de la Verdad. Al regresar al salón, se la entregó a Julia.

—Estos son los documentos que me llevé. Ahí está todo. Las pruebas que demuestran que nuestra democracia se vendió hace mucho tiempo. En realidad, vivimos en una dictadura encubierta. Y es la más peligrosa de la historia porque han conseguido que sean los propios esclavos los que se pongan las cadenas. Han convertido nuestra sociedad en un parque de atracciones de cartón piedra, donde nada es lo que parece, para mantenernos eternamente entretenidos, en un estado constante de feliz estupidez. No hay análisis, ni pensamiento crítico, ni inteligencia. Solo consumo y entretenimiento. Tienes que sacar esto a la luz. Que la gente sepa la verdad. Porque en estos momentos saber la verdad es más necesario que nunca. Ahora vete. Estarán a punto de llegar.

En ese momento, Julia se fijó en que la luz roja del televisor apagado se volvía verde. Acababan de localizarlos. El sonido de las sirenas se oyó a lo lejos. Comenzó a caminar hacia atrás en dirección a la puerta y dejó a los dos hombres allí, abrazados. De fondo, se oía cada vez con más fuerza el estruendo de los vehículos. Acercándose. Entonces, Consalvo levantó la mirada y dijo:

—Corre, Julia. Corre.

Mientras huía, Julia oyó los frenazos de los furgones de policía a su espalda. Por encima del hombro vio cómo agentes armados entraban en la casa del publicista sin contemplaciones. Alguien le gritó que se detuviera. Y los rudos pasos de las botas comenzaron a sonar tras ella. Aceleró su carrera. La calle estaba a oscuras. En los edificios se reflejaban las luces azules de los coches patrulla. Los gritos y los insultos cada vez más cerca, sus perseguidores estaban a punto de alcanzarla. Notó algo rozándole la capucha, una mano. Ya los tenía encima. Entonces, oyó un golpe detrás de ella. El ruido sordo de dos cuerpos al caer. Miró de nuevo por encima del hombro, con miedo. Un policía se levantaba del suelo maldiciendo mientras insultaba al mendigo con el que había chocado. Sus compañeros lo ayudaban a incorporarse. Julia sonreía tras descubrir que no estaba sola cuando una mano tiró de ella, arrastrándola al interior de un oscuro portal. Era otro sin techo, que la hizo bajar una escalera a toda prisa, dándole empujones y conminándola a seguir corriendo. Abrió una puerta que daba a un patio. Pasaron por el agujero de una valla metálica y se colaron en otro edificio que parecía abandonado.

—Quítate la cazadora, tenemos poco tiempo —ordenó el mendigo mientras se desprendía del abrigo y se lo entregaba a Julia para que se lo pusiera. Luego le encasquetó en la cabeza un grueso y raído gorro de lana que casi le tapaba los ojos—. Ponte la mochila por delante y abróchate el abrigo, así parecerás más gruesa a sus ojos. Cuando salgas a la calle, ellos estarán allí. No los mires, baja la vista y dirígete a la estación del metro que está enfrente sin prestarles atención. Ellos buscan a una chica joven y, si caminas despacio y encorvada, te tomarán por alguien mucho mayor. Pero tienes que hacerlo ya. Por cierto, Virgilio te manda saludos.

Julia resopló en el portal, tomó aire y salió a la calle. La policía había acordonado todo el barrio. Los vecinos se asomaban a las ventanas atraídos por el espectáculo. Había agentes armados recorriendo las aceras deprisa, dando órdenes a los peatones. Julia se unió a un grupo de ellos que esperaban para cruzar al otro lado. La cabeza gacha y con el miedo atenazándole las piernas.

—Buscadla, no puede estar muy lejos —gritaban algunos policías.

Después de que varios furgones policiales pasaran por la calzada, uno de los agentes hizo señas al grupo para que cruzase. Y despacio, Julia descendió la escalera que conducía a la estación para que el metro la llevara lejos, muy lejos de allí.

El dueño del locutorio no le permitió entrar hasta que Julia no le enseñó el dinero, demostrándole que podía pagar. El abrigo y el gorro que le había entregado el mendigo no ayudaba. Pero aún no pensaba en quitárselos, la hacían sentirse segura. Comprobó que el establecimiento disponía de escáner. Porque después de leer los documentos que le había entregado el exministro, era evidente que tenía que colgarlos en la red para que todo el mundo los viera. Para que comprobaran cómo el futuro se urdía en las sombras. Para que supieran la verdad. Una vez terminó de escanearlos, se sentó delante del ordenador y los grabó en una carpeta del escritorio. Aquellos papeles constituían la prueba incontestable de la infamia. Antes de 2023, las multinacionales tecnológicas descubrieron que podían controlar el resultado de las elecciones. Almacenaban tantos datos sobre sus clientes que podían manipularlos para dirigir sus votos a través del bombardeo de noticias falsas, bulos sobre candidatos, etcétera. Descubrieron que la mente humana es mucho menos crítica con las noticias que refuerzan nuestras creencias. Nos gusta creernos las informaciones que están en línea con nuestra ideología. Así que generaron noticias a la carta que nadie se molestaba en contrastar. Esa fue la base del logaritmo que ideó Virgilio y que después denunció. Pero las empresas no se detuvieron ahí. Como suponía el ingeniero, descubrieron que poseían un poder casi ilimitado. ¿Por qué se tenían que conformar con dar servicios cuando eran ellas las que poseían la varita mágica? Así que trazaron un plan. Llegaron a un acuerdo con el candidato que menos posibilidades tenía de gobernar y apelaron a su ambición. Las multinacionales lo convertirían en presidente durante los próximos ocho años y, a cambio, él se comprometía por escrito a concederles los cargos de consejeros generales en cada uno de los cuatro ministerios. Julia tenía en su mano el acuerdo que lo probaba. Esos nombramientos tendrían carácter vitalicio y dependerían única y exclusivamente de las multinacionales. Aquello significaba entregarles el poder político *de facto*. Los ciudadanos dejaban de elegir a quienes los gobernaban en cada uno de los ministerios y, por lo tanto, en el Gobierno. Un subrepticio golpe de Estado empresarial del que nadie se preocupó gracias al dominio mental sobre la sociedad que proporciona la tecnología a las multinacionales. Ahí es donde entró en juego la Habitación 101: convirtiendo a la sociedad en un dócil rebaño, distrayéndola del foco de atención, creando polémicas artificiales que polarizaran el debate, dejando que los políticos se enzarzasen en discusiones sobre problemas inexistentes, noticias irreales, falsas amenazas para que todos dejaran de atender a lo realmente importante. Y si alguien se atrevía a insinuar un posible acuerdo entre las multinacionales y el Gobierno se le tachaba de loco, de conspiranoico, se destruía su reputación, se lo machacaba en las redes sociales con noticias falsas, creando rumores, vídeos manipulados, hasta convertirlo en un paria que la gente no tardaría en olvidar. La verdad dejó de existir. Murió asesinada en la Habitación 101. Era allí donde se creaba la nueva realidad. La campana que sonaba para que toda la sociedad babeara al oírla, como perros de Pavlov. La democracia, las elecciones, eran solo una ficción, una grotesca representación sin sentido con el único propósito de que la gente durmiera tranquila por las noches. La fotografía del fondo del mar en un acuario para que los peces creyeran que nadaban libres en el océano, cuando su mundo se reducía a apenas unos centímetros de cristal. Porque desde la 101 se decidía todo: qué había que pensar, en qué creer, qué comer, qué vestir, qué amar, qué odiar... Consumidores obedientes que acuden a las pantallas para recibir las nuevas órdenes sin ser conscientes de ello. Las cadenas cubiertas por el terciopelo del entretenimiento. Una sociedad infantilizada que solo quiere divertirse, y deja que sean otros los que solucionen los problemas.

Julia miraba constantemente la puerta de entrada al locutorio desde su puesto. Tenía la lacerante sensación de que los hombres del Ministerio iban a entrar a por ella en cualquier momento. Por eso debía darse prisa. El monstruo era mucho más grande y poderoso de lo que había imaginado. Tenía que difundir aquellos documentos como fuera. No podía contar con los medios de comunicación convencionales. Todos estaban bajo el control del Ministerio. Así que se introdujo en la Deep Web, buscó las páginas más radicales, las más antisistema. Y les envió un audio en el que ella misma explicaba lo que estaba sucediendo, aportando cada página, cada prueba, cada expediente. Sabía que así se difundiría por la red, aunque entre una comunidad *a priori* muy marginal. Pero tenía que llegar también al gran público, así que decidió grabar un vídeo resumiendo el contenido de los documentos. Tenía muy claro cómo debía ser el comienzo. Se sentó frente a la cámara del PC del locutorio y comenzó a grabar:

—Si estás viendo este vídeo, es muy probable que yo ya esté muerta...

Eso ayudaría a que se difundiera, el sensacionalismo siempre vende, aunque en este caso fuera, irónicamente, verdad. Decidió colgarlo en YouTube y en otras plataformas de vídeo. Luego encontró un programa que podía enviar cientos de miles de mensajes simultáneos a través de WhatsApp. Su vídeo comenzó a hacerse viral: el contador de visitas no dejaba de aumentar. Se reclinó en la silla a disfrutar de su obra.

Observando cómo la verdad se abría paso en la red entre toneladas y toneladas de mentiras.

La mañana volvió a tragarse todos los misterios de la noche dejando que el deber y las obligaciones sustituyeran al vicio y al deseo. La gente caminaba con prisa, siempre con prisa. Chocaban con el cuerpo de Julia sin disculparse. Ella avanzaba a contracorriente, despacio. A diferencia de los demás, no tenía adónde ir. No sabía hasta dónde podía llegar el vídeo donde denunciaba las prácticas del Ministerio. Pero era todo cuanto podía hacer. Lanzar una pequeña piedra por la ladera de una montaña nevada y esperar que la bola de nieve creciera y creciera arrasándolo todo a su paso. A pesar del vacío que sentía, tenía la impresión de que lo había conseguido. Cuando abandonó el locutorio, el vídeo tenía siete millones de visualizaciones y se había convertido en *trending topic*.

Sus pasos la condujeron a su casa, como dos perros perdidos que recuerdan el camino a su hogar. Pensó entonces en sus padres, en Varona, en Max. En el precio que habían tenido que pagar para que se supiera la verdad. Y tuvo la extraña sensación de querer acabar con todo. Ya no le quedaba nada más por hacer. Entró en su portal y abrió el buzón. En su interior, el libro la estaba esperando, *1984*. El aviso. Como un grito mudo. Pero ya daba igual. Ya todo daba igual.

Al abrir la puerta de su casa se asustó al oír los aplausos. Allí estaba, sentada en su sofá, aplaudiéndola mientras le sonreía. ¡¿Una mujer?! De pie, tras ella, reconoció al Poeta. En ese momento, Julia lo supo, solo podía tratarse del Gran

Hermano. Recordó entonces el momento en que comenzó a trabajar en el periódico, cuando supo por primera vez de su existencia. Lo cierto es que aquel día no pudo distinguir bien su figura y había dado por hecho que se trataba de un hombre tras oír su apodo de boca de Varona.

—Pasa, pasa. Te estábamos esperando. No pensarías que no íbamos a venir a darte las gracias por todo lo que has hecho por nosotros —anunció ella con una voz cálida, casi maternal.

Desconcertada, Julia tomó asiento en un sillón, frente a la pareja. Sin saber qué decir.

—¿A qué viene esa cara? Déjame que lo adivine. ¿No imaginabas que tu peor pesadilla pudiera ser una mujer? Claro, tu mamá era taaan buena —dijo en tono condescendiente—. En fin, volviendo al tema, deberías saber que hemos estado siguiendo tus pasos en todo momento, desde el principio. No podíamos dejar de vigilar a la hija de Gabriel Romero. Sospechábamos que tras el fallecimiento de tu padre...

—Asesinato —la corrigió Julia.

—La pobre huerfanita aún no se ha enterado... La justicia determinó que fue un suicidio. ¿No lo recuerdas? En cualquier caso, existía la posibilidad de que tú quisieras remover las cosas. Pero si conseguíamos dirigirte en la senda adecuada, podía ser muy beneficioso para nosotros. Como así ha sido. En este punto, he de concederle todo el mérito a mi compañero. Él siempre confió en ti, yo no lo tenía tan claro, lo confieso.

El Poeta inclinó ligeramente la cabeza, en un gesto de agradecimiento por las palabras de su superiora.

—¿De qué narices me están hablando? —preguntó Julia.

—¿Aún no lo has comprendido, niña? Es muy sencillo, se podría resumir en una frase, lee mis labios: has-estado-trabajando-para-nosotros —vocalizó muy despacio—. Para el Ministerio de la Verdad, en realidad. Éramos conscientes de que no estábamos tratando con una ingenua, así que no te lo podíamos poner fácil o habrías sospechado. Por eso, al principio, te ocultamos los artículos de tu padre, para luego sugerirte a través de tu compañero Collado que miraras en la hemeroteca del Plan A y... ¡Oh, sorpresa, allí estaban!

—No, no es verdad. No puede ser verdad.

—Solo conseguiste desaparecer un par de veces de nuestro radar, nada más. Sabíamos que eras tenaz, así que decidimos darte un poco de cuerda. Te estarás preguntando «¡¿por qué?!». Dios, casi puedo oír esas palabras resonando en tu diminuto cerebro. La respuesta es sencilla: nuestro plan siempre fue que nos condujeras a Virgilio. Un tipo odioso. ¿Poeta, no te parece odioso?

—Profundamente.

—Tarde o temprano daremos con él. La estadística está de nuestro lado. Nosotros podemos cometer muchos errores, pero solo necesitamos uno de Virgilio para caer sobre él. Cuando se nos escapó, volví a dudar de ti. Estuve a punto de ordenar que se cancelara todo el operativo. Pero tuvimos una idea mejor: ¿por qué no aprovecharnos de tu relación con Max? Entre tú y yo, nos lo pusiste muy fácil al enamorarte de un idiota como ese. Ese chico no estaba a tu altura. No vio el resorte metálico de la trampa hasta que lo tuvo encima. Un encuentro casual en la máquina de café, una desesperada mujer de mediana edad atraída por los encantos del joven y prometedor funcionario. He de reconocer que estuve fantástica, la falsa modestia es para los mediocres. Pero, tesoro, tu novio era un cretino. ¿Quieres más pruebas? Tú no acudiste a la cita en aquella terraza del centro. Después de eso, pensamos que te habíamos perdido, pero no. Seguiste indagando como una buena chica.

Los ojos de Julia se desplazaban del rostro de «la» Gran Hermano al del Poeta, aturdida.

—¿Aún no sabes de lo que hablo? Nos has entregado a Daniel Consalvo. Nuestra mayor amenaza. Uno de los pocos hombres que conocían el funcionamiento del Ministerio por dentro, un ladrón que se había llevado documentos clasificados. Llevábamos detrás de él desde su dimisión sin conseguir ni una sola pista sobre su paradero. Y llegas tú y, en unos días, nos conduces hasta la puerta de su casa. Bravo, Julia, bravo.

—¿Dónde está? ¿Qué han hecho con él?

—Me temo que se lo ha tragado la tierra, literalmente —respondió con tono displicente.

—Como sucede siempre con los muertos —apuntó el Poeta.

—¡Malditos asesinos! ¡Yo no les he entregado a nadie! El señor Consalvo se sacrificó para que se supiera la verdad. Quería restituir la democracia que ustedes le han robado al pueblo. Toda la documentación que sacó del Ministerio ya está publicada en la red. La gente sabrá quiénes son en realidad los que los gobiernan. Y no creo que les guste. El tiempo del Ministerio se agota. Al final, la verdad siempre se impone a la mentira.

—Democracia. Me hablas de democracia. ¿Conoces la frase de Churchill que dice: «La democracia es el menos malo de los sistemas políticos»? ¿No te parece que está cargada de resignación, de conformismo? ¿De verdad no podemos aspirar como sociedad a algo mejor?

—¿Y ese sistema mejor es una dictadura? ¿Mantener al pueblo engañado, robándole su capacidad de decisión?

—Oh, vamos, dictadura. ¿Por qué os gusta tanto simplificar las cosas a los periodistas? ¿Te parece que el sistema organizativo de las empresas es una dictadura? Porque ese es nuestro modelo, la pirámide jerárquica empresarial. Los más capacitados toman las decisiones que los demás obedecen. Así funcionan las multinacionales que han generado más beneficio neto que el producto interior bruto de muchos países. Y también más poder. Porque son eficaces, porque funcionan. Y lo de robarle la capacidad de decisión a la gente... ¿De verdad te parece justo un sistema en el que el voto de alguien con una sólida formación, que analiza los programas de cada partido político para saber cuál de ellos es el más adecuado para el país, vale lo mismo que el de un descerebrado que vota a un candidato porque le parece guapo? Votar es solo una costumbre. Un rito, y como todos los ritos no sirve para nada. La democracia se basaba en mentiras. ¿Somos todos iguales ante la ley? No. ¿Tenemos todos los mismos derechos y oportunidades? No. Nosotros solo hemos ido un paso más allá. La gente no quiere democracia, quiere el último modelo de móvil y estar suscrito a todas las plataformas de *streaming*.

—Son ustedes los que mantienen a la sociedad en ese estado de apatía, descuidando la educación, el pensamiento crítico, la confrontación de ideas. No quieren ciudadanos libres y formados, sino esclavos felices.

—¿Se puede decir que un pájaro está encerrado si tiene la puerta de su jaula abierta y se niega a salir? —añadió el Poeta mientras extraía con cuidado algo del bolsillo de su chaqueta y comenzaba a acariciarlo—. ¿No has pensado que tal vez la gente sea más feliz así?

Julia se percató, horrorizada, de que lo que tenía entre las manos era una rata. Rolliza y gris, y que movía constantemente su hocico. El Poeta la dejaba subirse a sus hombros y caminar por sus brazos, como si se tratara de una mascota.

—Al escucharlos parece que vivir en una dictadura es maravilloso, el sueño de cualquier ciudadano. Entonces, ¿por qué no se lo preguntan a la gente? Hagan un referéndum. ¿Por qué ocultarlo todo con mentiras, simulando unas elecciones cada cuatro años cuando el poder es suyo? Yo se lo diré: porque los echarían a patadas de sus cómodos sillones. Y espero que eso sea lo que suceda pronto. Muy pronto.

—Lo dices por el vídeo que has difundido en internet. Será una broma. —En ese momento el Poeta le entregó una *tablet* a su jefa—. Creo que deberías consultar más frecuentemente tus redes sociales, Julia; las cosas cambian muy rápido en la red. El Ministerio de la Verdad acaba de publicar un comunicado en el que asegura que los documentos que has difundido son falsos. Y aporta pruebas.

Mientras el Poeta hablaba, Brianda iba deslizando con su dedo las imágenes en la pantalla.

—¿Lo ves? Los membretes no son los oficiales, ni los sellos ni la tipografía. Tus documentos son ¡oficialmente falsos!

La Habitación 101 trabaja bien, ¿verdad? Pero eso no es todo. Mira, mira, han rescatado mensajes antiguos que escribiste en Twitter y en Facebook. Algunos son claramente racistas y de ideología nazi. Incluso llegas a negar el Holocausto. Y eso está muy feo, Julia, muy feo.

—¡Yo nunca he escrito nada de eso!

—Pues aquí están. Y hay más, en estas imágenes se te ve participando en una manifestación donde se defiende que la Tierra es plana. Esto te resta mucha credibilidad, Julia. Conspiranoica, terraplanista, fascista, racista...

—¡Es falso, esa no soy yo, no son más que mentiras!

—Insultos a los movimientos feministas... Pero, cielo, ¡tenemos que apoyarnos entre nosotras! A ver qué más... Mensajes en contra de la inmigración, a favor de la pena de muerte. Te has metido en todos los temas tabúes, Julia, así nadie te va a creer. Ah, y ahora mi favorita.

La mujer le mostró un vídeo en la pantalla.

—Aunque parezca lo contrario, esta sociedad es muy puritana.

Un vídeo porno comenzó a reproducirse, con Julia como protagonista.

—Esa no soy yo... —La joven casi no podía hablar. Las lágrimas de impotencia comenzaban a asomar a sus ojos.

La rata, que seguía recorriendo los brazos del Poeta, se paró un instante. Su morro se movía como si se riera de ella.

—Es increíble lo que puede hacerse con un programa de tratamiento de imágenes. ¿Qué, a que parece magia? Gracias a la Habitación 101 es como si la realidad estuviera siempre de nuestro lado.

—Pero todo son mentiras y la gente se dará cuenta. Tarde o temprano lo harán.

—Ahora mismo, en las redes solo eres una perturbada más. Una loca neonazi que piensa que la Tierra es plana y hace vídeos pornográficos. No pareces muy de fiar. Nadie va a creer nada de lo que digas. Mañana ni se acordarán de ti. La verdad no existe, Julia: la verdad es lo que fabricamos en la 101.

En ese momento, Brianda se levantó para dirigirse a la puerta, pero antes posó su mano en el hombro de Julia.

—Querías ser una heroína, ¿no es cierto? Pero en estos tiempos ya no hay héroes. Murieron todos hace mucho tiempo. No olvides eso, tesoro.

Antes de seguir a su jefa, el Poeta depositó la rata en el suelo.

—Te dejo un regalo para que no te olvides de nosotros. Por cierto, eso de «si estás viendo este vídeo...» fue un buen truco. Nuestra idea era acabar contigo inmediatamente, pero podría interpretarse como la confirmación de la veracidad de tu mensaje. No tenemos prisa. Podemos ser muy pacientes. Cuando menos te los esperes estaré detrás de ti, susurrándote unos versos al oído.

Aquella pareja salió por la puerta, como dos ladrones que se lo han llevado todo. Hasta la esperanza.

EPÍLOGO

La bruma gris cubría las montañas, como si el cielo hubiera descendido para acariciar su curtido rostro. Era temprano, la hora en la que Julia paseaba por el monte junto a Luna, su perra. Le gustaba perderse en aquel manto verde para oler el aire frío y limpio. Para caminar sin destino y sin prisa. Jugaba con Luna a arrojarle un palo. Era una perra negra, sin raza, que había adoptado en un albergue. Como Julia, Luna también había sufrido. Y ahora vivían las dos solas, en una aldea abandonada de Lugo llamada Sancrudo. Alejadas de todo y de todos. Felices en su elegida soledad. Los rayos de sol, como enormes dedos, comenzaban a desmenuzar la bruma dejando paso a un radiante cielo azul. Mientras caminaba, Julia vio algo a lo lejos, algo que se alzaba por encima de los árboles. Parecía metálico porque brillaba. La curiosidad la empujó a acercarse. A medida que se aproximaba oía mejor los golpes sobre el metal, repetidos y constantes. Con esa determinación de la que solo son capaces las máquinas. Llegó hasta un claro y los vio. Un grupo de operarios estaban montando una torre de telefonía móvil, con sus parabólicas como enormes orejas para escucharlo todo.

«Ya están aquí», pensó.

—Hola, ¿vive usted por la zona? —le preguntó uno de los obreros—. Está de enhorabuena, ahora podrán tener mucha mejor cobertura en el móvil y pronto tendrán también acceso a internet. Es el plan de modernización del territorio impulsado por el Ministerio de la Verdad.

Julia llamó a su perra y se alejó de allí sin mediar palabra.

Aquella noche, la joven periodista salió de su casa seguida de su fiel compañera. El cielo era un acerico plagado de estrellas. Las parpadeantes luces rojas de la torre de telecomunicación guiaron sus pasos. Julia se acercó a aquel gigante de metal. Imponente y absurdo en medio del bosque. Un enorme virus que lo contaminaría todo. Cogió una piedra del suelo y la arrojó con todas sus fuerzas contra una de las parabólicas. Luego otra, y otra más. Hasta que, por fin, la antena se desprendió y cayó al suelo. Entonces sintió esa rabia ingobernable que nace en las entrañas de los que nunca se rinden. Y algo más. Algo que hacía mucho tiempo que no sentía. Algo parecido a la felicidad.

De vuelta en la casa, el olor a leña ardiendo que salía de la chimenea lo envolvía todo. Julia estaba sentada frente a la Underwood n.º 5 de su padre. Luna, tumbada a sus pies, no dejaba de mirarla, siempre pendiente de ella. Las teclas chocaban contra el papel y transformaban las vaporosas e intangibles ideas en algo físico, palpable, real. Como recordaba que decía su padre.

En esas páginas, Julia contaba toda la verdad sobre lo que había descubierto del Ministerio. Se lo debía a todos los que habían muerto. Para que su sacrificio no fuera inútil. Y también por ella, para no sentir que se había rendido. Para demostrar que aún no la habían derrotado. Que, a pesar de todas las mentiras vertidas en las redes contra ella, aún mantenía intacta su dignidad. A su lado, siempre tenía las dos notas. La de su padre y la de Max. Tangibles, reales. Pensó que siempre que se escribe algo, tarde o temprano, en algún momento, alguien lo leerá. Y, de alguna forma, eso conseguía que la verdad no muriera. Que habitase dentro de quien leyera aquellas páginas. Y mientras una sola persona llegara a saber lo que estaba sucediendo, aún habría esperanza. El sonido de las teclas se oyó aún con más fuerza. Y las letras se fueron convirtiendo en palabras y después en frases. Y la verdad quedó escrita.

AGRADECIMIENTOS

Este libro es fruto de la dedicación, del saber y de la profesionalidad de un grupo de personas con las que he contraído una profunda deuda de gratitud de la que quiero dejar constancia en las siguientes líneas.

Quiero dar las gracias, en primer lugar, a mi editora, Carmen Romero, por confiar ciegamente en mí y por luchar desde el principio por el libro. A Pablo Álvarez, que ya no es tan solo mi agente literario sino que se ha convertido en mi amigo, por su constante apoyo y su fe inquebrantable en mi literatura. A Covadonga D'lom, por ser mi cómplice y mi red de seguridad en esta novela. A todo el equipo de Ediciones B y de Penguin Random House, por su buen hacer. Sin ellos, *El Ministerio de la Verdad* no existiría.

También me gustaría agradecérselo a toda mi familia, a la de sangre y a la que encontré en las calles de mi barrio. Gran parte de lo que soy os lo debo a vosotros. A Eva Cabrero, directora de la *Sexta Noche*, y a todos mis compañeros del programa, por el constante apoyo y por darme tantas facilidades para que pudiera escribir este libro.

A Churripín, Tango y Ambrosius, mis tres perros, por permanecer a mi lado todo el tiempo que dediqué a *El Ministerio de la Verdad*, literalmente.

Y también, muy especialmente, quiero dar las gracias a Alicia, mi mujer, y a mis dos hijos, por todas las horas, físicas y mentales, que no he pasado con ellos por culpa de esta novela. Espero que cuando la lean sientan que mereció la pena.